故点事爆

制造方法论 爆款故事

唐蒙 著

中国出版集团　现代出版社

图书在版编目（CIP）数据

点爆故事 / 唐蒙著 . -- 北京：现代出版社，
2023.9

ISBN 978-7-5231-0415-6

I.①点… II.①唐… III.①剧本 - 创作方法
IV.① I053-62

中国国家版本馆 CIP 数据核字 (2023) 第 125840 号

点爆故事

著　　者：唐　蒙
特约编辑：张治远　瀚　海
责任编辑：孔晓华　张　瑾
策划编辑：张　霆
出版发行：现代出版社
通信地址：北京市安定门外安华里 504 号
邮政编码：100011
电　　话：010-64267325　64245264（传真）
网　　址：www.1980xd.com
印　　刷：北京飞帆印刷有限公司

开　　本：710mm×1000mm　1/16
印　　张：21.25　　　　　　　字　　数：283 千
版　　次：2023 年 9 月第 1 版　　印　　次：2023 年 9 月第 1 次印刷
书　　号：ISBN 978-7-5231-0415-6
定　　价：58.00 元

引　言

　　《点爆故事》以戏剧性较强的现实主义小说和影视作品为研究对象，重点从如何点爆故事展开论述，其他的如现代主义文学、后现代主义作品、回忆纪实等小说和影视作品，都不在叙述范围。其实我更迷恋于现代主义文学、后现代主义作品，尤其是魔幻现实主义作品。若有可能，我将写一本书专门讲述和介绍这一类风格的小说、话剧和影视作品。

　　现在很多人都会写故事，但所写的故事"精彩度"参差不齐，差距很大。《点爆故事》试图为编剧或其他写故事者架设一座大炮，提供足够的"炸药"，去点爆故事，让故事好看起来，走向爆款。当下，无论小说还是影视，都出现了不少好作品，已形成高原态势，但缺少高山，简单来说就是缺少经典。我们的时代需要经典。唯有经典才能千古流芳，才能走向世界。

　　我参加过英国在上海举办的创意产业的展示和研讨活动。我认识到科学创新和文化的创意是一个国家和民族起飞的两只翅膀。说到底，创意是一个文化产业的重要的源头。没有源头，哪有奔腾不息、浩浩荡荡的黄河、长江？有了好创意，才会有好故事，文学、影视才有了根深叶茂、大树参天的基础。美国好莱坞最尊重的是策划编剧，策划编剧的任务就是出创意。如美国的电视剧《越狱》，首先是策划编剧提出了一个创意："一个人为了救助在监狱里的哥哥，先把自己弄进监狱。"之后才由编剧团队共同创作。所以说，策划编剧是影视产业的先行者。

我和编剧朋友们说过一句话：你要做某一种类型剧，那就要看30~50部此种类型剧的小说、电视剧和电影，才能够统揽全局，找到自己的突破口和前行方向。同样的道理，我看了很多关于写作和编剧的书，还有很多小说、戏剧、电影和电视剧作品，就像蜜蜂采蜜一样，博采众长，融会贯通。同时，本书和其他国外和国内的相关编剧的书不一样，我根据自己多年的实践和感悟，抓住点爆故事的这一个点，阐述自己的观点和观念。

对于人文学科，曾经有个说法："给大学生常识，给硕士生方法，给博士生视野。"但我会把关于讲故事的常识、方法和视野打通，融为一体。就好像我和朋友说的："天气、地气、人气，三气相通，一通百通。"读者可以见仁见智，各取所需，才可能融会贯通，天门大开，才思如泉涌，下笔有神助！

《点爆故事》所阐述的方向，借用哲学的语言来说，就是认识论和方法论。《点爆故事》的上篇讲认识论，中篇讲方法论，下篇讲短视频，融合认识论和方法论。

上篇　三头六臂的苦行者

中篇　点爆智巧

下篇　时代的宠儿——短视频

上 篇

三头六臂的
苦行者

一、满目故事皆平庸

为什么要点爆我们的故事？美国好莱坞每年要收到上万部电影剧本，最后能拍摄的也就是几部。中国现在写小说的人和编剧也非常多，每年也会创作出大量的小说和剧本，但是真正能够出版和拍摄的，只有 1% 或更少。很多作者和编剧做了大量的无用功，究其原因，就是故事没有写好。这是最根本的问题。好故事，就如房地产开发商手中的一块好地皮，在长安街或南京路有一块地，就可"拥地自重"，投资方就会蜂拥而至。好的故事是我们写作者和编剧最为关心的。

说一千道一万，一句话，我们如何讲好故事，如何点爆我们的故事，如何让故事成为一个爆款的故事？这是我们着重要解决的问题。本书宗旨也在于此。

再次强调：这本书的方向和目标非常明确，就是讨论如何点爆我们的故事。

我们每天会接触很多人，会经历或听说很多事情，也会看很多资料。有志于说故事的人，常常会萌发写故事的冲动。信息大爆炸的时代，每天都有海量的信息冲击着我们，有微信、微博、抖音、快手……在这些媒介上，我们每天都看到很多故事段子。我们把它们当文化快餐享用，看过了，就丢在脑后。几年后，真正能够让我们记住的，就是好故事。

怎样做才能让故事永远被观众记住呢？我认为，每一个故事里面都蕴藏着它自身的炸药。关键是我们有没有把故事里面的炸药进行专业的装配组织。要把炸药完美地装配组织起来，这是一个手艺活儿。在适当的时候，按照预期的效果，高明地把这个故事点爆。那样的话，我们的故事就有爆炸性，有震撼力。在海量的信息中升起的蘑菇云，映红了天空，辐射我们的心灵。于是，诞生了一个自己满意、观众惊喜的爆款故事。

"惊爆"才会让人们永远记住故事。故事千千万，只有具有"惊爆"效应的故事才有望制作成电影或电视剧，成为影视剧丛林中的地标性建筑。

引爆我们的故事，让我们激情澎湃，勇往直前，不可阻挡。成功在向我们召唤，我们会走向成功。

在人类的发展史上，一代又一代的"巫师"是最早的专业故事员，成功的"巫师"最能捕捉酋长和民众的心理。他可以说雷公雷电的故事，可以说狂风暴雨的来源，可以说天上地下自然界发生的一切，由此编出很多神和半神人物的故事来，让大家相信他所说的一切都是真的，而且说得非常神奇动听，他的故事深深地吸引着酋长和民众。在讲述故事的同时，他还会观察酋长和民众的现场反应，再不断地"引爆"他的故事，让他的故事更具吸引力和震撼力。"巫师"的故事直击人心，深深地影响了酋长和民众的精神及行为。随着岁月的流逝，"巫师"的故事就成了神话，口口相传。每个民族早期都有自己的神话故事和半神半人的英雄人物。我们的神话故事，就这样代代相传下去。这就是我们看到的远古时期的神话故事。

犹太民族把他们的历史记录下来，成为一本《圣经》。他们在叙述历史故事的同时，注入了他们的民族意念，最后拓展为一种信仰。于是，让世世代代传颂他们民族的历史故事。例如《新约》和《旧约》本质上是人和上帝有个约定。这种契约精神，成为指导他们行为的一种尺度和准绳。

古希腊的神话故事以及中国的神话故事，同样深刻地影响了民族的文明进程，并塑造了民族的性格。例如，"女娲补天"的神话故事，即表现了中华民族顽强不屈、艰苦奋斗的民族精神。

鲁迅先生写过一本《故事新编》，就是把神话故事重新编写，注入了新的角度和观念，目的是给读者以新的解读和思想内涵，可以说这是他"引爆"神话故事的一次尝试。

在我们人类的文化基因里，永远保留着对故事的渴望，过去的、现在的、未来的故事永远吸引着我们。这是我们人类永远不可或缺的精神需求。

自从发明文字以后，世界各民族都用文字写下了很多经典故事。这些故事，影响了一代又一代人。工业革命之后，有了无声电影。电影从无声到有声，从黑白到彩色，用丰富的影像手段讲述了经典的电影故事。我国从 20 世纪 90 年代初，产生了大量的电视剧。电视剧开始了长篇影像故事的叙说，也产生了一些脍炙人口、好评如潮的电视剧，如《渴望》《贫嘴张大民的幸福生活》《大明王朝 1566》《我的兄弟叫顺溜》等。

但是，总体来看，近年来，平庸的作品越来越多。尤其是抗日雷剧，遭到了很多人的诟病。作者和编剧越来越多，好作品却越来越少。这是非常令人担忧的现状。

以下几个原因造成了这种现象。

第一，文学写作和编剧的"门槛"很低。

有人似乎觉得，会码字就可以写作。尤其是网络写手，胡编乱造一些故事就可以挂在网上，通过点击量就可以拿到稿费。不少编剧也是如此，以挣钱为第一诉求，很难做到潜心创作，更无追求精品的意识。这样的作品，缺少打磨，缺少生活，缺少应有的写作技巧。这些粗制滥造的作品，基本上属于文化快餐，流于平庸。

第二，跟风创作盛行。

一部抗战剧《亮剑》火了，上百部抗战剧跟上来，越写越神奇，最后演变成抗日"神剧"。一部谍战剧《潜伏》火了，几十部谍战剧跟上来。一部演绎霸道总裁、傻白甜的剧火了，几十部同类型的剧目就接踵而至。因此，故事的同质化非常严重，导致平庸作品比比皆是。

举一个逆风而上的例子。我有一个"嫡系"学生，在电影圈被人称为"耿爷"，学编剧出身，一辈子都在做电影发行。他曾经是华谊兄弟的发行总监，当年华谊兄弟很多电影是他亲自操办发行的。发行总是有自身的套路和规矩，这一切对于他来说是轻车熟路。在发行《天下无贼》的时候，他完全可以按照常规去发行。但是这个电影要在香港上映，香港观众对这部电影和剧中演员一无所知。他意识到必须先点燃人们对于这部电影的热情。

他要引爆这一次的发行动作，即创意出一个爆燃的发行故事来。

他用 30 万元包了一班从北京开往香港九龙的 T97 次列车，并将其命名为"《天下无贼》号"。刘德华、葛优、王宝强等所有主创都在列车上。火车到了香港九龙，香港媒体纷纷对主创人员进行采访。第二天，香港所有的电视和报纸都发布了这条前所未有的"新奇"新闻，轰动了整个香港，这就起到了非常有力的爆炸性的宣传效果。

"耿爷"点爆了一个电影发行故事，非常完美地完成了电影《天下无贼》在香港的宣传，最后上映效果非常好，这部电影也是冯小刚导演第一部票房进入亿元大关的电影。这个故事告诉我们：按照常规的思路去做宣传或者去创作，很难有新的突破；只有逆风而上，反向思维，才能别出心裁。站在风口浪尖上进行创新、突破，你的作品、你的故事，才能让天下人关注，才能让天下人惊喜，你才能够获得成功。

跟风，永远不会有惊喜的爆炸性的成功！

第三，观众永远是喜新厌旧的。

天天吃鲍鱼，时间一长也会倒胃口。观众的审美疲劳是一种最常见的现象。因此，我们相信每一种类型的故事都有它潜在的生命周期。当然也会有自然的周而复始。我们做爆款故事，一定要在类型故事的生命周期的前期完成。如果跟在别人的后面往前赶，就会事倍功半，平庸和失败就会伴随着我们。

第四，故事本身的缺陷。

这一点需要重点阐述：

（1）故事不合情理

网络作家的前辈大神，香港的黄易先生的作品，我基本上都看过，还改编过他的小说《大唐双龙传》。不过，把他的小说改编成电视剧非常辛苦。他追求的是阅读的快感。在人物和事件的表现方面，一路狂奔，不断地制造新的悬念和危机。他的作品缺少必然的逻辑关系和因果关系，暴露出不合人情事理的漏洞。我们国内不少 IP 小说也存在着这样的问题。为了吸引读者，情节拼命往前推进，不断制造新的悬念和危机，不会刻意去厘清人物和事件的逻辑关系。因此，IP 小说改编电影或电视剧要下大功夫，随意改编，作品一定会平庸、失败。

（2）都在写事情

我看过不少剧本，发现有些剧本读来就像在看流水账，一个接着一个地说事情，却不见一切戏剧元素的神奇妙用。对于如何说故事，我举一个现实的例子来说明。我认识一个大龄女青年，她通过婚姻介绍的网站认识了一个男朋友。网站是收费的，每人交 4 万 ~20 万元。她交了 4 万块钱。后来开始相亲，第一次和第二次她看不上相亲对象，到第三次她有感觉了，分手的时候问那男的，对她印象怎么样？那男的回答说对她印象不错。过了几天她约那个男的见面，男的改口了，说对她的印象不怎么样，不想再见面了。她把这件事情原原本本地告诉了我，这就是事情的经过。如果这个故事就这样说给别人听，听者一定会觉得索然无味。

听说这件事情后，我依据我的生活经验，感觉这可能是一个局，一个骗局。她后来去了解和调查，果然发现那第三个男的是托儿。原来前面两次相亲是真的，两次不成功后，第三次相亲安排的就是托儿了。有了这样的托儿和前两次的相亲，那么人家收她 4 万块钱的介绍费就是理所当然的了。我现在讲的这个后续也是真实的事情。有了后面这样的变化，这件事就变得复杂曲折了，也就是说这件事有了故事性。如果把它作为影视戏剧故事来编，情节还可以有多种发展的方向，有多种的可能性。比如，那个托儿，原来是受人差遣，后来竟真的喜欢上了她；而她因为对方曾经是托儿，便有了心理障碍，一直拒绝男的对她的追求，之后故事还可以再发展。

还可以假设这个大龄女青年有个孪生妹妹。有一次，托儿和她们两姐妹见面。结果妹妹喜欢这个托儿，而这个托儿喜欢的是姐姐。因为姐妹长得非常像，托儿搞乱了，他分不清楚哪个是他喜欢的人。有了诸如这样的戏剧性的人物关系和情景，故事情节爆燃就不难了。我们想象的翅膀越是张开，故事发展的路径就越是开阔。这个大龄女青年的恋爱问题会因为主观因素和客观因素的不同，或机缘巧合，或命运弄人，从而发生不同走向和不同的结局。所谓戏法人人会变，巧妙各不相同，但前提是你要会说故事，而不是说事情。

（3）人物写"丢"了

有一种常见的现象，人物成了故事和事件的道具。人物非常扁平，没有个性特征。最近看了岳勇的推理小说《寻凶者觅》，主人公陈觅是一个非常优秀的平民推理师，其中推理的故事写得很精彩、很烧脑，但是陈觅这个人物却成了推理的工具。我觉得，这个故事推理写得很好，但是人物写没了。

很多剧本把注意力集中在故事上，人物被事件淹没了，没有塑造出鲜明而独特的人物形象，这样的故事是残缺的故事，把人物写"丢"了。

（4）没有高潮

很多剧本说故事平铺直叙，波澜不惊。即使一路上放着小鞭炮，小吵小闹不断，小矛盾不少，但缺少冲天炮，没有大炮仗"轰"地一下，引发满天烟花的效果。这样的故事像没有最后冲刺的长跑，也像没有华彩乐章的交响乐。

很多故事缺少高潮。这样的故事就像足球比赛时总是在场上传球、运球，磨磨叽叽的，没有强力进攻的射门动作。这样的球赛，你能坚持看多久呢？

高潮是需要设计的，否则就是平铺直叙。

如何有张力地点爆一个强悍的戏剧高潮，我在后面的章节会讲。

（5）故事需要灵魂

美国电影《闻香识女人》讲述的是这样一个故事：校长被学生戏弄后，要寻找真相：谁是戏弄他的人？校长找到学生查理，私下许诺查理，只要他说出戏弄校长的学生，他就可以被保送到哈佛大学。查理面临两难的选择。第二天非常纠结的查理去勤工俭学，应邀去护理一个双目失明的退伍军人。在护理的过程中，他们两个人相互关怀，经历了生与死的磨难，盲人退伍军人知道他的状态，告诉他："世界上有两种人，一种是勇于负责任的人，另一种是找靠山的人。"查理似乎明白了自己应该如何选择。在学校举行的审讯大会上，校长要开除查理。没有想到盲人退伍军人出现在现场，他说了一番话，大意是：这所出过两位总统的精英学校，难道喜欢的是告密的学生吗？真正的学校，应该培养正直的、有良知的学生。他的发言引起了全场师生的掌声。最后，学校纪律委员会否定了校长的决定，保留了查理的学籍。这个结局就是这部电影的灵魂。

中国电影《八佰》，虽然票房和口碑都还不错，但也有一定的问题。《八佰》存在的问题也是目前中国电影普遍存在的问题。其实有一场戏可以完成《八佰》的精神塑造。影片中，国民党军官和日本军官有一场对话，这其实是没话找话说了一段无聊的话，然后用一匹白马来作为象征，飘逸而来，飘逸而去，这样的处理，比较空洞。

我们试着换一种处理方法，以强化双方的对抗性。此时除了对话，还辅以闪回镜头，如日本军官可以闪回他的家乡，在工业生产的车间里，大机器在轰鸣中制造着枪支弹药；国民党军官闪回到农田，农夫牵着牛，辛勤地耕地。这样的表达，既揭示了日军侵华战争的本质是工业文明对农耕文明的侵略；同时也表现了四行保卫战中中国军人灵魂的觉醒，落后就要挨打的民族之痛。日本的工业文明滋长出向外扩张的军国主义野心，中国落后的农业文明承受着被侵略的灾难。这一历史，会让当下的观众产生强烈的冲击和思考：地大物博的中华民族，为什么会受到小岛民族的欺凌？这段历史告诫我们、警示我们，当下中国一定要复兴、要崛起。

这样的精神启示，会提升整部影片的格局和品质。

二、找到自己的位置

1. 认识你自己

据说，在 3000 年前，古希腊德尔菲神庙阿波罗神殿门前就有一段石刻铭文："认识你自己。"这句话曾引起无数智者深思，后来被奉为"德尔菲神谕"，经常被古希腊和后来的哲学家引用来规劝世人，认识自己真正的价值。

中国有一句古话："人贵有自知之明。"这句话，正面说是要认识自己的价值，反面说则是要认识自己的短板和不足。我认识一个军旅作家，他的军旅戏写得非常优秀，可是有一家公司让他做改革开放 40 周年的剧本。他到深圳和全国各地采访了很多企业家，后来到北京来跟我聊故事。我就和他说：你说的故事，片段都很精彩，就像一颗一颗珠宝，但全剧缺少一条龙骨，没有一根线能够把它们穿起来。其实，写这样的故事不是他的强项，他连一份商业协议是怎样签成的都搞不清楚，要他驾驭繁杂的改革开放的历程，有点强人所难。编剧不是万能的，十八般武艺总有不会的。所以要认识到自己的短板和不足。

我们要认识自己，可能要从以下几个方面去分析自己。

（1）个人气质

很多年轻人对星座非常感兴趣，常常用星座来对应自己的气质和爱好，还时常对照自己的行为方式，企图找到气质源头和自己的个性特征。一个作家或编剧，应该知道自己的精神气质。比如，他喜欢看什么样的作品，这看上去跟艺术趣味有关，其实这和个人的精神气质更有联系。同样的道理，一个编剧如果选择了和他精神气质相通的故事，就比较得心应手，容易成功。反之，某个创作对于他来说是一件很痛苦的事，那么成功的概率就很低。诗人李白斗酒诗百篇，杜甫是做不到的。他们的精神气质不同，创作诗歌的状态以及诗歌的题材内容也都不一样。

契诃夫说"大狗叫，小狗也要叫"，但叫声不一样。作家和编剧一定要认识自己，扬长避短，才有可能写出代表自己的优秀作品。

（2）人生经历

心理学家弗洛伊德非常强调童年的经历对人的一生的影响。我们看到很多作品，常常把主人公的童年经历作为"前史"，并成为他后面行动的依据，或者是性格形成的一个原因。这也是一个认识人物的途径。

在世界文学的母题中，有孤独、异化、本能，等等；这些不同的文学母题，都可以对人性进行深刻的揭示和表达。而莫言的作品中，"饥饿"是一个绕不开的文学母题。如在小说《蛙》中，"他"后来的老婆和一群孩子在饥饿至极时捡煤吃，而且吃得津津有味。这就是饥饿。莫言的其他作品也有对饥饿的不同表达。饥饿，是童年时期留给他的难以磨灭的印象。所以说人生的经历是人物性格形成不可忽视的因素。

认识人生经历对于人物的重要性，不仅是作品的需要，也是作家或编剧认识自己的一个重要方面。

（3）原生家庭

我们常说父母是孩子最好的老师。一个孩子的原生家庭，对他的成长和性格的形成会起到非常关键的作用。

作家张爱玲出身非常显赫。但是，她的父亲是一个纨绔子弟，像俄罗斯旧时代的"多余的人"。她的母亲追求新潮，独自到欧洲去闯荡。她从小就失去母爱。后来父母离婚，母亲又离她远去。在这样一个破碎的贵族家庭里，她形成了郁郁寡欢、孤独而又敏感的心理。她非常喜欢《红楼梦》。因此，她后面写的小说，也都受到了《红楼梦》的影响。出生于乱世中的贵族家庭，经历了家道的衰败和没落，于是在她作品中的林林总总的人物身上倾注了自己的切身感受。"生命是一袭华美的袍，上面爬满了虱子"，这是张爱玲对自己原生家庭的清醒认识，也成了她作品的基调，并以此点爆了她的作品。

当年，我和演员范伟见面时，想给他量身定做一个喜剧故事，我觉得喜剧小品的演员中，他具有塑造人物的能力。他和我说起过他的原生家庭。他大哥是一个地地道道的东北农民，到北京来看他，觉得他生活在天堂里；在北京待的那段时间，他大哥充满幸福感。于是范伟非常有感触，说自己如果不是演员，也会像他大哥一样，是一个东北的地地道道的农民，现在所有的一切都不复存在。这是他对自我的一种认知。他也有这样一个愿望，想做一个表现老大的幸福生活的戏，由此来满足他对大哥的一片深情。我非常理解亲兄弟的情谊，但因为没有找到合适的编剧，我就放弃了这个创意。但范伟没有放弃，他后来还是做成了《老大的幸福》这部电视剧。这件事情非常触动我，让我感受到原生家庭对一个人的影响力可能是一辈子的，会带来很多真情诉求和美好愿望。

（4）熟悉生活

有很多编剧遇到我都会和我谈他们准备写什么。我往往会对他们说：你必须清醒地认识自己，能否驾驭这个题材的关键是你熟悉不熟悉这方面的生活。如果不熟悉这方面的生活，生搬硬套，胡编乱造，这样的故事一定缺乏最基本的真实性。他们说可以在网上查找资料。可是有一点他们不明白，"纸上得来终觉浅"。

高满堂老师写《闯关东》，毫无违和感。他的家族前辈就是闯关东的，他应该知道很多闯关东的故事。但他为了熟悉生活，仍然从辽宁到吉林再到黑龙江，一路进行采访。东北 70%~80% 的人是闯关东人的后代。他每到一地，都会到当地的书店和文史办去找闯关东的相关资料，和被采访者一起在炕上嗑瓜子、聊天。通过深入采访，他熟悉了闯关东人的一些谋生手段，知道大部分闯关东的人是到东北开荒的，还有伐木的、采参的、挖矿的，挖矿有挖煤矿和挖金矿之分，也有来东北经商的。这些素材，让高满堂老师更深入地了解了闯关东人的生活。回过头来，他又回到山东去采访，因为闯关东的人基本上是从山东过去的，所以源头的生活他也要熟悉。高满堂老师的创作态度是非常严谨的，在山东，他开了很多座谈会。他是东北人，自己的家族前辈就是从山东去东北闯关东的。但他没有满足于这一点生活而开始写剧本。相反，他做了很多采访，更深一步地了解闯关东的生活，熟悉闯关东人的人物特征，做足了这些功课，他才有了创作《闯关东》剧本的自信。这就是对自我的认识过程。

刘和平老师写古装剧和年代剧，也可谓"十年磨一剑"。我敬佩他能够做到"十年坐得板凳冷"，潜心于创作。但凡涉及某个时代，他都会去看大量的历史资料，把自己完全沉浸在那个年代中。对于时代背景、官场的礼仪细节、道具、服装、人物和人物之间的关系和各自的状态，等等，一切都了然于胸了，然后一场戏一场戏地写。稍有不妥，他就会毫不犹豫地一场戏一场戏地废掉。他下的功夫如卓然全国文坛的桐城派，慢工出细活，不怕苦，敢于啃。

我认识的一家公司接受了一个创作任务，表现福建闽南改革开放的历程。我给他们推荐了两个福建的编剧。但他们后来选择了一个北方的编剧。北方的编剧根本就不知道福建闽南的人情风俗和闽南人的个性特征，于是出现了这样的情况：拍摄地点和场景是福建闽南的，整个故事和人物全是北方才会出现的，发生的事情也不是福建闽南可能发生的事情。这部电视剧播出以后，遭到了福建人的强烈反对，舆情汹涌。

这部戏的编剧犯的错误就是没有认识到自己。他不熟悉南方的生活，这活儿不是他应该干的。不同的地域文化会产生完全不同的故事和人物。结果强按牛头喝水，耽误了自己的创作，影响了自己的声誉，更损害了这部戏。

作为作家和编剧，在你准备下笔写作品时，必须清醒地认识到自己能不能驾驭这个题材，熟悉不熟悉表现这个故事的生活，由此你才能清醒地做出选择，做到"有所为有所不为"，推而广之，做任何事情的选择都应该如此。

认识你自己，才能点燃自己，点爆作品，迈入成功的"门槛"。

2. 寻找位置

（1）同类 PK

我做缉毒方面的电视剧，前景并不看好，主要是还没有找到这个作品的位置，与同类电视剧 PK 百分之百会败下阵来。如何突破呢？

在基本上看完了日本作家东野圭吾的推理悬疑小说后，我决定走一条新的缉毒故事路线。先推荐编剧看《新参者》《红手指》等，戏剧方向是：生活形态 + 推理悬疑 + 缉毒背景。缉毒在故事中是"药引子"，有别于我们看到的常规的公安缉毒剧。故事的引爆点是情。

再举个例子。倪匡、金庸、黄霑和蔡澜并称为"香港四大才子"。倪匡的武侠小说以《六指琴魔》为代表，想象奇特，他也曾在金庸出国期间代写《天龙八部》。他后来大彻大悟，明白在香港地区，金庸写武侠小说，理所当然地坐第一把交椅。他应该怎么办？如果他继续写武侠小说，和金庸 PK 胜算不大。因此，他改旗易帜。1962 年，他开始用笔名"卫斯理"写小说。第一篇小说名为《钻石花》，在《明报》副刊连载。到第四篇小说《蓝血人》，"卫斯理"系列小说正式走向科幻系列。最后，"卫斯理"名声大噪，全香港人都知道了"卫斯理"。倪匡成了香港科幻小说第一人，他的经历非常有意义地说明了"充分认识自己"的重要性。

寻找到自己的最佳位置，才能点燃自己，点爆作品。

（2）职业敏感

各行各业的人都需要有职业敏感。具有职业敏感的人，才可以成为名副其实的专业人士。

有一次，我和剧组的服装师一起在街上散步。前面有一个女孩儿，长得挺漂亮的。服装师的一双眼睛盯着女孩儿不放，最后索性冲上去和那个女孩儿搭讪，还要用手机给那个女孩儿拍照片。结果把那个女孩儿惹火了，她骂了一声"流氓"，转身拔腿就跑。服装师满脸委屈地告诉我，这个女孩儿的服装很奇特，他从来没有见过，他想把这套服装用手机拍下来，说不定以后哪一部戏里面可以做参考。这就是他的职业敏感。

照此类推：理发师会关注街上每一个人的发型，只要有一种新的发型出现，他一定会非常关注；做鞋子设计的人，会关注每一个人脚上穿的鞋，所以他走路总是低着头看别人的脚。这就是职业带来的敏感和关注。

作家和编剧，在生活当中必须关注很多事情、很多人。对这些事情和人都要进行分析和联想。除了对事件和人的关注以外，还要关注很多细节。生活中的很多细节都可以用在我们的故事中。只有具有这种职业敏感的人，才有可能写出好东西来。我们常说，"好记性不如烂笔头"。有的作家和编剧就常常把生活中的事情和人物记在本子上。我知道的作家和编剧就有好几个有这样的习惯，如石钟山、高满堂，等等。石钟山在北京电视台工作的时候，常常拿着小本子记，弄得有些人对他敬而远之，怕自己说的话、做的事被他记下来，因此还闹出一些小误会。人家不知道他记这些东西有什么用处，因为当时这些人都不知道他是一个作家。

有了职业敏感和关注才会独具慧眼，时有新的发现。"发现"是点爆故事的助燃剂。

先说行业内的发现。我策划的《我的兄弟叫顺溜》在央视一套播出后，全国火爆。很多卫视的领导责怪购片部主任没有拿到这部戏。这是我的第一个商业发现。于是我趁热打铁，开始策划姊妹篇《我的父亲是板凳》。故事完全不同，演员仍然锁定王宝强，有给王宝强量身定做的创意。应该说做姊妹篇是第二个商业发现。锁定王宝强，是为做姊妹篇服务的。有了两个商业发现，就可以满足全国卫视的商业需求。因此，《我的父亲是板凳》刚开机，就已经签约了 10 家卫视，卫视电视台的预购款成为我的投资款。因此，行业内的商业发现比作家和编剧在剧本中的发现重要 100 倍。"春江水暖鸭先知。"有了专业的职业敏感、关注和发现，我们做剧就会有市场的预见性和精准度，就能把握先机，形成合力，在市场上借势借力，最后实现完美营销。

各行各业的职业敏感、关注和发现，都有可能点爆意想不到的奇迹。

电视剧和电影里面都有很多"发现"的桥段，这种"发现"常常都是点爆一部剧的助燃剂。如美国电影《雨人》，弟弟查理为了分到哥哥的一半遗产来偿还自己的债务，私自将住在疗养院的哥哥带回家，一路上，他发现哥哥有很多古怪的细节。有一天，查理玩弄手中的扑克牌，意外发现哥哥能够把他手中的扑克牌记得清清楚楚。查理发现了哥哥的天才记忆力之后，把他带到赌场去，在玩扑克牌的赌局上赢了一大笔钱。这个"发现"，点爆了他们两个人之间的关系，使整部电影产生了戏剧性的转变。

关于"发现"的戏剧功能，我在后面"发现与突转"的章节中再做详述。

三、故事的故事核

作家和编剧都是写故事的人。就像一个将军，胸中自有雄兵百万，才能运筹帷幄，决胜千里。作家和编剧也应该博古通今，满肚子装着各种各样的故事，这样才能做到激扬文字，挥斥方遒。我们的故事从哪里来呢？

1. 无处不在的故事

（1）有人就有故事

做历史剧和年代剧，都可以从资料上找到历史人物和年代人物的故事。一种写法是：锁定历史上和年代中的真实人物。在真实人物的基础上，进行适当合理的艺术加工。我曾经带着编剧做过的电视剧《台湾首任巡抚刘铭传》和现在策划的电影《陈嘉庚》，都是这个思路。另一种写法是：把历史上和年代中的真实人物虚化，改名换姓，进行艺术的重新虚构和创造。作家兼编剧海飞，在他的电视剧《麻雀》中写了一个女角色，是演员出身，最后反转成为间谍。海飞和我说，这个人物实际上来自上海滩的一位电影女明星，她的丈夫就是唐生智的弟弟唐生明，唐生明是潜伏在汪伪政府中的大间谍。

做当代剧也是如此。我们身边的人都有自己的故事。如王丽萍写的电视剧《双城记》，剧中人物就来自她认识的一个人，这个人北京上海两地跑。她觉得这个人身上有故事，就开始和他聊天、交朋友。后来知道了他身上发生的很多有趣的事情，天长日久，不断地酝酿构思，结果以这个人物为原型生发出来的故事就产生了电视剧《双城记》。

我说过一句话：每个人都有自己的故事。每一个人的经历都可以写成一部长篇小说或拍成电视剧。

当年有一个姓苏的老板来找我，说要做一部电视剧，自己投资，自己做编剧。原来他想把自己的经历写出来。我们就开始聊天，我觉得他的经历很丰富多彩。他是一个官二代，改革开放之后就开始倒卖购物指标。后来又下海到秀水街倒卖服装，也开过夜总会，经历非常丰富。人物也挺有个性的，直率爽朗，好坏都在脸上。我告诉他，写他一个人的经历故事会很单薄。我让他去看 20 世纪 60 年代的一部电影《大浪淘沙》，这部电影是写大革命时代三个朋友先后走上不同道路的故事。他很有创作的激情和愿望，在我的指导下开始写剧本。后来我又让两个年轻的编剧和他一起进行创作，进行专业的提升。这个剧本我后来命名为《真情年代》。帮人帮到底，我把高希希拉过来做导演。后来在中央电视台 8 套黄金档播出。苏老板总算完成了自己的夙愿，自己编剧写了自己的故事。

当代也有很多作家和编剧，把自己的人生经历写进小说和影视作品里，无非就是没有明说某个人物就是自己。

（2）有事就有故事

无论是历史的、年代的，还是当代的，只要发生过事，就有可能有故事。我们的作家和编剧对这些事件进行改造，再创造，就可以写成一个很成功的故事。

历史电影《鸦片战争》，年代抗日电影《台儿庄》，当代扶贫故事电视剧《山海情》，都是根据现实生活中发生的事情编写的故事。

韩国电影的尺度比较大，很多电影取材于真实事件，如《熔炉》《素媛》，都是根据真实的虐童案件改编的。

前几年法国的巴黎圣母院失火，现在法国根据巴黎圣母院失火的故事拍出了一部电影，反响很大。

我策划了一部电影《残团》，也是根据生活中发生过的事情创作的故事。有一年我去内蒙古呼和浩特市，在烈士陵园里看到一篇碑文。碑文叙述的事件是：牺牲的烈士是国民党一个团的将士，全团都是内蒙古人。在日军进入长城的时候，他们与鬼子搏命抗战，最后全团阵亡。为了做这部电影，我去了内蒙古很多地方，交了一些朋友，对内蒙古人也产生了很深厚的情感，最后把这份情感倾注在电影《残团》的人物上。

所以说我们作家和编剧要做到像古人那样："风声雨声读书声，声声入耳；家事国事天下事，事事关心。"我们的肚子里面就会装满各种各样的人和事。当我们激情澎湃、思潮汹涌、不吐不快的时候，点爆故事的时机就到了！

（3）有联想就有故事

专业的戏剧学院和电影学院，会让学生看很多专业的书，观摩很多舞台剧和上千部的电影。在读书和观摩大量的影视作品之后，学生的形象思维就会十分活跃，并会养成一种习惯，对生活中见到的人或发生的事情能很快产生联想。有联想就会有新的故事产生。

所谓"熟读唐诗三百首，不会写也会偷"。这个"偷"，是来自电光石火的灵感。实际上就是由此及彼的联想，联想以后产生的发挥，是故事的一种再创造的过程。

电视剧《真情年代》的联想来自电影《大浪淘沙》。三个过命的兄弟，情同手足，在历史浪潮的推动下，各自走上了不同的人生道路。

电视剧《我的父亲是板凳》的联想来自《悲惨世界》。大师兄托孤给板凳，板凳带着红儿亡命天涯。这个被追杀的故事，源头或者说模板来自《悲惨世界》。

再举一个联想的案例：我看了2022年诺贝尔文学奖得主安妮·埃尔诺写的小说《悠悠岁月》，小说从作家凝视自己童年到老年各种不同年龄所拍摄的照片开始，勾勒了社会的进程和自己生活的内心历程。其中不断地呈现出一些事件、歌曲，以及相关的物品，社会热点词语、集体的恐惧和希望等记忆。这些都是她60年来经历过的时代的痕迹。由此，我产生联想，可以写一部小说《手机时光》，用手机做载体，通过各种信息和图片，展示中国百年的历程，是一部另类的中国版的《百年孤独》。

2. 什么是故事的故事核

现在可以说故事的故事核了。

《真情年代》故事的故事核是：人生道路都是时代让自己选择的结果。在这个故事核的基础上，我们可以从不同的历史和时代背景下，设计几个人或一家人，在历史和时代滚滚洪流下演变出各种不同的人生道路。电视剧《人间正道是沧桑》，也是这样的写法。

《我的父亲是板凳》故事的故事核是：托孤后遭遇追杀。在这个故事核的基础上，我们可以演变出很多相关的情节。因为各种原因引发的各种各样的"追杀"，是经典情节的模板。

美国电视剧《越狱》故事的故事核是：把自己关进监狱后救出狱中的哥哥。其他所有的故事情节都是在故事核的基础上产生的，没有这个故事核，一切都归零。

美国电视剧《纸牌屋》故事的故事核是：不择手段使国家首脑运作上位。所有的故事情节，都围绕着美国当代"宫斗戏"而展开。这个故事核可以翻拍成其他类型故事：不择手段运作上位。不管是什么年代和地区，也不管是什么重要的位置，可以根据故事的需要出发，重新设计。

韩国电影《寄生虫》故事的故事核是：贫富不均引发的仇杀。所有的故事情节都有一个因果关系，因果关系也是故事的逻辑关系，更是人物行为的依据。《寄生虫》故事的故事核更具有象征的意味，让人透过表层的故事，进入更深层的思考。

在文学作品中，有些故事的主题就是它的故事核。

例如《儿子与情人》的故事主题是："爱情应该给人一种自由感，而不是囚禁感。"

又如《老人与海》的故事主题是："即使死，也是打不败的硬汉。"

3. 故事核与经典情节

我看过《经典情节20种》这本书，还有其他相关方面的书我也浏览过。我觉得初学者可以看一下这类书。就好像练书法有一个描红和临摹的阶段，这类书对提高我们的写作是有一定帮助的。但是我要说两个问题。

（1）学习借鉴经典

有的经典情节的模板是可以学习借鉴的。例如：探险、追逐、转变、成长、牺牲。而有的由于国情和文化背景的不同，就很难在具体的写作中进行运用。例如：不伦之恋，可悲的无节制行为，等等。再如复仇，西方的复仇是一个很重要的文学母题。从古希腊的悲剧《美狄亚》，到莎士比亚的《哈姆雷特》，以及大仲马的《基督山伯爵》，有太多的复仇故事。我们的故事里面也可能涉及复仇的元素，但绝不可能像西方文学和影视作品那样，进行法外施法。古希腊的悲剧《美狄亚》满满的复仇欲火，她把亲生的孩子都杀了。这种不可理喻的复仇行为，东方人是无法理解和接受的。

（2）有志于创作精品

我们应该创作出真正有价值的经典作品。就像书法家摆脱了描红和临摹的阶段，开始书写具有自己个性特征的笔墨，最后自成一家，成为一个真正有价值、有创造性、有独特书法个性的书法家。

故事核和经典情节的模板，最大的差异就在于故事核有独自的发现和创造。如美国电视剧《越狱》和韩国电影《寄生虫》。他们的故事核很难找到对应的经典情节的模板，完完全全是他们自己的独创。

再如《经典情节 20 种》中写到的"经典情节 7：推理故事"，概括了推理故事模板的特征。我几乎看完日本东野圭吾的全部小说，他的那些故事核根本和"经典情节 7：推理故事"不沾边，这才是大师写的推理故事，正因为他的故事核具有独创性，才实现了他追求经典作品的目标。

4. 故事点爆故事

作家和编剧写出自己的作品后，都会千方百计地推销自己的作品，这里面涉及营销的问题。这和本书没有太多的关联。但是从作家和编剧的角度出发，讲一个营销的故事，大家可能会有兴趣。

故事点爆故事。从某种意义上来说，就是做姊妹篇。前面大家都已经知道了，《我的兄弟叫顺溜》火爆之后，我就开始研发《我的父亲是板凳》。锁定王宝强，把这姊妹篇勾连起来。这就是连环炮的作用。这里有先发和后发的相承关系。

我下面要说的是连环炮同时开发，一个故事和另一个故事产生联动。也就是说一个故事同时引爆了另一个故事，姊妹篇同时联动爆炸。这在社会上的影响力会更强，更具有爆炸性。投资方对此会有非常浓厚的兴趣。

我工作中的一部分，在好莱坞属于策划编剧，是非常专业的工作。我们一直强调"内容为王"，一定要有专业的策划编剧。讲到底，策划编剧是一个文化创意产业前期的重要的工作岗位。科技产业的创意就是发明家，发明家的地位是很高的，其他都是后续的设施过程的配套工作。所以我们的行业一定要重视策划编剧。

在改革开放的商业大潮中，我看到社会上有很多问题。我开始思考一个底线的问题，也就是说一个男人如何守住底线，于是有了这样的一个创意。我找女编剧王海鸰沟通了我的创意。她也很有想法和感触，她说有的老板为了公关接待，一天去桑拿十多次，最后连皮肤都洗破了。我们相视一笑，一拍即合。很快，王海鸰进入创作状态。我把电视剧定名为《男人底线》。

男人如何守住底线，这是家里的女人最关心的事情。为了产生联动，我同时要做一部《女人心事》的电视剧。我锁定的编剧是曹禺的女儿万方。我比较喜欢她原先写的电视剧《空镜子》。

这两部姊妹篇的制作几乎同时开机。主创都是高配的。《男人底线》的导演是高希希，主演是濮存昕和许晴。当时和濮存昕谈这部戏的时候，他犹豫不决。春节马上到来，我和濮存昕说，我要回上海过春节，会约王志文谈这部戏。你来演，是一个好男人守住底线。王志文来演，是一个不像好男人的人守住底线，会更有戏剧性。濮存昕听了我的话，很快把协议签了。《女人心事》的导演是刘惠宁，主演是冯远征和陈小艺。为了和冯远征签约，我和他通了电话，得知他在重庆拍戏，我当天坐飞机飞到重庆，就在他们剧组的宾馆里住下。冯远征收工之后，在宾馆大堂见到了我，非常意外，也很感动。当天就把协议签了。所以说，做创意产业的人，智商和情商都要高过常人。

《男人底线》和《女人心事》，在故事的创意上是相通相连的，互为联动。女人最大的心事就是男人有没有守住底线（有人开玩笑说是守住底裤）。这两个具有时代感、能够让观众产生共情和话题的姊妹篇，成了连环炮同时点爆，引起了电视台的强烈关注。

我姓唐，合作伙伴叫王辉，因此我给公司取名叫大唐辉煌。这两部姊妹篇，让大唐辉煌进入高光时刻。一份协议同时签约两部戏。实际上，我们用一部戏的钱拍了两部戏。其中有一部戏的钱，来自电视台的预购款。

据传，中国传媒大学把这个营销案例写进了教材。

说到底，这个案例真正的意义是用一个故事点爆了另一个故事。现在阐述这个创意和具体运作，希望能给作家和编剧带来一些启发。我们作家和编剧产生一个创意实属不易，一定要在这个创意的基础上，再引发出相关的新的创意。创意产业的真正的意义、真正的价值，才能完整完美地体现出来。

四、故事就是一场球赛

　　我从小学四年级就喜欢踢足球，后来参加了少年足球队。我当过中卫，也做过守门员。记得一个大夏天的中午，我光着脚丫奔跑在球场上。光脚丫不仅是为了省球鞋，更主要的是要练铁脚板。足球生涯培养了我几个优点：有全局意识，有团队精神，谁踢进球都不重要，只要团队能赢就是胜利。同时能吃苦耐劳，反应快，有节奏感。这是我这个人物的"前史"，人物性格形成的一个侧面。

　　作家和编剧在写故事的时候，可以多看看足球赛。足球赛有些特点会启发我们的写作。

1. 故事就是矛盾冲突

　　没有矛盾冲突就没有故事。好的故事就是一场精彩的矛盾冲突。就好像我们看足球赛，好看的足球赛是一场精彩的对抗赛。我们写戏剧冲突，就是写一场对抗。正反两方面的对抗，局部的冲突一个接着一个，球赛中进行一波又一波的进攻，一波又一波的防卫。双方每一次的射门都形成局部的高潮，最后完成了全局的架构，球赛结束。

　　1999 年底，我来北京的时候，是香港 TVB 在北京公司的制作总监，遇上刚刚开机的一部戏，叫《神捕十三娘》，导演是蒋家骏，我看了剧本以后马上叫停，重新做剧本。剧本主要是表现十三娘破案的过程。这个过程没有障碍，没有破坏，没有危机。说到底就是没有对抗，没有对手戏。其中 B 组的香港女导演急着要开机，我把问题和导演蒋家骏沟通了，他同意我的看法，停机停拍，重新做剧本。香港的编剧有一个优点，先做分场故事。七八天以后。全剧的分场故事出来了。编剧先写一个场景里发生的七七八八的事情。先写出来的就先拍，开始"跳写跳拍"的操作，这也是无奈之举。

（1）球赛的节奏

最怕看到的球赛节奏是什么呢？个别运动员在球场上，独自盘球，耍弄个人技巧。或者是我把球传给你，你再把球传给我，传来传去，看不到进攻的行动。如果在赢球的情况下，这样的做法还可以理解——是在拖延时间，保证最后的胜利。现在的问题是，场上的比分是相等的，这样的做法又有什么意思呢？

如果我们在剧本中看到大量类似这样的场景，即有很多的过场戏，让主要人物忙来忙去没有目的和结果，情节没有推动，故事没有进展，就像我们观看一场疲沓的球赛一样，观众对这部戏是没有耐心看下去的。整部戏的节奏拖沓缓慢，观众的耐心是有限的。尤其是长篇电视连续剧出现"注水"的现象，就会唠唠叨叨的，把戏的节奏都拉垮下来。

所以我在拍一部新剧的时候，第一个工作就是做"剧本剪辑"，把一些过场戏删掉。因为这些戏拍出来以后，后期剪辑都是会剪掉的。"剧本剪辑"后的拍摄本让现场拍摄省工省时省资金，最后完成片的整体节奏都提升起来了。

（2）新一轮进攻

一个好的球队教练，善于在战略和战术上组织进攻。球队队长是在现场的指挥者和执行者。现场瞬息万变，要组织好新一轮进攻，就必须把球停留在对方的半场中运行，这样才能造成射门的机会。

我们的故事一定要让主人公深入虎穴，这样才能对敌手造成一击致命。反之。如果让对手总是在自家门口转悠，就会给我们的主人公带来极大的危机，给对方射门的机会。总之，无论是正方还是反方，都要发起一轮又一轮的进攻，每一次进攻都会带来危机。如此，我们的故事就可以精彩起来。

（3）动作的对抗

小说可以是作者利用环境和人物的心理描写，渲染故事的氛围。影视剧作品则完全通过演员的表演来完成故事叙述，即影视剧是戏剧人物的行为艺术。影视剧的故事如果全然没有对抗性，没有矛盾冲突，演员何来演戏？从某种意义上说，影视剧作品的故事是通过演员不断表现人物的矛盾冲突来完成的。

影视作品出现的人物和足球运动员是一样的，上场就是参与对抗来的。

（4）严密的防守

精彩的故事一定要设计好严密的防守。正方和反方都是如此。不设防的对抗，肯定不会精彩，只有旗鼓相当的攻与防才好看。否则，就好像一个国际的球队和一个县级的球队对抗，这样的故事是不好看的，观众也不会有兴趣，因为输赢早就决定了。球场上的守门员是公开的最后一道防线。我当过守门员，知道要在最关键的时刻做到"勇夺中锋脚下球"。那是冒着生命危险的行为，一不小心自己的脑袋就会被中锋一脚踢破的。我们故事中的守门员，不需要公开让观众看清楚。严密的防守者可以是一个神秘的人物。一个反转的人物，会使故事更加精彩。

（5）球场的诡计

兵不厌诈。足球场上也充满着阴谋诡计。抢球时合理冲撞、迷惑对方时的假动作、在危急时故意犯规，尤其是人盯人，有时候几个人盯住对方的中锋，不给中锋抬脚踢球的机会，等等，不一而足。

鲁迅说过："忠厚是无用的别名。"作家和编剧在写故事的时候，千万不要老实巴交。古人李渔说："人要直，戏要曲。"故事中的正反两方一定要斗智斗勇，正方有超人的智慧，反方有超人的狡诈，故事的曲折完全超乎观众的想象和预料，这样的对抗和较量就有故事的张力、烧脑的张力、动作的张力、情感的张力。有了这些张力才能点爆我们的故事。

2. 角色的定位

（1）男一号是球场上的中锋

球场上的中锋是一个气场强大的人物，他身体素质特别好，球感也好，足球在他的脚下会翻出花样来，射门的命中率特别高。中锋的心理素质也要非常好。在比分落后的情况下，沉着应战、绝不放弃、越战越勇。在最后一分钟都有可能射门进球扳回比分。

我们故事中的男一号也必须是这样的人物。

球星和明星是一样的，都会受到观众的敬仰和追捧。我们故事中的男一号就应该是一个光彩鲜亮的人物。

（2）每一个人物都有明确的位置

足球赛里面每一个队员的位置都是很明确的。我们故事中的人物，应该和球场上的球员一样，都有他们自己的位置。但戏剧的最高任务也和球场上一样，就是必须射门进球得分，每一个人都要有所作为。

比如我是中卫的角色，要有全局意识，瞻前顾后。球在我的脚下，我一定会想方设法传给中锋，让中锋有射门的机会。当对方的球越过中线，我就一定要想办法，守住后方，千方百计地转移危机，化险为夷，把球传到对方的区域。

3. 时间的概念

（1）时间是有限制的

小说有篇幅的限制。话剧和电影也有时间的限制。电视剧的集数有长有短，现在比较提倡做短剧，网剧以 12 集为一个单元，电视剧控制在 40

集以内。因此，我们的作家和编剧在衡量和评估故事的时候，要量体裁衣。这个故事的长度是做电影还是做网剧，或是做常规的长篇连续剧，要自我做一个平衡和选择。

（2）时间的长度问题

我们还是以足球赛打比方：电视剧从开场一直写到结束，就像一场完整的球赛。而网剧可以从球赛的下半场开始写起；一般来说，下半场的对抗会比较激烈，对于做网剧来说，恰到好处。做电影的状态是什么呢？在比分相当的情况下，选择比赛最后 15 分钟切入对抗。电影的容量和长篇电视剧比要少很多，一般只有三四集电视剧的长度，所以电影的剪裁，总是选择故事最精彩、最激烈、最昂扬、最紧张的部分。所以说，电影是最能够呈现"激变"的艺术。

（3）设定故事的时间

作家和编剧在写故事的时候，构思中有时会有某个时间的限定。如美国的西部片《午时》，中午 12 点会发生一件骇人听闻的事件，小镇上的人都非常紧张焦虑地等待着这个时间的到来。又如电视剧《长安十二时辰》，所有发生的故事都是在这规定的时间内展开的。故事具有时间的紧迫性，紧迫性一般会增加故事的悬念和张力。

再举一个例子：当年国民党对中央苏区进行第五次"围剿"。中央苏区的红军反"围剿"之后，要安全撤退。在福建闽西有一座山叫作松毛岭。国民党部队大兵压境，要从松毛岭撕开一个口子，全面"围剿"红军。闽西的红军子弟 3 万人，在松毛岭血战 7 天 7 夜，给中央苏区安全撤退争取了宝贵的时间。这部电视剧原来的名字叫《血战松毛岭》，我看了故事大纲以后，和编剧谈了我的思路。主要有两条：

A.改名叫《七天七夜》，限定故事的时间。松毛岭血战 7 天 7 夜的同时，中央苏区的领导和红军按时完成了整个撤退任务。如果晚两天，后果将不堪设想，中央苏区的领导和红军就完全可能被国民党包了"饺子"，全军覆没。7天7夜的任务是个大悬念。每一天发生的战事都有悬念。天天都在血战，天天都有悬念。前方有战事悬念，后方有撤退悬念。时间在一天天过去，悬念在一天天增加。时间概念就是整个故事的架构。

B. 写革命传统故事，有很多类似的作品，如《狼牙山五壮士》等。现在血战松毛岭的故事很难有突破和创新。要突破和创新，就要在人物上突破、创新，重新设计男一号。他本来不是红军，是深山老林里的打虎队队长，有匪气，有霸气；松毛岭上有他的窝点，国民党的炮火炸死了他的兄弟，为了报仇，他站在了红军这一边；他原来瞧不上红军战士，可是在松毛岭7天7夜的血战中，他亲眼看到红军战士浴血奋战，抛头颅洒热血，红军战士视死如归、大无畏的牺牲精神使他受到震撼，他开始转变；最后他成为幸存者，参加了红军，走上了长征的征途。后来投资方一直举棋不定，最后被另一家公司做了网剧，名字叫《血战松毛岭》，那是另外一个故事。

另外，可以在规定的时间内，通过故事表现形式的创新，拉开多角度的空间，如美国电视剧《24小时》，在画面上打出时间码，场景却可以跳到完全不一样的空间，完成循环式的故事架构。

没有矛盾冲突就没有戏。这个章节的核心，就是讲故事的矛盾冲突。我是通过足球赛事的比喻，讲述了戏剧冲突的重要性和必要性，有别于其他同类书和教材的论述。

下面的章节讲如何组织戏剧冲突，完成故事的戏剧性需求。

五、生，还是死，这是个问题

我们人类生活在这个世界上，到处充满着矛盾。有矛盾就有冲突。故事的戏剧性，就是建立在各种各样不同形态的矛盾冲突基础上的。

人类进化 50 亿年，从海洋的单细胞进化成智人，就是从各种难以想象的矛盾冲突中进化而来的。其中有物种的竞争，有和自然界的抗争，也有生活资源的争夺。孟子引用告子说的一句话："食色，性也。"这是人类基因遗传最基本的也是最本能的需求，人类最早的冲突就是为了争夺食物和配偶，争夺食物是为了活着，争夺配偶是为了生命的延续。人类基因中最基本最本能的需求，后来演变成族群之间的战争。美国有一部电影《荒野猎人》，虽然没有表现战争，却呈现了族群之间争夺生活资源的杀戮。

我们从人类有文字和语言的历史来考察，可以梳理出几大类的冲突形态。这些形态常常可以点爆故事内容。

1. 战争环境下的故事

世界上发生的最大的冲突就是战争，人类发展到今天，依旧战争不断。每个国家的作家和编剧都会表现他们历史上或当代发生的战争。

（1）正面表现战争的故事

中国的《封神演义》是为推翻一个政权而产生的战争。《三国演义》也是为了夺取政权、开疆拓土而产生的战争。中国几千年的农耕文明，战争的意义是夺取政权，"皇帝轮流做，明天到我家"。夺取政权的目的是开疆拓土控制土地，有了土地就有了生活资源的保证。当代所有的抗战剧也都是在表现保家卫国的精神，"一寸土地一寸血"。中国解放战争的成功，很重要的一点就是进行了"土地革命"，周立波的小说《暴风骤雨》就展现了这场轰轰烈烈的"土地革命"，劳苦大众有了自己的土地，拥护共产党解放老百姓。

西方的战争文学和影视作品所表达的战争意义和我们的有所不同。如小说《斯巴达克斯》讲述奴隶起义而引发的一场战争，战争的目的不是夺取政权，而是解放奴隶，推翻奴隶制。

《埃及艳后》是把战争和女人结合得比较完美的一部电影，拓展了人性的刻画方式。

英国的电影《伦敦上空的鹰》《敦刻尔克》表现的战争都是正义的反抗，代表了老百姓的真正的利益。韩国的历史电影《鸣梁海战》，类似于中国的《甲午海战》，都属于正义的反侵略作品；而《太极旗飘扬》《高低站》《登陆之日》《海岸线》等，都类似于中国的抗战作品，表现了本民族英勇顽强的抗战精神。

（2）战争背景下的小人物故事

这样的作品也有很多。中国古代作品有《花木兰》《桃花扇》。民国时期还有一部电影《一江春水向东流》，张爱玲的小说《倾城之恋》后来也改编成电影。中华人民共和国成立以后的电影就更多了，《小兵张嘎》《董存瑞》等；当代电影有《小花》等。电视剧如《民兵葛二蛋》，我做过的电视剧《枪侠》也属于战争背景下小人物的故事。我们耳熟能详的外国小说《羊脂球》，课本教材中的《最后一课》等，都是著名的战争中小人物的故事。英、美的电影《魂断蓝桥》《乱世佳人》《辛德勒的名单》等，也都是享有盛名的战争题材故事，它们都从各自的角度叙说了战争环境下不同类型的人物的命运。

关于战争类型剧的特征与走向我在后面的章节会做详细的阐述。

2. 冲突的背后是政治博杀

中国有很多讲述皇权的争斗的电视剧，说到底都是关于政治的故事。最具有代表性的作品如《大明王朝1566》《大汉天子》《大秦帝国》等；国外的《拿破仑》《彼得大帝》《纸牌屋》等，都讲述的是和政治相关的故事。

当代有很多宫斗戏，重点都是放在后宫的女人身上。虽然这些剧主要表现后宫女人的争斗和她们的命运，但也能折射出其背后的政治影响。

3. 时代和人的矛盾

除了战争年代之外，每一个时代都会有社会的裂痕或分歧，自然产生时代和人的矛盾。

由此，在特定的历史背景和时代特征下，都会有各种各样的人被时代所裹挟而产生不同的命运故事，有的抗争、有的落伍、有的随波逐流、有的与时俱进。这就是时代和人的矛盾。

如美国电影《教父》就是一个很有说服力的例证。《教父》最后拍成了三部曲，同样是写黑帮家族的故事，但三部曲中第一代教父维多·柯里昂和第二代教父迈克·柯里昂因为时代的变化，黑帮家族的内外矛盾发生了大相径庭的变化。《教父》中，迈克在与其他黑帮争斗中，赢得了父亲的信任和兄弟们的尊重，成为教父的接班人。《教父2》中，迈克认为他父亲以往的行事风格已经过时，他为人处世的风格要和时代接轨，岂料他的哥哥、他的妹夫却都成为他的对手，不可调解的矛盾冲突使亲人之间发成了生死之战。在时隔16年后问世的《教父3》中，迈克已是垂暮之年，为了灵魂救赎，他想洗白家族资产，但却逃脱不了黑帮社会的阴影，直至在绝望中离开这个繁华的世界。《教父》三部曲，分别表现了迈克身处三个时代的故事。

又如美国电影《奔腾年代》表现的是纽约 1910 年大萧条时期的故事。那时候汽车已经出现了，但马和马车都还奔驰在原野和街道上。时代在进步，有的人还在墨守成规，这样的矛盾冲突就构成了故事。

中国也出现过很多这样的文学和影视作品。如 20 世纪 80 年代出现的伤痕文学，主要表现知青下乡后的生活和遭遇。"右派"平反以后，也出现了像《天云山传奇》《芙蓉镇》这样的电影和文学作品。这都是在特定的历史背景和时代中产生的与人物命运息息相关的故事。

4. 爱情中的时代烙印

每个时代都会产生不同的爱情故事。因为时代背景、文化背景的不同，所产生的爱情故事也不尽相同。中国的爱情故事和欧美的爱情故事就有很大的差异。中国 20 世纪 30 年代的左翼作家，写了很多革命 + 恋爱的故事，故事千篇一律：当年受革命思潮的影响，很多年轻人抛弃了家里包办婚姻的妻子，走上了革命道路，同时寻找到革命伴侣的故事。

不久前，我看了一部电视剧本《激情燃烧的青春岁月》，讲述当年抗大学生的故事，其中有几对年轻男女产生了爱情。这种故事和《战火中的青春》有很多相似之处。在中国革命的时代背景下，爱情的模式基本上就是革命 + 恋爱。

电视剧《激情燃烧的岁月》讲述一对从战争背景下走过来的青年男女成为一对夫妻的故事。在上海电视节上有人问我，这部剧为什么会火。我回答说"这一对夫妻，吵了一辈子好了一辈子"。对方沉思后频频点头。

中国有句老话说："不是冤家不聚头。"太多的夫妻吵了一辈子好了一辈子。这是潜藏在很多夫妻心里的情感，该剧引起了他们的共鸣。"人人心中都有，人人笔下都无"，是这部电视剧成功的内核。

改革开放以来，商业大潮席卷全国。在这个前所未有的时代背景下，我们的爱情故事呈现着前所未有的多姿多彩。电影《北京爱上西雅图》，电视剧《大丈夫》等，这些作品中的爱情故事，无一例外地都会呈现与时代密切相关的、各种各样的观念冲突。我们的作家和编剧在写爱情故事时，一定要发现和锁定各种观念的冲突。这些矛盾冲突引发的与爱情相关联的故事，一般具有时代特征，家庭观念、婚姻观念和爱情观念的矛盾和冲突仅仅是其中的一部分。

5. 对于利益的争夺

莎士比亚的戏剧《威尼斯商人》，巴尔扎克的小说《高老头》，美国话剧《推销员之死》《榆树下的欲望》等，这些作品把人物对金钱的贪婪刻画得淋漓尽致，为了获取最大的现实利益而不择手段，寡廉鲜耻。对于利益的争夺而引发的故事，在我们现当代作品中也很常见，如电影《我不是药神》，电视剧《心术》《裸婚》《温州一家人》等。不过，我们的作家和编剧还是比较正面地去表现了这样的生活现状。

从小处来说，人和人之间普遍存在着利与害的矛盾。生活中有的人斤斤计较，一点亏都不能吃，而且喜欢煽风点火，挑拨离间。这种类型的人物走进我们的故事就可能成为矛盾冲突中的"搅屎棍"，在故事推进过程中起到助燃剂或推动器的作用。

对于利益的争夺引发的矛盾冲突，我们可以把"利"放大，也可以把"害"放大。以足球赛为例：假如这场球赛是全球冠军赛，全世界的电视都在转播，这场球赛胜了的球队，就成为世界冠军，轰动世界，名利双收，除了丰厚的奖金，大量的广告商也会追着球队做广告代言人，真可谓"一脚定乾坤"；如果比赛输了，后果不堪设想，以后就告别足球场，人生将进入低谷。试想，在这样大的利和弊面前展开搏杀，会何等激烈？

人与人之间的矛盾冲突，一点火星也可燃起熊熊大火。古人说："小不忍则乱大谋。"现实生活中，有人打了别人一个耳光，结果输掉了自己的一切。事情再小，也要有"成王败寇"的味道，这样才能点爆我们的故事。

6. 人和自然的矛盾

在人类的进化史上，人和自然的矛盾从来就没有消停过，很多民族有抗击和治理洪水的神话传说。地震和火山爆发一直到现在还是人们无法抵御的灾难。因此灾难片成为影视作品中的一种类型片。当年我去香港凤凰电视台参观的时候，总裁请我观看了电影《龙卷风》，现场很震撼。这种灾难片，美国好莱坞比较热衷，拍出很多"人与自然"的矛盾。观众看这一类影片，往往会心灵震撼，产生对大自然的敬畏和思考。

自然界的病毒对人类的侵袭，也是人和自然的矛盾之一。古希腊悲剧《俄狄浦斯王》，故事一开场，城市里面就发生了瘟疫，如何解救城里的老百姓成了全剧的总悬念。小说《鼠疫》和《霍乱时期的爱情》都展示了历史上非常恐怖的来自自然界的病毒对人类的伤害。中国最早的半神话小说《封神演义》里面，就讲到敌方有人故意散布瘟疫病毒，造成一个城市发生瘟疫，后来姜子牙带高人清除了这场瘟疫。我国 20 世纪 60 年代有一部话剧《枯木逢春》，讲述治理血吸虫病的故事。韩国有部电影《感冒》，感冒是故事的一个由头，表现的是人类在感冒时期面对病毒感染的一种生存状态。

7. 不同性格引发的矛盾和冲突

这里指人与人之间因性格相异产生的矛盾和冲突，主要发生在同一阵营中、同一个团队中，以及自己家里。

这个世界上，每一片绿叶都不同，每一个人的指纹也是不同的。性格与性格的差异，有时候是很大的，甚至可以水火不相容。下面举几组例子。

（1）不能容忍对方的错误

有的人对自己要求很严格，但是眼睛里容不得沙子，绝对不允许别人犯任何错误。比如说球队的队长，每一次球传到中锋的脚下，他都要求中锋能够射门进球。这是一件不现实的事情，总有不进球的时候。队长就非常恼火，恨不得一口吞掉中锋。中锋也不服软，性格火暴。两个人的冲突一点就爆。

夫妻之间也是这样。每个人都有缺点，要互相理解和包容。如果有一方是不宽容的人，一点芝麻绿豆大的事情就互不相让，两人发生争吵，甚至小吵天天有，大吵三六九。当代很多家庭伦理剧，婆媳相争，姑嫂斗法，就是在这样的吵吵闹闹中完成了故事。

（2）既生瑜何生亮

诸葛亮和周瑜都是非常有才华的人。周瑜气量很小，非常嫉妒诸葛亮的才华。诸葛亮也知道周瑜的气量很小，所以才有诸葛亮三气周瑜的事。故事中同一阵营同一个团队的人，也常常会出现既生瑜何生亮的情况。其中有个人个性既小气又善妒，容易嫉妒别人，总是和比他能干的人发生摩擦和冲突。这样性格的人物和周围的人发生冲突就不可避免。

（3）相爱相杀

能够走到一起的夫妻总是相爱的，可是离婚的时候常常又说性格不合，这是他们唯一能拿得出来的理由。其实，真正相爱的人总是相爱相杀。爱之深恨之切，也是一种常态。中国有句老话："不是冤家不聚头。"也是有道理的。我们寻找的另一半，如果完全和自己性格相同，也非常有可能走不到一起。因为你寻找的那一半，肯定希望是对方有自己没有的或者是缺少的部分，因此两人才会相爱。

眼下，男女之间相爱的故事，常常用相爱相杀的套路来完成，其实也是有道理的。如韩剧《来自星星的你》，教授是来自 500 年前的人，他和现实中的女孩子相爱是有隔阂和差异的。这种隔阂和差异就是相杀，是他们矛盾冲突的一个焦点。如果相爱相合的话，所有的一切都顺理成章，相爱顺顺溜溜的，就没有它的趣味和戏剧性。正因为有相爱相杀的反差，才吸引得住观众；也正因为有他们之间的相杀，故事才有真正的悬念。

8. 人的自我矛盾和冲突

莎士比亚的著名悲剧《哈姆雷特》，被改成电影的名字叫《王子复仇记》。梦中，哈姆雷特的父亲告诉他，凶手已经霸占了他的母亲。哈姆雷特要为父亲报仇。在采取报仇行动的时候，他那优柔寡断的性格让他迟迟不能下手。那句著名的台词"生，还是死，这是一个问题"，让哈姆雷特长时间地徘徊、犹豫。这个过程就是他自我矛盾的过程。

所以，在我们的作品中，人物在做重大决策时，一定要产生自我的心理矛盾。有这个矛盾过程才能让主人公纠结痛苦，对自己失望，甚至想到死亡。曹禺的话剧《日出》里面的女主人公陈白露是一个交际花，为了救小东西（一个小女孩儿）得罪了恶霸金八，虽然这个金八始终没有出场，但观众知道他是一个不能得罪的人。在浓重的黑暗中，陈白露失去了经济来源，但又不可能选择新的人生道路，她左右为难，陷入深深的自我矛盾和内心的冲突中，最后在天快亮时，她吃了大量的安眠药，非常安静地离开了这个黑暗的世界。这是她内心自我矛盾冲突的最后选择。

生活是丰富多彩、千变万化的。故事中的矛盾冲突也应该是丰富多彩、千变万化的。没有矛盾冲突就没有戏，一切戏剧性都建筑在矛盾冲突的基础上。

我们的故事有没有矛盾冲突，有没有戏剧性，就如哈姆雷特的那句台词："生，还是死，这是一个问题。"

六、众里寻他千百度

没有人物就没有故事，点爆我们的故事，必须点爆故事中的人物。

我看过美国的写作书《经典人物原型 45 种——创造独特角色的神话模型》，其中第四章提到了神话女神阿尔忒弥斯。

作者接着从神话女神阿尔忒弥斯模型引发出当代经典人物原型：亚马逊女子。

亚马逊女子是女权主义者。她关注女性解放事业胜过关心个人安危。她会毫不犹豫奋不顾身地去救助困难中的女子或孩童。与女子的友情对她来说是非常重要的。但是因为她雌雄同体的态度，她的朋友不多，可能还与朋友相去甚远。她男性的一面与女性的一面同等强烈，这让她很困惑，不知道如何融入他人。她不关心时尚，也不欣赏"家庭主妇"或者"公司白领"这两类女性，而现在绝大多数女人都非此即彼。

我非常认真地摘了这么一大段文字，无非是向我们的作家和编剧说明三个问题。

其一，西方的神话人物浸染了西方的作家和编剧。在西方历史和文化的背景下，他们作品中出现的人物肯定是蓝眼睛、高鼻子、白皮肤的人物，我们如果去临摹这 45 种经典人物，写出来的人物就是"香蕉人"，很难是一个说着带点地方口音普通话的黑头发黄皮肤的中国人。

其二，我们学习和借鉴西方文化和经典作品，按照鲁迅的说法是"拿来主义"。但鲁迅笔下的人物阿 Q 和祥林嫂，都是生长在中国土地上、讲着中国话的地地道道的中国人。我们国内影视公司翻拍韩国和日本的一些电影或电视剧，虽然都是亚洲人种，但因为历史文化和生活环境不同，人物的行为方式和性格特征就有很大的差异，水土不服，结果总是不尽如人意。

同样是写女性的作品，电影《秋瑾》和《黄金时代》中的主人公，都是在中国这块土壤上生长的女性。如果按照经典人物原型"亚马逊女子"来表现"秋瑾"和"萧红"，那将会是怎样的女性呢？

我们学习和借鉴西方文化和经典作品，千万不要生搬硬套。因为我们作品的根在中国，我们的人物一定要扎根在中国的土地上，一方水土养一方人，我们讲述的是地地道道的中国人的故事。

其三，作家和编剧总是在寻找心目中的人物。把心目中的人物呈现在自己的作品中。无论是表现真实的人物还是虚构的人物，我们都会经历这个阶段："众里寻他千百度。蓦然回首，那人却在，灯火阑珊处。"

下面就来谈谈寻找我们的人物和呈现人物的方法。

1. 我们寻找的主角是什么人？

这就是故事的"人设"问题。人设是和类型紧密相关的。战争剧中冲锋陷阵的将士和谍战剧中潜伏的卧底是完全不同的人设。不管写什么样类型的人设，下面列举的六个方面是在确定人设时必须明白的。

（1）时代背景

关于时代背景对人物产生的影响，前面的章节已经涉及了。这里要强调的是，在作品中，时常会有一个人物经历了不同的时代背景，随着时代背景不断地推进和变化，人物的成长必然受推进和变化的历史过程所影响。如电影《甘地传》，1893 年，甘地是一位年轻的律师，生活在南非南部，在那里，白人是上等人，印度人是下等人，印度人有自己的通行证，走路都不能与白人同时走在人行道上。为了反抗这种不平等，甘地带头烧毁了通行证。为了实现他的"人人平等"的理想，他让自己的妻子也参与一些所谓下贱的工作。1915 年，甘地在印度孟买，这时的印度在英国殖民者的统治下，殖民者残酷地压迫和剥削劳苦大众，印度人民要求独立的愿望非常强烈，为了反抗殖民统治，有人让火车脱轨，甚至杀了英国士兵。此时的甘地到处旅行，深入劳苦大众，站出来为印度的自治发出自己的呐喊，后来他被警方以扰乱治安罪抓进牢房。为了印度的独立自治，他坚持抗争，多次坐牢。甘地逐渐成为印度人心目中的"圣雄"。1947 年印度终于摆脱了殖民统治，获得独立。漫长的斗争岁月，几乎耗尽了甘地的一生。

在传统的文艺理论中，文艺作品中的人物应该是"典型环境中的典型人物"。"圣雄"甘地就是印度人民争取摆脱殖民统治的时代而出现的伟大人物。

大时代发展的每个阶段，都呈现具体的典型环境。这些典型环境也会给人物打上时代烙印，在人物身上呈现不同时代人的性格特征。

（2）原生家庭

如果说时代背景是一个大环境，会对人物的性格和命运产生巨大的影响，那么原生家庭就是一个小环境。原生家庭的构成会对我们的主人公产生很大的影响。心理学家弗洛伊德就非常注重"童年记忆"，也就是原生家庭对人的性格的形成和塑造是非常重要的。鲁迅小时候，家道中落，父亲病重卧床，小时候他经常去药店买药，所以才写出《药》这样的小说。我们看到的"人血馒头"，也是生活中真实发生的事。

比如说一家兄弟三人，老大会较真儿，有责任心，他时时要照顾下面两个弟弟，长此以往就形成了他的性格特征；老二处于中间，上有老大，下有老三，性格就相对随和；老三是幺小，往往会得到父母的宠爱，他的性格就比较放任自流，想干啥就干啥，天塌下来有两个哥哥顶着。同样是一个家庭，小环境的不同，人物的处境不同，三个兄弟会有各自不同的性格特征。从小说到电视剧《人世间》的主线就是写了三兄妹的故事。原生家庭是故事的重要源泉之一。

（3）前史

写人物的前史有两个好处。

其一，表现人物性格的由来。以前发生的事情，对人物性格的塑造和完成起了决定作用。

我做过一部剧《漂亮女人》，最早在央视8套黄金档播出。后来上海东方卫视采购部主任发现这部剧收视率非常高，安排东方卫视黄金档二轮播出。二轮播出的收视率比首轮的收视率还要高。《漂亮女人》中演员陈小艺主演女一号唐文馨。唐的丈夫以前是个军人，在一次军事演习中丧失了生育能力。这段前史是她丈夫心中的秘密，谁都不知道。在第一集中唐文馨却喜滋滋地告诉丈夫自己怀孕了，这引起了丈夫的误会，指责妻子有婚外情，唐文馨有口难辩，她丈夫却因痛苦喝醉了酒，酒后上街遭遇车祸身亡。这段因丈夫前史造成的误会，对唐文馨的性格塑造起了决定性的作用。紧接着，为车祸肇事者顶包的小兄弟建议用10万块钱来摆平这件事，被唐文馨拒绝，她决定寻找真正的车祸肇事者。丈夫遭遇车祸前与自己的冲突，使她坚定了找寻真相的决心，她选择了一条常人没有走过的路。

其二，前史的人物关系和事件可以引发新的戏剧种子，即引入新的事件，引发新的戏剧矛盾和冲突。

继续讲《漂亮女人》。唐文馨离开了婆婆，找到顶包的肇事者；顶包的肇事者安排唐文馨住在自己的家里，他家里有一个老人，是顶包肇事者的父亲；老人对唐文馨很好，像对待自己的亲闺女一样；唐文馨怀疑顶包的肇事者是替他的老板的家人顶包，于是，她就到这家公司去做清洁工；唐文馨最终发现老板的儿子才是真正的车祸肇事者。

情节到了这儿，前史的故事开始进入了。老板的夫人当初是女知青，和顶包肇事者的农民父亲有过一段婚姻。她离婚后回城是带着身孕和老板结婚的，生下的儿子就是现在的车祸肇事者。这个秘密像剥洋葱一样慢慢地一层一层地剥出来，每揭开一段前史就发生一次点爆。因此，这段前史非常具有爆炸性。由于人物关系有了新的发展，这样的人物关系又引发了新的戏剧事件，展开了一连串的矛盾和冲突。

这是前史带来人物之间关系的变化，变化产生故事的炸点。作家和编剧千万不要忽视前史的作用。很多时候，前史就像一个定时炸弹，随时随地都会在人物间引爆，点爆我们的故事。

（4）世界观

我们的作家和编剧创作一部作品。一部作品展现了一个世界和这个世界里活跃的人物。因此主人公的世界观会自觉不自觉地体现了我们整个作品的世界观。如《辛德勒的名单》，虽然也写了辛德勒为了应付德国军人而花天酒地，但他作为一个商人却用自己的钱拯救了1100多个犹太人，最后他还忏悔说，如果卖掉自己的爱车，就可以多拯救10个人。被拯救的犹太人赞扬辛德勒"救一命者救天下""你的善行，让生命得以延续"；他们的这些感受，就是主人公世界观的体现，也是这部作品的世界观。

又如《甘地传》，甘地追求独立的过程，都是以和平主义者的心血和生命完成的。其中虽然发生过很多暴力事件，但在甘地的努力之下，整个印度独立的过程是一个和平的独立过程。世界和平，才是终极目标，这就是"圣雄"甘地的世界观，也是作品的世界观。

（5）主体性格

我从自己的生活和创作实践中感悟到，每一个人都有自己的主体性格。所以我们在写不同的类型剧，确定人设的时候，人物的主体性格一定要吻合类型剧，应该是我们类型剧需要的主体性格。

如战争剧《亮剑》，作为战争剧的主人公，李云龙的主体性格就是：敢打敢拼，不怕牺牲，敢于挑战死亡的底线。李云龙的主体性格是由他的行为和著名台词完成的："面对强大的对手，明知不敌，也要毅然亮剑。即使倒下，也要成为一座山、一道岭……"最后完成为脍炙人口的"亮剑"精神。这部剧成为爆款剧就是因为点爆了李云龙的主体性格。

同样的战争电影《巴顿将军》，巴顿将军的主体性格就是：爱打敢拼，不按常规出牌，出奇制胜。他的口头禅是："大胆大胆再大胆。"这样的主体性格就是战争剧的人物特征，《巴顿将军》成为战争电影的经典作品，来自巴顿将军这个人物的成功。

由此可见，爆款剧来自人物的点爆，我们把握好每一种类型剧的人设，把主人公的主体性格点爆，也就点爆了故事。

（6）性格维度

完成一个人物的塑造，至少要从三个维度呈现，即生理维度，包括体格、外貌、智商、语言和着装风格、举止习惯等；社会维度，包括社会和社会中的人物关系和家庭背景、早期教育和经历、由人物性格引发的事件；心理维度，包括心理学和社会学的特质和量度。其他维度还有文化和生命的遗传基因，等等。

举一个实例：

有一位很优秀的编剧写了电视剧《薄冰》，这部电视剧是在芒果 TV 播出的。我对电视剧《薄冰》初稿提了一些意见，也和编剧当面交流过。我对人物的塑造用性格维度的方法进行了阐述。

我觉得剧中的女二号吴若男，比较成功地完成了上述三个维度的塑造。她的生理维度：舞女身份，其实是一个身手不凡的特工（含武力值）；她的社会维度：将军的私生女，母亲也是一个代号为"白头翁"的特工，母女生离死别，情感达到了一个高点；她的心理维度：对爱情的穷追猛打，忠贞不贰。这三个维度的融合塑造了她"支配性情感"的性格特征，成为这个人物动态的戏剧性的力量，于是一个具有真实感的立体人物呼之欲出。

再如女一号春羊，前面更多的都是她单独的个体行为，虽然她的个体行为都是在地下党的指挥下完成的，但缺少多侧面、多维度的塑造，就很难构成她性格的立面。到了最后 10 集，她来到重庆去关永山（军统上层）

家认了亲戚，才完成了她的社会维度，她和关家的关系丰富了人物维度的表现，对人物的塑造起了重要的作用。

可是男一号陈浅的社会维度显然不够，他唯一的亲人婆婆和婆婆拿手的辣子鸡给人物和故事增添了烟火气，但没有增加戏剧性的推动力，即缺少陈浅的"支配性情感"的驱动力。如设计反派在婆婆身上做文章，将戏剧矛盾纠葛起来，人物和故事肯定比现在更加好看。因此作品修改时要把陈浅的个人经历、家庭背景和社会关系捋一下。他缺少精神导师，即从开场前就一直影响他的人物，活着的或死去的人物都可以，给这个军统人物陈浅定一个偏红色的基调。现在从第 14 集正面和地下党接触，曾经几次见面表态都显得别扭，其心理维度没有完成外部的推动，他思想立场的转变缺少层次的推进转变，成长的脚印不够清晰。我们的修改要完成国安系统对人物塑造的要求。

我建议这样修改：陈浅在日本东京大学学习时，他的导师是共产国际的党员、日本的反战人士，陈浅重新回上海潜伏是因为与他的约定，他亲自送陈浅和景田见面，增加"易容"的可信度。我建议设计陈浅的父亲是延安高级干部，根红苗正，他知道父亲是共产党，自己身在军统身不由己，但是为了抗日杀敌，不做坏事。除此，希望编剧设计其他更好、更精彩的桥段。总之，要完成他社会维度的构建，使人物更趋合理，对人物塑造也有好处。

2. 人物的出场

人物的出场，尤其是第一次出场，就像跟观众相亲，必须让观众对其产生好感和深刻的印象。所以人物必须带戏出场。带戏出场有几种方法。

（1）在矛盾冲突的关键时刻出场

凡是在矛盾冲突的关键时刻上场的，一定是矛盾双方关注的人物，也是观众产生关注的人物。如《我的父亲是板凳》，板凳一出场，就接受了生命垂危的大师兄托孤。人声鼎沸，枪声不断，大师兄立马死在他的面前，板凳马上成为三方人物所追击的对象。开场没有几分钟，板凳就成为观众关注的焦点。

（2）带着任务出场

人物一出场，就接受一个不可能完成的任务，而又必须去完成。例如，美国电视剧《越狱》，弟弟出于亲情，必须从监狱里救出自己的哥哥。这是他给自己下达的一个不可能完成的任务。又如，作家冰河的小说《使徒》，故事讲一个三流演员李可一出场就和人打架，打残了对方被关进"号子"里。便衣警察找他，说他有一个孪生弟弟，是警察，车祸意外牺牲了。此刻，他才知道自己有个孪生弟弟，弟弟执行的是缉毒卧底的任务，但任务还在进行中。所以，警察要求李可冒名顶替，去完成他弟弟的卧底任务。李可开场就"犯事了"，无法拒绝，只好赶鸭子上架。他开始面对这个不可能完成的任务，于是关于这个人物命运的故事就开始了。他的出场和他的任务就成为观众关注的焦点。

（3）带着事件出场

人物一出场，就带出了一个事件，这个事件和人物的命运相关，观众就开始关注他了。比如高满堂老师写的《家有九凤》，过年的时候家里人都团聚了。往年总有一个闺女不回来过年，这一年她突然回来了，而且神情异常。母亲一下子判断：这姑娘出事了。这姑娘出什么事了？她身上发生了什么故事？一下子引起了观众对她的关注。

（4）在危机中出场

张艺谋导演拍摄的电影《悬崖之上》，由于叛徒的出卖，4个空降的特工人员一出场就面临着生死危机。为了避免被一网打尽，4个人分成两组，分头行动。他们4个人各拿了一片毒药，随时准备为革命献出生命。人物的命运和故事开始了。

（5）第一次出场要"撒狗粮"

我看过好莱坞编剧布莱克·斯奈德写的《救猫咪》，这本书的关键词就是：让主人公救猫咪。救猫咪的行动就会给观众带来良好的印象，好人做好事，之后他（她）的行为都会让观众认可。

《救猫咪》是撒狗粮的一种方法。我们给观众"撒狗粮"，无论是小恩小惠，还是大义大举，就是要主人公获得观众缘，形成强大的气场。让观众喜欢上主人公，跟着主人公往前走。

（6）让观众好奇

观众都是有好奇心的，让观众好奇也是一种方法。我们的人物出场要散布让人好奇的气息，神秘或神奇，像谜一般的人物，让观众产生极大的好奇心，人物的真面目"千呼万唤始出来"。

3. 人物的错位

（1）错位是一种非常态

写人物就要写非常态，非常态具有错位的功能。

以一部美国电影的故事为例：一位女警察是个"男人婆"，她从小就敢打男孩子，但更重要的是，职业强化了她的性格特征。警察所接到了一个情报，恐怖分子瞄准一批准备参加选美大赛的女孩子。男人婆女警察开始接受专门的训练，要成为美女中的一员，无论是吃饭、走路、仪表、礼仪都要成为标准的淑女。这种性格的强烈反差产生的错位，使人物进入非常态的状态，让我们看到了一个非常有意思、有趣味的人物。

（2）猫和鼠的关系

猫和鼠的关系永远是一方强大、一方弱小的敌对关系。猫抓鼠的游戏也是观众喜欢看的故事。如果我们的老鼠是一个非常聪明的老鼠，找到了猫的软肋，猫看到这个老鼠就要躲着它、让着它，关系就发生错位了。这是观众更喜欢看的故事。

如谍战剧的卧底，核心的段落就是"身份识别"。故事核心是猫抓老鼠，卧底的一方就是老鼠。"猫鼠游戏"构成了谍战剧的架构。如果全剧都是猫是猫、鼠是鼠的矛盾关系，套路桥段再精彩，都不如人物关系产生变化有戏。例如，猫成为鼠，鼠成为猫；或者鼠猫集于一身。人物有大格局的错位变化，才能找到我们点爆的炸药。

具有鼠和猫双重特征的人物，必然点爆我们的故事。

4. 人物的缺陷

我在和编剧谈到电视剧《薄冰》中的男一号陈浅时，觉得对他的塑造有点"光伟正"。有缺点和缺陷的人物才更真实，改正缺点，人物才会更可爱、更立体。他的痛苦，他的迷惘，他的沉沦都可以写，现在人物内心的心理经历被外部的情节挤压了。

美国电影《国王的演讲》，国王天生就有口吃的缺陷，然而作为国王，有很多场面需要他进行演讲。这构成了一对自我的矛盾，也给他带来极大的痛苦。所以说缺陷可以推动情节的发展，更可以展示人物的性格特征。国王通过各种方法，用顽强的意志战胜了缺陷，也就是战胜了自我，最后成功地进行了演讲，完成了人物性格的自我塑造。美国电影《车祸》《洛奇》《百万美元宝贝》等，都表现了人物的缺点或缺陷，人物能不能战胜自己的缺点和缺陷都不重要，重要的是让人物更加丰富多彩，使人物真实可信，也更具有性格特征。

人世间有很多奇迹，生活的案例也能给作家和编剧带来启示。大音乐家贝多芬晚年听力全无；大科学家、思想家霍金，则是整天坐在轮椅上的身残者，他们的去世令多少科学家、思想家、政治家，还有全世界的普通百姓共同哀悼。他们的生理缺陷和伟大成就之间的巨大反差带给人们强烈的震撼。

5. 人物的起点

我进上海戏剧学院读书之前，在上海市工人文化宫小戏创作组混过一段时间。当时我和我的发小黄荣彬讨论过人物的起点问题。人物的起点就像跳高运动员一样，横杆一下子升得太高，运动员就没有继续跳高的余地。因此我们两个人一致认为：一开场人物的起点要低一些，留出他以后成长或发展的空间。后来我做电视剧、电影，对人物起点的认知更加深刻了，一定要给主人公留下继续跳高的空间。就如同唱歌起调，不能一开口就是高八度，接下来就唱不下去了。在做电视剧《枪侠》的时候，重庆电视台的领导希望人物一出场就是英雄，我坚持这个英雄要有一个成长的过程。这样的写法是我比较喜欢的，也更加适合电视剧的长度。电视剧《士兵突击》也是如此，许三多一出场就是一个农村的懵懵懂懂的少年，经历过很多事情后，才慢慢地成长起来。

除了电视剧，电影也有很多例子。

美国电影《血战钢锯岭》，主人公出场的时候，是一个非常平凡的人物，而后来他在钢锯岭的表现却令人刮目相看，很难相信是同一个人，但又确实是同一个人。

电影《辛德勒的名单》，辛德勒出场的时候，看上去不像好人。就是这样一个看上去不像好人的辛德勒，在后来一系列的经历中，他看到了很多东西，也想到了很多东西，完成了他的心路历程。最后成为一个救助犹太人的大好人。

电影《功夫熊猫》，熊猫阿宝出场时只是一个笨手笨脚好做梦的活宝，后来遇到很多变故，在各种变故中逐步成长，最后练成惊人的中国功夫，成为保卫山谷和平的勇士。

很多电视剧、电影人物出场的基调都比较低，给后面的发展或者是高潮提供了很大的空间，前后反差富有戏剧性。

当然，也有另一种写法，人物出场的起点就是一个成功人士，人物性格是定型的。如巴顿将军、李云龙，他们一出场就是叱咤风云的英雄人物。

人物出场就是英雄，在电影中会更多一些。如电影《007》系列，《蝙蝠侠》系列，等等。

有起点就有落点。跳高运动员从起步到跳跃那一瞬间最扣人心弦，过杆之后就一定要自由落地。落地后的姿态因人而异，我们剧中人物最后的结局也是因人而异。

6. 人物的能力

人物的能力一直是观众所关注的，这是人类文化基因中残留着的英雄情结。

有的作家和编剧喜欢写天才式的人物，是为了把人物的性格特征推向极致。

作家麦家的小说《风声》，后改编成电视剧。王宝强饰演的人物就是一个监听天才，他的听觉超乎寻常。我策划的电视剧《我的兄弟叫顺溜》，顺溜就是一个狙击天才。美国电影《雨人》里患自闭症的哥哥是个记忆的天才。

有一年国庆，导演高希希请编剧和我去他家吃午餐。我谈了对狙击手的一些思考：狙击的最高境界应该是盲射。灵感来自我小时候看到的一个棋手同时和三个人下盲棋，这让我惊叹不已。编剧听了以后很感兴趣，后来写了一部电视剧《狙击手》，高希希导演。让我感到遗憾的是，盲射的概念和桥段没有用到电视剧中。

我很喜欢电影《目中无人》，豆瓣评分很高。电影讲述了一个有缺陷的天才的故事。他把一个盲人定格为武术天才。面对强大的对手，他不顾自己眼睛看不见，要去拯救一个让他喝过结婚喜酒的女孩儿。女孩儿结婚这天家里惨遭巨变，哥哥和新郎都被杀害，女孩儿被人绑架，盲人到处寻找女孩儿，危险重重。在这个过程中，有一个琴女也卷了进来，盲人没有盲之前和她有一段情感前史。琴女知道盲人不是爱上这女孩儿才有这样的举动，因为盲人看不到女孩儿是丑女还是美女，他的动机和情感十分单一，就是豁出命也要救出这个女孩儿。这是剧本中最关键也是最动人的地方。从中我发现一个重要的剧作提示：人物的缺陷与人生转折事件之间的关系可以是十分单纯的。

7. 人物的危机

中国有一些名句，是讲人在危机中才能显现性格的。例如："疾风知劲草""沧海横流，方显英雄本色"。因此，我们的故事要塑造人物，就要给人物不断地设置障碍和危机。

强情节的电影和电视剧设计的危机基本上是生死危机。这样的作品很多，限于篇幅，我就不举例了。推荐去看一部奥斯卡获奖电影《血钻》。

现代生活中也有很多危机，如职场危机、经济危机、情感危机、信任危机、健康危机等。生活中的各种各样的危机都可以落在我们的人物身上。人物如何面对这一系列的危机，他将采取怎么样的行动？

人物面对危机的行动，可以成为我们人物的引爆点。

8. 人物的执着

一个成功的人物，总是具备勇往直前的执着精神，不断奔向既定的目标或完成特定的任务。这也是我们作家和编剧的目标和任务。

电视剧《狂飙》中的安欣也具备这样可贵的性格特征。他走上一条不归之路，熬白了头发也要死磕到底。为了保护心爱的孟钰，他放弃了爱情和婚姻。独身一人，毫无顾忌，苦苦地等待时机，扫除黑恶势力。安欣就是一根筋，他的执着和坚持原则的个性特征，完成了一个优秀警察的塑造。

我们前面提到的电影《国王的演讲》和《甘地传》，国王和甘地就是这样执着的人物。很多电影和电视剧的作品表现了人物的执着。电视剧《士兵突击》中许三多的"不抛弃，不放弃"，非常精准地呈现人物的执着精神。

如果我们塑造的主人公缺少执着精神，遇到事情就摇摆不定，"溜肩膀"，把困难都推给别人，甚至对自己都不负责任，这样的人物，在现实生活中和故事中很难成为成功人士。

9. 人物的选择

前辈作家柳青说过，人生最关键的几步一定要做好选择。这关键的几步将会决定你人生的道路。

生活和故事一样。在我们的故事中，我们的人物将会面临各种各样的选择，很多选择都是生死之间的选择。在强情节的战争剧和谍战剧，或其他强情节的动作类型剧里，这样的生死选择比比皆是。

"棋错一着满盘输"，是一种错误的结果。人物和故事就是在不断的选择中向前推进。

当年和我女儿一起看美国电影《泰坦尼克号》，女儿在电影院里泣不成声，我也被深深感动了。"泰坦尼克号"下沉的时候，音乐家拉起了小提琴，他们不顾自己的生死安危，选择用音乐抚慰即将失去生命的人。

最经典的选择在电影《卡萨布兰卡》里，瑞克面对情人的丈夫死而复生所面临的抉择。二战时期，卡萨布兰卡是欧洲逃往美国的必经之路，那里鱼龙混杂，局势紧张；瑞克是一个神秘的商人，他在卡萨布兰卡开设了一家夜总会；不料有一天，他曾经的情人伊尔莎突然和一个男人出现在他面前，这个男人竟然是传闻死于集中营的伊尔莎的丈夫。原来伊尔莎的丈夫是一个反德人士，听说他死在集中营后，瑞克和伊尔莎在巴黎有过一段浪漫而美好的爱情。现在，逃脱魔掌的丈夫和伊尔莎亟须离开卡萨布兰卡，而瑞克手中正好握有两张宝贵的通行证。在道义和爱情面前，瑞克选择了道义，成全了这对夫妻，让他们逃脱了德国人的追杀，他用手上仅有的两张通行证，亲自送他们上了飞机。

关于爱情的选择，此类电影和电视剧的案例不胜枚举。

10. 人物的细节

作家和编剧在塑造人物的时候，千万不要忽略细节。职场上有一句话，叫作"细节决定成败"。

我做的电视剧《历史的天空》播出很多年了，还有人记得一个细节——姜大牙追求欧阳文鹭一直没有成功，后来逼着欧阳文鹭回答他一个问题：为什么不爱我？欧阳文鹭被逼无奈回了一句话：你有这颗大牙。姜大牙立马用枪托打掉了这颗大牙。他对欧阳文鹭说：我没有这颗大牙了，你该爱上我了吧？

日本作家东野圭吾，有一部侦破悬疑的小说《红手指》，其中有一个情节，一个"痴呆"的老太太用口红把自己的指甲涂红了。警察就是通过这个细节，顺藤摸瓜，使真相慢慢浮出水面。老太太为了保护自己的儿子，伪装痴呆，红手指露出了破绽。这就是细节的作用和力量。

我们会忘记一个故事的情节，甚至也会忘记这个人物的性格特征，但是有关人物的一些精彩的细节常常会让我们终生难忘。

11. 人物的真实

作家和编剧在塑造人物的时候，无论是写真实的人物还是虚构的人物，必须让观众相信，这是生活中曾经存在过的或者就生活在我们身边的真实人物。观众只有相信了人物的真实性，才会产生共情，进而关注人物的命运。如何塑造有真实性的人物呢？

（1）心理的真实

人物做任何事情都有心理动机，所以心理动机必须是真实的。心理动机发生了误差，人物的行为就会出现偏差，人物的行为就失去了最基本的真实性。即使写一个扭曲的人物，也要找到他心理扭曲的依据，这样的人物才会真实。

（2）情感的真实

人的爱恨情仇，无论是在生活中还是在故事中，一般源自某件事情的影响，这种事情在故事中我们称为戏剧事件。

比如，街上发生车祸，如果我们的人物并不认识被车撞死的人，他的情感会停留在怜悯同情的阶段；如果被车撞死的人是他的同学或朋友，他的情感状态就会升级；如果被车撞死的是他的亲人，他会奋不顾身地冲上去，号啕大哭，所有失态的举动都可以理解。因为这些都是人物真实情感的流露。

（3）真实的基础

西方文艺理论有扁型人物和圆型人物之说。圆型人物就是立体而真实的。真实建筑在准确的基础上。这里所说的准确，根本上还是逻辑上的准确。人物行为要有动机上的逻辑，情感也要有相应的逻辑关系。否则，就可能陷入胡编乱造、缺乏真实的泥坑中。这是我们创作的大忌。

七、点燃一支蜡烛

我们在创作伊始，常常会陷入一种混混沌沌的状态，像在黑暗中摸索。这时候需要点燃一支蜡烛。这支蜡烛就是我们的主人公，因为主人公是故事中的轴心人物、灵魂人物。

点燃一支蜡烛，可以让我们看清楚正在燃烧的他。他也给我们带来了光明，这光明会照亮我们的眼睛，会照进我们的心里，让我们思路更加清晰，更加明白我们应该怎么做。

1. 设身处地

在一个特定的历史背景下，在一个生活的具体环境中，再确认一个规定情景，主人公遇上一个突发的事件。他会怎么做？他会如何行动？

此刻，我们的作家和编剧就要换位思考，设身处地去想象他会怎么做，会采取什么样的行动。

一个规定情景：男人追求自己所爱的女人。不同的类型剧，不同的时代背景，不同的人物性格特征，也就是我们说的不同的人设，会采取不同的做法。

例如，战争类型剧《历史的天空》中的姜大牙追求欧阳文缨，他的个性具有军人的特质，我们设身处地去想象他会采取怎样的行动，最优选的结果是，他果断地把自己这颗令欧阳文缨讨厌的大牙给打掉了。

又如，我参与策划的电视剧《厂花》里，工厂的一个普通技术员如何追求自己所爱的厂花？我们设身处地去想象，可以有 100 个追求的方式。

我们选择了一个最能呈现人物个性特征的行为：这个技术员对工作非常较真儿，是一个一丝不苟的人，他到厂花的寝室里去"爱情表白"，因为性格使然，他怎么也说不出求爱的语言，也就没话找话，结果探讨起车间技术改革的事情。眼看一个梦寐以求的追求机会就这样失去了，他走到门口又转过身对厂花说："我有点感冒，你刚才给我倒的茶水，一定要把杯子消毒一下。"他走了以后，厂花非常感动。这样一个有责任心的男人，是可以托付终身的。设计具有个性特点的行为，常常有出人意料、歪打正着的戏剧效果。

2. 灵魂附体

如果说"设身处地"照亮了我们的眼睛，那么，灵魂附体就照亮了我们的心灵。作家和编剧所要呈现的人物灵魂应该和自己融为一体，这是我们写好人物的重要的一环。

据我所知，《水浒传》的作者施耐庵在写《水浒传》的时候，他房间里的墙壁上悬挂着 108 个人物肖像，他每天都要打量这些肖像。让这些人物灵魂附体，他才可能把这些人物的性格特征栩栩如生地表现出来，有了这些人物性格就有了他们各自的命运和故事。

曹禺先生的话剧《雷雨》，剧中有一个最年轻、最单纯的孩子周冲，最后触电身亡。据传说，曹禺最后一次在北京人艺看《雷雨》演出，演出结束后，曹禺先生颤颤巍巍地站起来，伤感地自问：周冲活到现在，该多大了？

曹禺先生是在年轻时代写的话剧《雷雨》，到了他年迈的时候，周冲还活在他的心里。周冲的灵魂和他的灵魂似乎总是纠缠在一起，不弃不离。这就是我说的"灵魂附体"。

2023 年 7 月，王宝强在电影《八角笼中》中找到了作品和自己生命历

程的对位，大爆电影市场。同年 7 月，刀郎出歌集，大爆乐坛，被网络称
为"乐仙"，其中歌曲《翩翩》中，蓝采和（八仙之一）是歌仙，喝酒吟唱，
和刀郎的生命对应。歌曲《罗刹海市》中的帅哥马骥，也是和刀郎的生命
对应。当一个作家（艺术家）的作品找到可以和他的人生经历、生命感悟
对应起来的作品中的对象者，灵魂附体，就可能爆发出一个好作品。

3. 心理动因

人物所有的行为都是有心理动机的，心理动机就是原因，灵魂附体的
目标就是找到人物的心理动因。

有的人物的心理动因，既是他行为动作的基础，也是贯穿全剧的最高
任务。

电影《变形金刚 4：绝迹重生》的主人公是一位工程师，也是发明
家。一个偶然的机缘，他拯救了变形金刚汽车人擎天柱。美国中情局发
现了这个秘密，出动武装人员赶到现场，用枪对着他的女儿，逼迫他说
出变形金刚汽车人藏在哪里，擎天柱出来救了他和他的女儿。从此，父
女俩和擎天柱建立同盟，他们开始逃亡反抗。主人公所有的动作就是一
个最基本的心理动因：女儿是他的天、他的命。他所有的行为和动作都
是为了保护好自己的女儿。这个心理动因一直没有改变，成为全剧的最
高任务。

电视剧《士兵突击》中的许三多的心理动因就是要做一个好兵。所有
的行为和动作都是为了完成这个心理动因。这也是他唯一的心理动因，无
论遭遇多少艰难险阻，也始终没有改变。"不抛弃，不放弃"，做一个好
兵就成为许三多在全剧中必须完成的最高任务。

有的人物，因为新的事件的出现，会改变初衷，也就是改变自己的心
理动因，人物的行为和动作就会朝另一个方向发展。

美国电影《教父2》和《教父3》，在时代转型的大浪潮中，第二代教父迈克决定洗白自己的家族。这是他的初衷，为此他承受了沉重的压力。为了扫清前进的道路，甚至不惜杀了自己的妹夫和哥哥。随着岁月的流逝，他的侄儿成长起来了，侄儿是一个彻头彻尾的黑帮分子。他意外发现自己的女儿爱上了侄儿。这个新事件的引入，让他改变了初衷，也就是说改变了自己的心理动因。他爱自己的女儿，为了女儿，他和侄儿谈判，要他斩断孽情。唯有如此，他才会把自己的位置传给侄儿，侄儿如愿以偿。最后教父仍然没有躲过黑帮的清算，女儿为他挡了一枪，中弹身亡。这也是作品给我们呈现的一个时代的悲剧人物。

心理动因是人物行为的基础，也是观众理解人物的源头。

4. 心理轨迹

灵魂附体的最高目标就是和我们呈现的人物融为一体，我就是你，你就是我。这种现象在演员完成角色的表演中会表现得比较多，很多优秀的演员总是和他扮演的角色难分你我，行话说：入戏太深。最经典的就是张国荣演的电影《霸王别姬》，张国荣就是程蝶衣，程蝶衣就是张国荣。

下面我们以电影《霸王别姬》为例，梳理一下程蝶衣的心理轨迹。

（1）母亲带着小豆子出场。儿时的小豆子就梳着女娃的发式，穿着女娃的服装。班主看了他的手指，见是6个手指头，就说祖师爷不让他吃这碗饭。为了能够让他进戏班，母亲把他多余的手指剁掉了。这在西方文学的语境中有"阉割"的象征，是小豆子性别错位的起点。

（2）和母亲的诀别。母亲和戏班班主签了生死契约之后走了。当天晚上一群男孩子嘲讽他是"婊子"。他把妈妈留给他的服装烧了，这是他和做妓女的母亲的诀别。

（3）第一次感受到对大师兄的依赖。开始的时候，他的大师兄小石头要和他一起睡觉，他没有答应。但在戏班里进行刻苦训练的同时，他慢慢地对大师兄产生了感情。小石头受罚，黑夜的冬天跪在院子里。小豆子隔着窗户心疼地看着他，等小石头回来后，他自己光着身子，却把被子给小石头裹上，然后他们依偎在一起睡觉。这是小豆子第一次感觉到对一个人的依靠和依赖。

（4）大师兄的细心呵护。小豆子的台词总是错，"我本是女娇娃"，他总是念成"我本是男儿郎"。台词先生反过来问他："尼姑是男的还是女的？"继续说他，"你真是入了化境，连雌雄都不分了。"因为戏班需要培养旦角，对他强行进行性别错位的逼迫。于是小豆子总是被打，被打得满手都是鲜血。在洗澡的时候，大师兄小石头提醒他受伤的手掌不能碰到水。为了反抗，他偏偏把手伸到水里去。最后大师兄提醒他："明天要给祖师爷上香，你可别再背错了！"

（5）出逃时对大师兄的不舍。小豆子和小赖子出逃了。门外，小豆子第二次和大师兄说："师哥，枕席下那三个大子儿，你别忘了！"小豆子再一次表达对大师兄小石头的情感。

（6）在街上。小豆子和小赖子看到众星捧月般的名角，他们跟着人群到剧场去观看《霸王别姬》。看到舞台上精彩的表演，小赖子哭了，说："他们怎么成的角儿？挨了多少打啊？"小豆子感同身受，泪如泉涌。电影中第一次出现《霸王别姬》的演出，小豆子感受到了艺术的魅力。

（7）小豆子和小赖子返回了戏班。有人嘲笑他："离了小石头，你就活不了了。"可见戏班里已经有人看出小豆子和大师兄的情感。

（8）师父打大师兄。小豆子说："不关师哥的事，是我自个儿跑的，你打我吧。"他主动趴到板凳上挨打，被打时绝不求饶。大师兄小石头忍不住了，说："你会把小豆子打死的，我和你拼了。"结果小赖子上吊自杀了。

（9）师父讲楚霸王的故事说："人纵有万般能耐，可也拗不过命呀。"小豆子坐在边上边听边哭，联想到自己的命运。师父继续说戏，"虞姬从一而终，拔剑自刎。唱戏和做人是一个道理，人得自个儿成全自个儿。"小豆子把师父说的话全听进去了，扎根在心里。这是他后来以虞姬的人格成为自己行为标准的心理动因。

（10）戏院的老板那爷要带他去见张公公，用"思凡"来试戏。小豆子念白："小尼姑年方二八，正青春被师父削去了头发。我本是男儿郎，又不是女娇娥，为何……"在他的潜意识里面，他还认为自己是一个男儿郎。没想到小石头急了，哭着上前怒训："我叫你错，我叫你错！"说着拿起烟杆塞进他的嘴里捅。小豆子满嘴都是血，没有一丝反抗。后来，他又开始念白，完全就没有出错的。这是性别意识改变的一个转折点。

在西方文学的语境中，烟杆是阳具的象征。如西方文学中出现男女相拥相亲的画面，紧接着会有火车开进隧道的画面，这也是一种性暗示。20世纪80年代我写过一个电影剧本《红海》，发表在文艺刊物上。这是用新感觉派的手法写生命意识。讨小海的女孩第一次来了月经，惊慌失措地回到岸上，回头一看整个海都是红的。当年有一些作品表现的性意识，实际上就是展示生命的意识。后面的章节会谈到莫言的小说《红高粱》，也是如此。

（11）电影中第二次出现《霸王别姬》的演出，是小石头和小豆子演的。太监张公公等人看了，给了他们满堂彩。幕后，小石头拿起宝剑对小豆子说："霸王要有这把剑，早就把刘邦给杀了，当上了皇上，那你就是正宫娘娘。"小豆子认真地承诺："我会送你一把剑。"此时此刻，他完成了性别的转换。

（12）太监张公公玷污了小豆子。在这之前，张公公猥亵一名女性，张公公见小豆子来了，那女性就走了。这样的安排，可见张公公已经把小豆子当作女性了。后来小石头在路上捡到一个弃婴。师父说："一个人有一个人的命，你们还是把他放弃吧。"小豆子也见到这个弃婴，他接受了命运的安排。

（13）"七七事变"，他们也长大成人，成了梨园行的名角。小豆子艺名程蝶衣，小石头艺名段小楼。电影中出现第三次《霸王别姬》的演出。袁四爷前来观赏，有人请教他："有没有达到人戏不分、雌雄同在的境界？"袁四爷点头。此时的程蝶衣已经非常入戏了。

（14）段小楼去花满楼找头牌妓女菊仙。他看到菊仙被其他男人纠缠，就大闹花满楼，还承诺和菊仙的婚事。这件事被程蝶衣知道了，他有点气急败坏，两个人发生了争执。程蝶衣说："你忘了我们是怎么唱红的。就是师父的一句话，从一而终。"段小楼被他搞得没办法，感叹道："你可真是不疯魔不成活呀。唱戏得疯魔，不假，可要是活着也疯魔，在这人世上，在这凡人堆里，咱们可怎么活呀？"所以，从一开始，程蝶衣对菊仙就充满了敌意和嫉妒，因为她抢走了段小楼，他们之间展开了一场争夺战。

（15）电影中出现第四次《霸王别姬》的演出。菊仙也看戏了，舞台上降下的条幅赫然醒目："人戏无分"。演出结束后，菊仙哭着闹着要和小楼结婚。小楼答应了。程蝶衣对菊仙冷嘲热讽，他要去见袁四爷。小楼无奈地说："我是假霸王，你是真虞姬。"

（16）程蝶衣在四爷那里发现了那把宝剑。"自古宝剑酬知己"，四爷把宝剑送给他。两人在院子里排练，程蝶衣陷入痛苦不能自拔，要用宝剑自刎。四爷喝道："别动，这是真家伙。"四爷劝他，"一笑万古春，一啼万古愁。"四爷把他当成一个真女人了，最后吻了程蝶衣。

（17）程蝶衣把宝剑带回去，丢给了小楼。他和小楼说了一番绝情的话："从今以后，你唱你的，我唱我的。"随后扬长而去。

（18）日本人进北京了，程蝶衣唱《贵妃醉酒》。贵妃醉酒的故事背景是唐玄宗有了新欢，冷落了杨玉环。对应的是段小楼和菊仙日子过得红红火火。程蝶衣借戏借酒浇愁。

（19）日本人抓走了小楼。菊仙来求程蝶衣，他嘲讽她："我师兄可是在你的手上被日本人逮走的。"菊仙回说："我知道你的心事，你只要把小楼接回来，我哪儿来的就回哪儿去，回我的花满楼，躲你们俩远远的，成了吧。"

（20）程蝶衣为日本人唱了一段《牡丹亭》。出来后的段小楼打了程蝶衣。程蝶衣却认真地说："有个叫青木的，他是懂戏的。"菊仙不让出来后的段小楼演戏了，段小楼也很痛苦，在家里吵吵闹闹。程蝶衣非常苦恼，开始抽上了大烟。

（21）师父召见了他们两人，按照规矩打他们屁股。师父最后一个举动是责罚他们跪在地上头靠着头，自己唱着京剧，突然倒地身亡。程蝶衣收了徒弟小四。

（22）这一次演出《霸王别姬》，国民党的兵痞在下面闹事，段小楼出场保护程蝶衣。菊仙流产。警察上台用手铐铐住程蝶衣，说他犯有汉奸罪。

（23）法庭上，几个主要的证人都说他是被日本人打了之后被逼着演出的。没有料到程蝶衣实话实说。最后有国民党高级官员想看他的演出，程蝶衣被无罪释放。

（24）解放军进北京城了。这是电影中他俩第六次演出《霸王别姬》。程蝶衣开始戒毒，进入疯狂的状态。小楼过来拦着他，给他用药。在他戒毒瘾的时候，菊仙抱着他哄他睡觉。这场戏的隐喻是，程蝶衣从小被妈妈送到戏班，后来一直没有见过母亲，因此他对母爱是渴望的。菊仙和他的母亲是一样的，都是妓女出身。女性和妓女特征，让他在戒毒的痛苦中感受到一丝母爱。他戒毒成功了。

（25）电影中出现第七次演出《霸王别姬》。两个虞姬出现在后台，另外一个虞姬是程蝶衣收留的徒弟小四。小楼私下给程蝶衣赔不是，他问道："虞姬为什么要死？"小楼回他："你可真是不疯魔不成活，那是戏呀。"转身而去。

（26）程蝶衣出来烧戏服。这是他第二次烧东西。第一次是烧他妈妈留给他的服装。这次烧完戏服后，他一个人孤独而落寞地走在郊外的旷野中。

（27）"文化大革命"开始。风雨之夜，程蝶衣来到段小楼的家门口，看到小楼夫妻俩喝酒、拥抱、接吻、做爱，他心情复杂。他撑着雨伞，目光空洞，默默离开了。

（28）他们都遭到了批斗。程蝶衣给小楼化妆，一勾一画，都流露出深情。他们穿着戏装接受批斗。批斗进入互相揭发阶段，小楼说他："他是戏痴、戏迷、戏疯子。他不管台下坐的什么人，什么阶级，都拼命演戏。"程蝶衣说："你们都骗我骗我。我也揭发。贴上这个女人，你就丧尽天良，空剩一张人皮了。我就知道完了……楚霸王也跪下来求饶了，那京剧能不亡吗？报应。（指着菊仙）她是什么人啊？我来告诉你们，臭婊子，淫妇。她是花满楼的头牌妓女，潘金莲。去斗她。"

后来，菊仙拿着宝剑来到戏班，把宝剑放在地上。她和程蝶衣相视无语。菊仙走了。

（29）11年后，这是影片中第八次也是最后一次，程蝶衣和段小楼排演《霸王别姬》。程蝶衣对白又念错了："我本是男儿郎，又不是女娇娥。"程蝶衣拿出宝剑，自刎身亡。段小楼惊呼："小豆子！"

上面用比较多的篇幅来展示人物程蝶衣的心理轨迹，也就是人物程蝶衣的心路历程。作家和编剧要写好一个人物，就要用这一支蜡烛点亮我们的心，"不疯魔不成活"，灵魂附体，就要经历人物的心路历程。

5. 点燃其他蜡烛

我们用一支点燃的蜡烛就可以点燃其他蜡烛。如果说程蝶衣是我们点燃的第一支蜡烛，我们就可以从上面的心路历程，排查出编剧是如何点亮其他蜡烛的。

（1）程蝶衣和段小楼

（2）程蝶衣和菊仙

（3）程蝶衣和师父

（4）程蝶衣和袁四爷

（5）程蝶衣和小四

（6）程蝶衣和小赖子

（7）程蝶衣和张公公

等等。

当一个个人物照亮了我们的心，彼此凝视时，他们就会带着我们走进故事，自然就会笔下生花。

八、开始编写"天书"

当年我担任香港 TVB 在北京公司的制作总监，每年要到上海去召开两次会议。会议由当年香港 TVB 的何总经理主持，邵逸夫坐着轮椅也来参加过两次。会议的核心就是项目认证，项目认证准备的材料就叫作"天书"。

"天书"包含 4 个方面的内容。第一是主题思想，第二是人物小传，第三是人物关系图，第四是故事大纲。本章节讲人物小传和人物关系，重点讲人物关系。

1. 人物小传

我们的投资方主要看人物小传、分集大纲和前 3 集或前 5 集剧本。投资方把这些材料递送给相关的播出平台。同时，找演员经纪人的时候，也要把这些材料送给他们。

人物小传是避不开的一项。

（1）作家和编剧基本上是从客观的角度去叙述人物小传，也就是人物性格阐述。这样写出来的人物小传通常是扁平的，人物的性格状态只是停留在文字的描述上。难以清晰地表现出人物的心路历程和性格特征。这种写法现在是常见的，我就不举例来占篇幅了。

（2）我们的作家和编剧在写人物小传的时候，如果能和人物心神相通，做到"你中有我，我中有你"的灵魂附体，对主人公的心理轨迹了然于胸，采取内心独白式的写法，一定会获得意想不到的效果。电影《我的姐姐》饰演姐姐的是演员张子枫。当年她在《我的父亲是板凳》中饰演的是被托孤的红儿。多年过去了，现在已长成大姑娘，单独演女一号了。我现在以《我的姐姐》为例写人物小传，内心独白式的人物小传，可以把人物的心理轨迹清晰地表达出来。

姐姐安然——我是安然，从小在姑妈家长大。现在在一家医院里面做护士。一天傍晚，突然接到交警的电话，才知道我的父母发生车祸，双双去世。我万万没有想到。我的父母生了一个比我小很多的儿子，他叫我姐姐。父母双方的亲戚，不管是舅舅还是姑妈，也都要求我抚养弟弟长大。因为当年我是"独生女"，家里的房子写的是我的名字。亲戚们的意思非常明确：房产是属于我的，抚养弟弟是理所当然的。这突然降临的事情，让我不知所措，我陷入迷惘和痛苦中。我和男朋友约定，要考北京的研究生。我有私心，不能因为弟弟的事情挡住我的前程。为此我和表姐大吵了一架。姑妈看不下去了，把弟弟带到她家。可是姑父病重在床，姑妈也没有精力照顾弟弟。弟弟也吵着要回家，就这样弟弟回到了我的身边。我准备卖房子。自己留100万元，其他的都给领养我弟弟的家庭，我觉得这是一个很好的办法。弟弟回家的第一天，就闹着要爸爸妈妈。我给他做早餐，他却要吃肉包子。我气急无奈，拉着他就去幼儿园。半路上还是不忍心他饿肚子，到小超市里给他买了牛奶和肉包子。

我到男朋友家去吃晚餐，没想到弟弟也跟来了。他却唐突地说："妈妈，我们回家吧！"弄得我非常尴尬。回家后我对他发了一通火，让他滚出去。我给舅舅打电话，告诉舅舅："我有自己的生活，不可能一直围着他转，为什么你们都让我围着他转呢？"我想，父母双方的亲戚，都很看重弟弟，因为他是男孩子。晚上，弟弟抱着我的肩膀睡着了，看着他，我心里也很痛苦，有一种莫名的纠结。我想起小时候父母带我去游泳，后来我找不见父母，当时非常着急。

有一对夫妻到我家来看弟弟，他们准备领养弟弟，还送了弟弟一只足球，弟弟似乎很高兴。晚上我洗碗的时候，弟弟要过来帮我洗碗。我看到他的鞋带松了，蹲下来帮他把鞋带系好。弟弟哭了，说："姐姐，你还是喜欢我的。"我回答他："我教你是让你更好地被人家领养。"……

最后，我带着弟弟来到了领养弟弟的这户人家。他们提出一个要求，拿出一份协议要我签字。签完字以后，我就再也不能见我的弟弟了。我拿着签字笔，下不了手。看着窗外的弟弟睁着一双惴惴不安的大眼睛，我忍不住流下泪来。我站起身来，冲出门外，拉着弟弟的手，和弟弟一起在草地上踢足球。最后我抱着弟弟，我们相拥而泣……

2. 人物关系

TVB"天书"中的人物关系是画成图的，一目了然。给我最大的启发是，看一眼"人物关系图"，就知道这个项目有没有戏。下面重点讲人物关系。

在任何一个故事里都会出现人和人之间的关系。这种人物关系的构架非常重要，很多戏点和戏剧骨架都和设置的人物关系密不可分。也就是说，独特的人物关系，能够点爆我们的故事。

（1）主人公是我们要点燃的第一支蜡烛

也就是说我们第一个要设置的主人公是我们的核心人物。这个人物的人设应该是独特的，甚至可以说是前所未有的。围绕这个核心，我们再建立他和其他人的关系。而其他人的存在都是为了完成他那独特的性格和命运，也就是说为他的人设而存在的。

如电影《霸王别姬》中，程蝶衣是一个非常独特的人物，正是这个人物和其他人的关系点爆了这个故事，使其成为中国电影中的经典作品。

故事的戏核就是围绕着程蝶衣展开的：一个男人对另一个男人的情感，以及仇恨这个男人身边的女人。这三个人之间的爱恨情仇贯穿全剧。

（2）男一号或女一号是构建人物关系的核心人物

一般来说，故事的男一号或女一号是构建人物关系的核心人物，也是矛盾冲突的焦点人物。

20 世纪 80 年代，我同学写了一部舞台剧。当时他告诉我该剧的人物关系设计，我一听就觉得有戏。后来这部戏进京演出获得了大奖。

故事的主题是拯救不良少年。一对夫妻是二婚，前妻留给丈夫的是一个男孩儿。妻子带来的是一个女孩儿。家里还有一个婆婆。女一号妻子是个教师，她觉得这个男孩儿有问题，是不良少年。她的性格和她的职业让她眼睛里容不得沙子。于是她的行动动因就是拯救这个孩子。婆婆非常宠爱孙子，她相信一句话："后妈的心，刀子心。"婆婆和女一号有矛盾。不良少年和她这个后妈有矛盾。家里被搞得鸡飞狗跳，丈夫也和她产生了矛盾。自己的女儿学习又跟不上，她又无暇顾及。围绕着女一号的人物关系，充满着矛盾冲突。

作家和编剧就在设计和完成人物之间的矛盾纠葛中，把男一号或女一号的形象塑造起来，同时也完成了其他人物的塑造。

（3）网状的人物关系

人和人之间都存在着矛盾，谁碰上谁都会有戏。关于曹禺先生的《雷雨》有很多评论文章和专著，以对作品的艺术和人物形象的分析居多。我们以 1984 年上海电影制片厂，孙道临导演和主演的《雷雨》为例，谈人物关系的构建和人物与人物之间的矛盾纠葛。

剧中的这些人物组成了网状的人物关系。

A. 侍萍和周朴园的"前史"：30 年前，她是周家女佣的女儿，与青年周朴园有了私情，她给周朴园生了两个儿子，后来周朴园找了一个门当户对的小姐结婚，她带着三个月的孩子投河自杀，未能死成。侍萍活下来以后嫁给了鲁贵，身边的儿子改名鲁大海。30 年后的眼下，鲁大海成了矿工的工人代表，与周朴园谈判。侍萍前去探望自己的闺女四凤，发现周家发生的一系列事件。

B. 蘩漪和她的丈夫周朴园没有一丝感情。她了解周朴园是一个伪君子，为了做生意不惜伤害百姓的生命。周朴园却认定她患了精神病，每天强迫她喝药，还请德国医生来给她看病。周朴园长期在矿上，蘩漪和周朴园的长子周萍发生了不伦之恋。当她发现周萍和四凤有了恋爱关系，多次恳求周萍和她恢复情感。她对周萍说了一句刻骨的怨言："我不能受你们家两代人的欺负。"她知道周萍要到矿上去，不顾一切地要求周萍带她一起走，她要离开这个沉闷的、充满着死亡气息的家。周萍最后拒绝了她，也咒她有精神病。她燃起了复仇的火焰，当周萍从窗户爬进四凤的屋子私会时，她果断地把外面的窗户关掉了。把周萍关在鲁家，让鲁大海收拾周萍。

C. 周朴园一直对长子周萍藏着隐情。他对周萍说，他的母亲去世了，他不但保留着他生母的照片，甚至还保留着他母亲生前的一些习惯，比如不喜欢开窗。可是当他发现，当年的侍萍活着走进了周家，周朴园的势利面貌又暴露了出来，他给了侍萍一张 5000 元的支票，没想到侍萍把支票烧了。他后来明知道工人代表鲁大海是他的亲生儿子，还是冷酷无情地把他开除出矿场。

D. 周萍和弟弟鲁大海的冲突，一直没有间断。起先周萍站在父亲的立场上反对工人代表。后来鲁大海干涉他和四凤的关系，两兄弟总共打了两次，最后周萍还拿着枪对着他的弟弟鲁大海。周萍居然没有想到自己爱上的四凤是自己的亲妹妹。

E. 四凤是真心实意地爱着周萍，却遭到了母亲和哥哥的反对。最后迫于无奈，她说出自己已经有了身孕。母亲如五雷轰顶，面对亲生儿女产生的这一场孽缘，她要隐瞒真相，让两个年轻人赶紧离开，走得越远越好。

F. 周冲是一个非常单纯的阳光男孩儿。他对未来充满美好的愿望和理想，对四凤的感情也是单纯的，就是希望四凤有一个美好的未来。虽然鲁大海对他抱有成见，但他还是理解鲁大海的。他的意外死亡，也是表达了对黑暗的社会和家庭的一种反抗。

下面以我策划和制作的电视剧《漂亮女人》为例，阐述网状人物关系的构建。

我在当年发表的新闻稿中写道："《漂亮女人》有着古希腊悲剧的经典元素。采用的是《雷雨》式的戏剧架构。剧中出现的 7 个人物，人物关系如网般勾连，谁碰上谁都有戏，躲都躲不掉。故事的叙述犹如剥洋葱一般，层层推进，总是出人意料。同时该剧又具有厚重的历史感，故事的发生源于特定历史时期，是上一代人遗留下的一段孽债。可以说这部戏是《雷雨》的当代版。"

《漂亮女人》的故事前面已有简述，现在介绍一下该故事的相关前史：40 年前，农村青年肖大河和知青贺秀杰结婚生子；3 个月后，秀杰的父亲把她调到城里，并安排秀杰和老上级的儿子姚建国结婚；3 年后，姚建国出国学习，他们的孩子姚凯迪出生了。多年后，姚建国回国后成立了一家公司，生意火爆。姚凯迪的新婚妻子遭遇车祸，他因痛苦精神发生异常，被送回国内父母身边。

现在来看该剧搭建的网状人物关系图。

A. 唐文馨在丈夫因车祸去世后，肚子里的孩子流产，婆婆又赶她出门。她决心寻找真正的肇事者。在调查的过程中，不断地受到肖易轩的破坏干扰，肖易轩是替姚凯迪顶包的。唐文馨不断收到所谓"好人"的匿名信和短信。她从肖大河的家里看到一张照片，同样的照片她也在贺秀杰的房间里看到过，她觉得这两个人之间可能有故事。后来她知道写匿名信和短信的"好人"就是肖大河，她和肖大河之间的关系又产生了纠葛。

B. 肖易轩对姚家父母非常不满。他在国外学的是工商管理，回国以后想大干一场，可是姚家的人却让他做姚凯迪的生活助理。姚凯迪在国外，因新婚妻子被车撞死，精神发生异常，肖易轩陪同他一起回国，没想到他开车出了车祸撞死了李刚。肖易轩为姚凯迪顶包，成为名义上的车祸肇事者。肖易轩知道父亲肖大河利用他在姚家煽风点火，和父亲也产生冲突。

C. 姚凯迪对自己的父母也非常不满。他的理想是做一名画家，父亲却让他去学工商管理。后来，当他知道自己并不是姚建国的儿子后，质问贺秀杰：我是谁？我从哪里来的？母子之间的冲突达到了高潮。当他发现肖易轩竟是自己母亲的亲生儿子，他和肖易轩也产生了冲突。肖易轩却要求他必须认自己的母亲。

D. 姚建国对自己的儿子一直不满意，主要因为他是一个病人不能接自己的班。他要求肖易轩安心成为儿子的生活助理，因而与肖发生矛盾。后来他发现妻子隐瞒了他 40 年的往事，儿子也不是自己亲生的儿子，一气之下生病住进了医院，并扬言：从此再也不想见到贺秀杰。

E. 当年，肖大河带着 3 岁的孩子赶到城里看病，因为没有钱便去寻找贺秀杰，没想到却碰上了姚建国，被姚建国赶了出去，最后 3 岁的孩子病死在他的怀里。从此肖大河埋下了仇恨的种子，领养了现在的儿子肖易轩。多年后机缘巧合，他发现了贺秀杰、儿子肖易轩又和他们家关系密切，唐文馨又在寻找真正的车祸肇事者。他开始了一系列的复仇行为。

有不少家族戏都呈现这种网状的人物关系，如电视剧《大宅门》《乔家大院》等。还有很多历史剧，如《大汉天子》《大明王朝 1566》等，也呈现这种网状的人物关系。总之，不管是什么样的类型剧，只要出现众多的群像人物，我们都要尽可能让人物与人物之间产生矛盾和纠葛。这样的状态就是网状结构的人物关系。

在这一点上我们要学上海人吃螃蟹，要把螃蟹的边边角角的肉都抠出来吃掉。我们的行话叫作"抠戏"。就是不放过人物和人物之间可能产生的矛盾冲突，连过场戏都要表现潜在的矛盾冲突。所以很多戏我都在机房自己做剪辑，和剪辑助理提出一句口号："消灭过场戏。"让所有的戏都存在着明显的或潜在的矛盾冲突，真正做到所有的戏（含过场戏）就像一条大河一样，汹涌澎湃，奔涌向前。

九、点爆故事中的"事"

现在是信息爆炸的时代。我们每天都可以从手机、电视或其他媒体上，看到很多地方发生的很多事情。即使在生活中，我们也会遇到很多人，经历很多事。朋友聚会聊天的时候也会听到很多事情。下面我们把这些事情做一个分析，看看如何才能点爆我们的故事。

1. 事情就是事情

（1）有的事情就是事情的过程

生活中发生的事情很多，有的事情就是事情的过程。例如参加朋友的婚礼，婚礼搞得很热闹，也有别出心裁的节目，喜宴也是少不了的。这是一个婚礼仪式的过程。我们参加过很多这样的婚礼。又如外出旅游，我们几个男女同学结伴而行，到了一个景点，又转换另一个景点，每一个景点都留下了我们的照片，最后所有的景点都看过了，我们就打道回府。网上有一种说法：旅游就是从自己熟悉的地方，到一个自己不熟悉的地方，最后又回到自己熟悉的地方。这就是旅游的过程。

我看过很多剧本都存在一种通病：写事情的过程。把这个事情的过程写出来了，基本的字数也达到了要求，剧本似乎就完成了。

（2）从事情中发现不一样的事情

例如参加朋友的婚礼，在吃喜宴的时候，新郎和新娘前来敬酒，我近距离看了一眼新娘，发现她小腹微微隆起；喜宴结束后，有朋友和我说，"今天是奉子成婚"，我会心一笑。又如外出旅游，男女同学拍了一些照片，回家后把照片给妻子看，女儿在边上看得非常紧张，女儿指着几张男女同学勾肩搭背的照片对她妈妈说："你看爸爸。"妻子很淡定地说："能给我们看的照片都不会有问题。"

从事情中发现不一样的事情，事情就丰富起来了。事情中不一样的事情发生得越多，事情的故事性越强。

2. 生活事件

当生活中的人发生了矛盾冲突，就产生了生活事件。

例如：参加朋友的婚礼，喜宴上推杯换盏，婚礼渐渐进入高潮，其中有一个人喝高了，嘟嘟囔囔地说："一朵鲜花插在了牛粪上。"新郎的父亲听了脸色大变，起身叫了几个精壮汉子，把那个醉汉带走；醉汉推推搡搡不肯走，于是产生了肢体冲突，酒桌上的人大多站了起来，议论纷纷；有的人站在醉汉的一边，觉得喜宴上不应该轰走客人；也有人觉得醉汉说了不应该说的话，再喝下去，还不一定会说出什么出格的话；还有的人认为发生肢体冲突，双方都有责任，现场一片喧哗混乱……这就是一场婚礼发生的意外事件。

又如：旅游回来后，妻子和女儿看完照片，这件事情就应该结束了，可是女儿又在照片堆里七翻八翻，不料翻出一张收据来，收据上写着购买的物品是项链，妻子看到了这张收据，冷着脸斥问："这项链怎么回事？"男人结结巴巴地解释不清楚，老婆说："实话实说就没事。"男人只好从实招来："这次去旅游的女同学当中，有一个是我的初恋情人，在旅游的路上，重新燃起往日的热情，女同学给我送了一只手表，来而不往非礼也，我也就送了她一条项链，其他什么事情都没有发生，因为还有其他很多同学在场。"女儿帮着母亲，逼着男人说出女同学的名字和电话号码；看到女儿着急愤怒的脸，无奈之时，男人也只好说出女同学的名字和电话；妻子要男人交出女同学送的手表，男人也乖乖地交出来了；第二天傍晚，男人接到了女同学的电话，她在电话里不说话，只是哭；事后男人才知道，妻子带着女儿去找了她，把手表还给了她，具体说的什么话男人就不知道了；过了几天，妻子笑眯眯地对男人说："星星之火，可以燎原。一切都要扼杀在摇篮中。"

这是一个旅游产生的生活事件。它和一般的事件不同，融入了戏剧矛盾，产生了意外的生活事件。

上面举例说的两个生活事件，很难产生一个完整的故事，但可以成为故事中的一个桥段。

3. 中心事件

作家和编剧要写成一个完整的故事，最好要有中心事件。就好像一场足球赛，有场地、有运动员、有裁判，也有观众，但是没有足球，这场球赛的故事就永远完成不了。所以说中心事件就是足球。所有的运动员都围着这个足球奔跑、抢夺、射门、进球。我们看到的电视剧和电影中，有很多是以中心事件为主体展开的故事。

例如奥斯卡获奖电影《敦刻尔克》，故事改编自著名的二战军事事件"敦刻尔克大撤退"。二战初期，四十万英法联军被德军围困于敦刻尔克的海滩上，面对敌人的步步紧逼，形势万分紧急。英国政府和海军发动大量船只，同时动员老百姓一起来营救。英国士兵汤米在逃离海滩的过程中，结识吉布森与亚历克斯。在海上，民间船主道森先生与儿子皮特去敦刻尔克营救士兵。他相继营救了海军飞行员，以及汤米一行人。天上的战斗机飞行员法瑞尔在敌人双向夹击下，艰难、顽强地战斗。影片的故事从陆海空三个角度讲述"敦刻尔克大撤退"的全景。尤其感人的是，陆军军官问海军军官在望远镜里看到了什么。他看到海上出现了很多民船前来救人，却自豪地回答陆军军官："我看到了祖国。"

又如奥斯卡获奖电影《血钻》：故事发生在1999年的塞拉利昂，这里发现了钻石的矿藏，黑人所罗门一家和周围的邻居都遭到了劫杀，他的儿子、老婆、女儿都分散逃跑了，所罗门成为挖矿的劳工；有一天，所罗门偷藏了一块大钻石，这个过程被人发现，所罗门离开了矿区，但是偷藏大钻石的消息却传开了；一直厮混在非洲的白人阿切尔做钻石生意，有一条走私钻石到伦敦的通道，他和当地军方的关系也非常密切；阿切尔找到了所罗门，谈钻石的合作，并承诺帮助所罗门找到儿子；所罗门的儿子的理想是当一名医生，可是因钻石开采的事件破灭了，成为一名拿枪杀人的童子军；阿切尔认识了美国女记者博文小姐，在这个战乱的地区，博文小姐以记者的身份帮助了阿切尔和所罗门，他们在战火中共同经历了一系列的生死遭遇；所罗门终于在革命联盟阵营里发现了儿子，可是儿子已经不认识他，还拿枪指着他；所罗门救子心切，不顾生命危险，硬是把儿子拉出了阵营；所罗门找到埋藏的钻石，他按照承诺把钻石交给了阿切尔；阿切尔被政府军队围攻，受了重伤，又把钻石交还给所罗门，并告诉他逃跑的路线，去寻找美国女记者博文小姐；在伦敦，博文小姐安排所罗门和生意人进行交易并拍下了所有交易的照片；所罗门要求生意人把自己的老婆和女儿引渡到伦敦，一家人团聚；博文小姐安排新闻发布会，会上所罗门作为人证，控诉"钻石就等于死亡"。

我们可以看到电影《血钻》的中心事件，就是钻石带来的命运周折。钻石就是足球场上的足球，影片的所有人都围绕着钻石而展开行动。所罗门偷藏钻石是要让一家人好好活下去。女记者博文是为了揭露钻石的血腥和残酷。阿切尔为了钻石也多次死里逃生，他的初衷是用钻石发财，可是，他看到了当地政府军队的背信弃义，为了钻石甚至要他的命。革命联盟军疯狂地杀戮也是为了钻石。最后，阿切尔被善良厚道的所罗门舍生忘死营救家人的行为所感动，把钻石还给了所罗门，并指引了所罗门逃生的路线；他让所罗门去伦敦找美国女记者博文，是要让记者出面揭露钻石引发的血腥杀戮。

我们已经看到了两个关于戏剧中心事件的案例，下面就中心事件谈一些具体的问题。

（1）事件可以是情节的基础

小说作家通常是把重点放在人物身上，人物产生事件，事件产生情节链。如作家出身的编剧朱苏进，他写的《新三国》以曹操为全剧的中心人物，所有的事件和人物纠葛都是以曹操为轴心展开的。《我的兄弟叫顺溜》也是以顺溜这个人物为轴心而产生的事件和矛盾纠葛。而对于编剧来说，通常要有事件才有戏剧可言，就好像足球场上有了足球，才有所有其他的动作，这些动作就是情节。一场球赛就像一个事件的起承转合，它最后的完成就会形成一个完整的情节链。

无论是由人物产生事件，还是由事件带出人物，这都是写作的方法，相辅相成，最后的目标是出人物、出故事，精彩就好。

（2）事件的体量

因为篇幅的关系，电影可以有一个导入事件，但故事的重点和核心需要一个中心事件，中心事件完成了全部的故事情节。而电视剧则不同，它需要若干个相关联的中心事件才能完成长篇的架构。以前出现过单元剧，每个单元五六集就有一个中心事件，如电视剧《五号特工组》《少年包青天》等，美国电视剧《加里森敢死队》也是这个类型。现在很少看到单元剧了。但是就长篇电视剧来看，仍然需要几个大事件来支撑全剧。当然也有特殊的例子，有的长篇也可以有一个中心事件，在这个中心事件下面生发出很多具体的小事件。这些小事件都必须相连相通，都是为中心事件的存在而产生的。

（3）中心事件的选择

A.与时代背景密切相关。任何时代和社会都可能产生不同的戏剧事件。例如，电影《敦刻尔克》是二战初期的历史大背景，才发生"敦刻尔克大撤退"军事事件。

又如，电影《血钻》是中非地区政府军和革命联盟阵营引发的社会动乱，动乱的起因就是钻石。

再如，电视剧《我的父亲是板凳》，历史背景是"四一二"反革命大屠杀，中国共产党处于革命的低潮，才出现板凳带着红儿被国民党追杀的中心事件。

B. 中心事件和人物的关系。下一章会详细阐述。

C. 中心事件需要有一定的长度。电影和电视剧各自都有不同的要求。

例如历史上的诺门坎事件，苏联红军在朱可夫的领导下在中蒙边境的诺门坎沉重打击了日本关东军。这个选题写一部电影比较合适。如果做成一部电视剧的话，就会很累。因为就是两场战役，没有太多东西可以去表现。

又如，我参与策划的长篇电视剧《大西北》，故事中出现众多的老一辈无产阶级革命家在延安的革命活动，其中涉及很多历史大事件：中国共产党第七次全国代表大会，胡宗南进攻延安，西北地区的土地改革，彭德怀和马步芳的西北战役，等等。这样的选题肯定需要写长篇电视剧。我在陕西省委宣传部举办的座谈会上谈了我的观点：第一，大西北的革命历史在电影和电视剧的创作中至今是一个空白；第二，中国共产党在大西北的延安时期，犹如寒窗苦读，在抗战中发展壮大，这是一个非常重要的历史阶段，没有在这里的寒窗苦读，就没有解放战争的西柏坡考场赶考和指挥三大战役取得的胜利，更没有最后金榜题名，登上天安门城楼升起五星红旗。因此，大西北这段历史是中国共产党由弱变强的历史，延安成为"革命圣地"也是历史的必然。

所以，《大西北》不难选择具有长度的事件来充分展现波澜壮阔的历史面貌。

当然，有的选题既可以写电影也可以写电视剧，但中心事件可能不会变。在大的中心事件下面，产生出很多具体的小的事件，可以丰富故事的内容和长度。

D. 中心事件必须能够引发出强烈的戏剧冲突。

我参与策划的电视剧《地道英雄》，选择"地道抗日"作为中心事件，引发出强烈的戏剧冲突。首先是因为敌我双方的武器装备相差悬殊，利用地道来进行以弱对强、以弱胜强的对敌斗争，双方较量必然具有强烈的冲突和悬念。

E. 中心事件需要有引爆性，引起社会和观众的关注。

如我参与策划和制作的电视剧《枪侠》，故事通过好几个大事件来完成一个人物的成长历程。在选择事件时，我联想到日本人的细菌战，觉得可以设计一个"细菌感染"的单元性中心事件，这个事件肯定具有引爆性。因此设计主人公唐余锦的助理，一个女护士回老家海岛探亲。这个海岛上没有几户人家，日本人在井里下毒，测试细菌的生成数据。女护士受到感染，回到上海开始发烧咳嗽。马上引起了唐余锦的关注，对女护士进行隔离。这个"病毒感染"写了6集的戏。这个事件有引爆性，引起了当时社会的混乱，日本人也感到紧张，派病毒专家去探望女护士。这个事件当然也会受到观众的关注。常言道："除了生死无大事。"后来这个事件发展到高潮时，唐余锦也受到了感染，生命危在旦夕。观众必然关注主人公的生死命运，毕竟是人命关天的事。说句老百姓的话："看热闹不嫌事大。"就是这个道理。

F. 中心事件必须具备一个故事的完整性。

我早年是话剧编剧，懂得"三一律"。看了好莱坞的编剧教材《电影剧本写作基础》，书中说架构一个完整的故事，由三幕戏组成：第一幕，建置，在21~27页的时候出现第一个情节点；之后是第二幕，对抗，第二幕结束时，80~90页是第二个情节点；之后进入第三幕，结局。

我觉得还是中国的戏文行话说得更明白：起承转合。这就具备了一个故事的完整性。

起，是一个事件的开端，起头。从戏剧冲突的角度来说就是交代矛盾。

承，是承接事件的变化，发展。从戏剧冲突的角度来说就是发展矛盾。

转，是事件发生了反转，高潮。从戏剧冲突的角度来说就是激化矛盾。

合，是事件融合的结果，结束。从戏剧冲突的角度来说就是解决矛盾。

我们作家和编剧在选择一个中心事件的时候，就需要考虑故事有没有完整性。这个完整性就是用"起承转合"来衡量。如果缺少某个环节，我们能用自己的想象来补充和完成，这样我们的中心事件就成立了。

在长篇电视连续剧中，会出现若干个中心事件，即"冰糖葫芦"结构。在"冰糖葫芦"结构中，每一个中心事件都需要完成自身的"起承转合"。我们在谋篇布局时，一定要有全局观念，若干个中心事件都有各自的反转和高潮。全剧的大高潮应该是若干个中心事件中最重要的特大事件，才能真正推向全剧的大反转、大高潮，完成全剧的大融合。

最后再补充一句：中心事件尽可能地让所有人物卷入事件的矛盾旋涡中，主要人物一个都不能少，一定要让他们挺立在矛盾的风口浪尖上。

十、人和事的纠缠

前面的章节我们已经讲到，有的故事是以人物为主体展开的。例如美国电影《巴顿将军》《甘地传》，写英国首相丘吉尔的《至暗时刻》，中国电影《林则徐》《秋瑾》《李大钊》，等等。电视剧有《我的兄弟叫顺溜》《激情燃烧的岁月》《金婚》，等等。有的故事是以事件为主体展开的，如奥斯卡获奖电影《敦刻尔克》《伦敦上空的鹰》，中国电影《甲午海战》《鸦片战争》，长篇电视剧《大决战》，等等，都是这一类型的作品。

以人物为主体展开的故事，离不开事件；以事件为主体展开的故事，离不开人物。所以，在故事中的人物和事件永远是互动的，纠缠在一起，不离不弃。人物和事件同时都非常精彩的故事也有很多，如美国电影《辛德勒的名单》《卡萨布兰卡》，美国电视剧《绝命毒师》，中国电影《红高粱》《让子弹飞》，中国电视剧《新三国演义》《闯关东》，等等。

下面就人物和事件的互动和纠缠谈一些相关的问题。

1. 事件从天而降

（1）开场就发生突如其来的事件

很多故事一开始时阳光灿烂，岁月静好，很快从天而降的事件破坏了平衡。

例如电视剧《漂亮女人》：一开场，唐文馨怀孕，婆婆知道了，满心欢喜，给她买了很多好吃的和营养品。没有料到，丈夫李刚知道消息后，借酒浇愁，灌醉了自己开着摩托车上街，遭车祸身亡。车祸事件让婆婆痛不欲生，接着住进医院。唐文馨到医院照料婆婆，一不小心又流产了。

这类作品大部分是在开场的时候发生突如其来的事件，引发了人物之间的矛盾，让人物面对突如其来的事件开始采取应对的行为。

（2）从天而降的事件

有的时候故事发展到中间时，突然一个新事件从天而降，让人物卷入一个新的矛盾中。

如电影《血钻》：所罗门在枪林弹雨的战乱中，不顾生命的危险，一定要找到自己的儿子。他没有想到自己心目中的好学生、好孩子，却参加了反动武装组织的童子军，到处毫无人性地进行杀戮。父与子面对面的时候，儿子却拿枪对着他。为了拯救儿子，一个新的事件诞生了。

2. 人物无意中卷入事件

（1）人物在无意中卷入事件

如韩国电影《出租车司机》：城市中某个地区发生了民众闹事事件，毫不知情的出租车司机载着乘客来到了事发现场，在混乱的现场他无奈地被卷入这一场事件中。

又如电视剧《我的父亲是板凳》：一开场，国民党开始屠杀共产党人，板凳的大师兄是共产党员，临终之前托孤给板凳，板凳无意中卷入事件。

（2）人物意外被卷入事件中

例如我策划和制作的电视剧《生死巴格达》：一开场，战乱已经开始。女一号的父亲和助理开着车去银行转账，路上被人撞了车，女一号父亲下了车，那人不顾伤痛，悄悄地把一个U盘塞在他的口袋里。后来那个人被一帮暴徒打死了。这个U盘里面存有很多绝密的文件。由此，女一号的父亲被卷入阴谋中。可惜，这部电视剧因为其他原因终止了。

又如我以前看过一个剧本：一个摄影师被人安排到咖啡厅拍摄对面银

行发生的事情。结果银行门口发生了两个军统枪杀日本人的事件，他也都拍了下来。没想到照片在报纸上发表了。他也被迫无奈卷入这场枪杀事件中。

3. 人物引入新的事件

（1）人物在无意之中引入了新的事件

例如电视剧《枪侠》中的女护士，在海岛无意中感染了病毒，回到上海以后引发出新的"病毒事件"。

又如，曹禺先生的《雷雨》：侍萍来看女儿，无意中来到周家，发现是周朴园的家。给矛盾重重的周家带来新的事件。新的事件有三个秘密：其一，鲁大海是周朴园的亲生儿子，也就是说鲁大海是大少爷周萍的亲弟弟；其二，发现大少爷周萍和自己的女儿有恋情，这是哥哥跟妹妹的不伦之恋；其三，女儿四凤说出自己已有身孕，侍萍如五雷轰顶，最后引发了四凤和周萍的先后自杀。

（2）人物有意引进新的事件

例如电视剧《枪侠》：日本人怀疑枪王唐余锦是一个夜间出动的狙击手，于是做了一场局，安排一个日本人冒充韩国人，受伤后住进了唐余锦的私人医疗所，也就是说在医疗所里安排一个定时炸弹。这个人物后来引发出新的事件，对唐余锦造成了致命的打击。

又如《地道英雄》：演员陈小艺一人演了一对孪生姐妹，日本人要和姐姐，也就是武工队的政委进行谈判，可是姐姐已经卧病在床，于是妹妹要替代姐姐去和日本人见面；但两姐妹的性格完全不同，这个寡妇妹妹敢做敢当，天不怕地不怕，她去和日本人谈判，引发了一个新的事件，改变了日本人对地道战的认识。

所以说，人物也会引导或者改变事件发展的轨迹。

4. 人物把控事件改变事件的转向

美国电影《伸冤人》中,迈克尔是一名已经退役的黑色行动突击队员,常年浸淫在充满了暴力和危险的生活中,他的内心早已疲惫不堪;为了脱离组织他大费周章,伪造了自己死亡的假象,来到了波士顿,改头换面、隐姓埋名,企求过上平静安宁的新生活。一次,他偶然遇见了被俄国黑帮控制的妓女,该女子坎坷的身世和危险的境况得到了他的同情。之后,他对警察的昏庸和腐败失望透顶,并陷入黑帮强大的火力之中。在得到中情局退休局长的认可后,他开始除黑打恶,惩办了腐败的警察。

在打击黑帮势力的过程中,迈克尔始终掌握事件的主动权,把控事件并改变事件的方向,最后跑到莫斯科,惩办了黑帮大头目。

5. 事件改变人物的命运

如王宝强导演和主演的电影《八角笼中》,电影中王宝强饰演的向腾辉曾经获得格斗冠军,有人因此建议他组织一个格斗俱乐部,并给他推荐了一些不靠谱的孩子。偶然中,他被几个孩子在路上设障碍打劫,这些都是山里面无家可归的苦孩子。于是王宝强带领这些孩子进行了刻苦的训练,在这个格斗俱乐部的事件中,他们经历了一波三折,最终改变了向腾辉和这些孩子的命运。这些孩子的成功来自事件对他们的影响——"格斗是我们唯一的出路"。

又如电视剧《大考》:表现的是1978年刚恢复高考时的故事,中心事件就是这一"大考事件",这一次高考将改变很多人的命运。

6. 戏剧事件给人物带来的障碍和危机

我们写剧本常常说："人物怕什么就来什么。"这意思就是要让人物的行动总是遇到巨大的障碍，人物的命运总是遭遇可怕的危机。戏剧事件给人物带来的障碍和危机，便是推进情节发展的动力。

我策划制作的电视剧《暗战在拂晓之前》，有点电影《史密斯夫妇》的意思。丈夫是新中国成立前夕的警察，在国民党政府为了挽救大溃败的趋势，进行所谓反腐败、反走私的"犁庭扫穴"行动中，丈夫发现妻子和黑帮土匪有些瓜葛；丈夫不知道妻子的底细，于是夫妻相爱相杀；丈夫怀疑警察内部有人走私毒品，开始调查，最后反而被人陷害，妻子也站在他的对立面，给他的调查带来了最大的障碍。在整个故事的事件中，他的妻子总是在最关键的时候被迫成为他的障碍，但也私下为他破解了生死危机，他全然不知情。有一次妻子被人围困在楼顶上，眼看就要分娩，他一路冲杀到楼顶上，守护着妻子，让妻子安全分娩，接着，他手里捧着新生婴儿，百感交集。危机又悄悄来到了他的身边……

因为人物不断遭遇事件带来的障碍和危机，所以《暗战在拂晓之前》是一部观赏性较强的电视剧。

7. 事件和人物的对应关系

我还是按照传统的"起承转合"来对应事件和人物的关系，这样与西方的编剧写作理论书相比较，我们的作家和编剧肯定会比较容易理解和接受。

（1）起——故事的开端，也就是矛盾的交代

就如一场势均力敌的足球赛已经开始了，这个阶段我们要完成几个

任务。

A. 时代背景。

B. 特定环境下发生的事件。

C. 人物在事件矛盾中出场。

D. 面对事件，人物强大的心理需求和动因。由此，确定人物的最高任务，同时人物也有自身的缺陷，完全可能影响他完成戏剧的最高任务。

E. 主要人物行动产生观众缘。同时要面对强大的竞争对手，或者对立面人物（反派）。

F. 人物参与事件，人物和事件像麻花一样拧起来。明确了我们故事的戏剧方向。

G. 人物和事件所带来的是故事的危机和悬念。

（2）承——故事的继承，也就是矛盾的发展

专业的行话有"凤头猪肚豹尾"，也就是说在这一个阶段，内容一定要丰富厚实，像猪的肚子一样。就如足球赛中不断地发起进攻、进攻、再进攻！

A. 事件需要一波三折，千万不能平铺直叙。这需要我们的精心设计。

B. 人物命运和事件捆绑在一起，在一波三折中使人物不断遇到障碍和危机。强危机才有强命运，让人物的命运像"过山车"一样。

C. 事件的设计中要安排定时炸弹。这颗炸弹随时会被引爆，事件和人物命运的悬念就此产生。

D. 球场上常常有队员受伤，教练换人上场。我们的事件中要出现巨大的裂痕和陷阱，在敌我双方的对抗中，主人公的盟友就会受伤或者牺牲。这能加大事件的冲击力，也能给主要人物增加对抗的爆发力。

E. 要给事件设计无解的死局。把主人公逼到死角，考验他的智慧和毅力，让他突出重围，这个人物才能够在观众面前站起来。

F. 事件也要给人物留下私人空间。留私人空间是为了展示人物多维度

的性格。我们的人物塑造千万不要被外部的事件挤压了。

G. 事件和人物的节奏加快了。现在，事件和人物都凝聚了强大的爆发力。一切都是为了高潮、为了射门，要给观众惊喜，观众在紧张的期待中。

（3）转——故事的反转、高潮，也就是矛盾的激化

现在的青年作家和编剧开口必言：故事要"反转"，这是受到好莱坞的影响。其实中国传统的编剧理论中早就有"反转"的概念，所谓"意料之外，情理之中"，这就是一个前人写作的方法。下面讲一下反转和高潮。

A. 事件的反转。

如《我的兄弟叫顺溜》：顺溜全面地展开复仇行动，要用手中的狙击枪打死强暴姐姐的日本人，就在他快要成功的时候，故事也很快进入高潮，事件突然产生反转：日本宣布投降了，发布了停战协议。也就是说停止使用任何武器，绝不允许也不可能发生击毙对方的行为。事件的反转，基本上阻碍了顺溜正常复仇的行动。

B. 人物的反转。

像电影《我的姐姐》：姐姐最后的转变不属于真正的反转。反转应该是让观众根本想不到，甚至吓一跳。

如美国电影《无耻混蛋》：正反两个人物都有反转，这就比较有意思。德国占领法国的时候，德国党卫军汉斯上校有"犹太猎人"的称号，他杀了苏莎娜一家人，苏莎娜逃到了城里，继承了她姑妈和姑父的一家电影院；一个德国狙击手非常喜欢苏莎娜，但他狙杀了3000多意大利人；德国宣传部部长戈培尔根据他的事迹拍了一部电影，由狙击手本人主演；现在根据狙击手的建议，首映式在苏莎娜的电影院举行，德国的一些首脑都会前来观看电影；苏莎娜和她最信任的黑人放映员决定在首映式放火烧掉电影院，完成她的复仇计划。以上为一条线索。另一条线索是：美国的犹太人空降到法国，成为德军闻风丧胆的杀人狂；他们和身为演员的英国女间谍接头时发生了枪杀，女演员的脚受了伤，行动队队长对女演员采取临时

措施，他们一行人于是来到了电影院现场；"犹太猎人"发现了女演员的破绽，顺藤摸瓜，抓住了行动队队长和他的两个助手；"犹太猎人"在审讯行动队长时，发生"犹太猎人"反转，直接和行动队队长的总指挥通话，投靠了美国人；电影院大火开始了，狙击手到放映间来探望苏莎娜，苏莎娜枪杀了狙击手，没想到狙击手没有死透，拔出手枪打死苏莎娜，两人都倒在放映间；这场火烧电影院的行动顺利成功，最后行动队队长带着"犹太猎人"来到了美国边境线上，按照总指挥的承诺，队长不能杀死"犹太猎人"，队长最后一个行动完成了反转，他拔出匕首，在"犹太猎人"额头上刻上党卫军的标志，让所有见到他的人都认为他是一个党卫军……

《无耻混蛋》中，正反两个人物都有反转的设计，多次反转的事件推动了情节跌宕起伏地向前发展。

C. 动作的高潮。

试想一下，如果我们的高潮是语言争吵的一种状态，观众一定会失望，就像射门时把球射偏了一样。所以高潮一定是动作高潮，至少开始是肢体的碰撞，接着就是刀劈枪杀；先从群打开始，后面是主人公和对手打得你死我活，不可开交；最后主人公反败为胜。我最欣赏的动作高潮就是电影《英雄儿女》，战士王成拿着话筒呼喊着："向我开炮，向我开炮！"一种大义凛然、视死如归的大无畏革命精神深深地震撼了观众。

D. 情感的高潮。

电影《小花》可以作为案例来说一下。

在解放军攻城前，已是游击队长的"小花"和她的亲生父母相认；另一个小花，继续寻找她的哥哥。在高潮中，为了让解放军顺利过河攻城，两个小花一起在水中搭木板桥让解放军通过。她俩都知道，解放军中有她们的哥哥。战斗非常激烈，国民党军官用枪射击水中的两个小花，她们相继倒在水中。最后，妹妹"小花"受了重伤，死去活来，依然惦记着寻找她的哥哥。一曲《妹妹找哥泪花流》的主题歌由此而起，后来响遍了祖国大地。歌声中，哥哥终于赶到了妹妹的病床前，兄妹相认。情感因此达到了高潮。

E. 思想的高潮。

好的高潮是动作高潮和情感高潮的融合。同时不要忘了一点，在尽可能的情况下，在高潮中完成作品的主题。在高潮的顶点上表达作品的主题是最合适的。

关于高潮，后面有专门论述的章节，这里就简单地提示一下。

（4）合——合就是矛盾的结束

中国传统的戏文讲究大团圆，就是不离一个"合"字。现在我们在创作中有很多种结束方式，故事的"合"也不一定是大团圆。

如我策划制作的青春偶像剧《新春二月向艳阳》（播出时改名《青春向前冲》，这是 2016 年策划，2018 年制作的中国第一部表现网红直播带货的电视剧），剧本曾设计过 4 种结局。为了尊重编剧，我让导演把这 4 种结局都拍出来了。第一种结局是男一号跳海死了，女一号和男二号结婚；第二种结局是男一号跳海死了，女二号没有结婚，在苦苦等待着；第三种结局是跳海时女一号死了，男一号和女二号结婚；最后一个大结局是皆大欢喜，男一号和女一号都没有死，他们结婚了。这是观众最喜欢看到的大团圆的结尾，所以后来专家让我们选择最后一个结局。

最后提示一下作家和编剧：选择的事件要有动作性，给人物留出行动的空间，人物有行动才能给演员留出表演的天地。千万要记住，话剧、电影、电视剧，凡是有演员表演的艺术都是行为冲突的艺术。

十一、对手是虎不是猫

足球场上甲乙双方是对手。对手不一定是坏人，但坏人肯定是我们的对手。一个完整的故事肯定要有甲乙双方发生的事件。这个事件具有对抗性、竞争性，甚至敌对性。一般具有敌对性的事件，甲乙双方就如武松面对凶恶的老虎，而绝不应该面对的是一只软弱的猫。试想一下，武松打猫的故事好听、好看吗？就好像一个世界级的球队和一个我们市县级的球队进行竞赛，这样的球赛好看吗？但也有例外。比如，听说中超豪门北京国安队被甘肃一个县级队 7∶5 打败，这也是非常具有戏剧性的事件。假如武松打猫，反被猫打败，这一对抗也有意想不到的效果。

1. 对手必须是强大的

我们还是以常规的思路来说对抗。先说一下武松上山打虎的段子。老虎本来就是很强大和恐怖的，可是作者还在不断削弱武松的战斗力，目的就是增加难度和悬念。店老板警告他山上有虎，且店里的酒"三碗不过岗"，不宜多饮。武松不以为然，不管不顾地喝了十八碗酒。这是给武松设计上山的危机和悬念。上山酒后产生困意，武松准备在石板上睡一会儿。观众更加替他担心了：你喝了那么多酒，睡着了，老虎来了，不就一口把你吃了吗？武松眯瞪了一会儿，这时树林里起来一阵寒风，把他吹醒了。"龙舞云，虎啸风"，随着这股风，白额吊睛猛虎出现了。武松仓促应战。幸好他手中还有武器，掌中握着一根结实的木棒。武松挥舞着木棒朝老虎打去，没两下他手中的木棒就折断了。危机更加强了。赤手空拳的武松怎么能打死老虎呢？这是点爆故事的"必需场面"，把悬念推到高点。观众爱看的就是这个充满悬念的生死搏斗，武松只有打死凶猛可怕的老虎才能成为英雄。

观众总是同情弱小善良的一方。如果弱小善良的一方战胜强大邪恶的一方，故事就有可看性了。

电影《卢旺达饭店》来自一个真实的故事。基利亚发生武装冲突，面对强大的武装力量，联合国维和部队也无可奈何。主人公保罗原来是一家饭店的客户经理，在乱世中主动代理经营这家饭店；这家饭店是外国人投资的，所以暴乱分子对这家饭店还留有余地，于是很多逃难者纷纷涌入这家饭店，在这杀人如麻的战乱中，饭店暂时成了挪亚方舟；但好景不长，暴乱分子盯上了饭店，保罗和他的妻子、女儿也陷入危险之中；经联合国维和部队协调，安排了一架国际航班，转移一部分难民，保罗一家也被安排进了转移的车队；最后一个上车的保罗转身时看到大堂内外，一大批难民用哀求无助的眼神看着他，他毅然决然地留下来；没想到，转移的车子在路上遇到了暴力分子的拦截和枪杀，他们又被迫撤回了饭店；后来暴乱分子开始对饭店的难民进行枪杀，保罗带着人进行反抗……

这部电影充分表现了一群手无寸铁的弱者面对强势暴力的无奈、恐惧、挣扎、反抗，是弱者对抗强大对手的极致例子。

2. 设计矛盾冲突的主体制造者

（1）对手是矛盾冲突的制造者

没有矛盾冲突就没有戏。就好像球赛有甲方却没有乙方，这场球赛是打不起来的。如果是甲方的球队自己踢着玩，自己玩得很高兴，观众是根本没有兴趣看下去的。

1930 年，美国禁酒令致使芝加哥动乱爆发，帮派之间争夺地盘，因走私而成为金钱财团，他们相互使用暴力手段来巩固自己的势力。这是一个帮派争夺的年代，也是枭雄卡彭的时代。这就是美国电影《铁面无私》的故事背景。故事一开始，一个小女孩儿到饭店去，黑帮分子推销走私的酒，老板没有接受，随后发生了酒店的爆炸事件，小女孩儿被炸死了。整个社会的动乱是黑帮分子的暴力行为导致的。

主人公奈斯是财政部特别调查处的官员，他来到警察局，让警察局配合他采取所有的行动。第一次他带着警察去查封走私酒的仓库，结果一无所获，惨败而归；他在桥头彷徨痛苦，遇到了巡夜的老警察马龙，两人交流起来，老警察告诉他："你不想拿到烂苹果，就别从箩筐里拿，而要到树上去摘。"奈斯明白行动失败是有人通风报信，整个警察局都腐败了。马龙带奈斯去警员学校挑选了一个优秀的学生史东，财务部又派来了一位会计华莱士，他们组成了四人小组。市政议员来找奈斯，想用金钱收买他，被奈斯拒绝。四人小组成功偷袭了卡彭的走私活动，其中被抓的一个人手上有账本，上面记录着政府要害部门和警察局收取的赃款。显然，整个芝加哥就是卡彭的天下。警察局长找到马龙要他回家休假，黑帮分子也瞄准了奈斯的家。奈斯赶快搬家，把妻子和女儿转移到其他地方去。没有想到，四人小组里的会计华莱士遭到了暗杀，卡彭逃税和贿赂官员的证据消失了。警察局长找老警察马龙私下谈话，结果两人打了起来，老警察回到家里就遭遇了枪杀。卡彭开始转移自己的会计，计划从火车站出发到外地去。奈斯带着史东和保护会计的杀手们发生了一场枪战，最后杀手要杀会计，史东救了会计。法庭上开始审判卡彭。奈斯发现一个白衣人怀里揣着手枪，马上和法警说把这个人带到法庭外。法庭外，奈斯要白衣人掏出口袋里所有的东西，包括枪支，没想到他有芝加哥市长批准的持枪证明。奈斯从他的火柴盒上看到老警察家的地址，马上判断他就是杀死老警察马龙的凶手，于是开始追杀白衣人，最后成功替老警察马龙复仇。回到法庭，史东从会计那里拿到了一份贿赂的名单。审判长和陪审团都被收买了，奈斯私下找审判长谈话。结果开庭时，审判长要求更换陪审团，法庭现场大乱。最后卡彭被判处有期徒刑 11 年。奈斯取得成功后返回了财政部。

这个故事非常鲜明地表达了对手是矛盾的制造者。黑社会势力横行霸道、无法无天，他们走私、暴力、贿赂，无恶不作，整个芝加哥处于动乱状态。以奈斯为首的四人小组逆风而上，针锋相对，展开了一场殊死搏斗。这是观众喜欢看的充满着紧张和危机的对抗球赛。

（2）正方也是矛盾冲突的制造者

前面我们看到的冲突绝对离不开对手。明里和暗里都是对手利用事件不断进行破坏捣乱。一波未平，一波又起，都是对手惹的祸。在一个完整的故事里面，正文也常常成为对手的麻烦制造者，也会逼着对手，让对手走投无路。你一拳我一脚，彼此才能缠斗得不可开交。如主人公有意或无意地捅了对手的马蜂窝。又如主人公为了完成任务戳到了对手的痛点。主人公主动出击的例子在电影和电视剧中比比皆是，限于篇幅就不做具体介绍了。

3. 对手的盟友

球队里面，中锋一般是球队进攻的终结者，守门员则要死守大门不让对方破门，除了中锋和守门员，其他队员都是配合中锋的盟友（甲乙双方的中锋都有自己的盟友）。我们的作家和编剧在写故事的时候，一定不要只盯着主攻手而忽略盟友的作用。

（1）对手的盟友充当着"搅屎棍"和"杀手"的作用

有的事情最大的对手不一定出面，而对手的盟友往往冲在前面，充当"搅屎棍"，也就是"麻烦制造者"。"搅屎棍"所起的作用就是不断挑起矛盾和冲突，给主人公设置障碍。而对手的盟友充当"杀手"，是一种比较极致的定位，实际上事件中的"爆破手"所起的作用就是不断给主人公带来各种各样的危机。

（2）对手的盟友，可以作为对手的继承者，成为更加强大和凶悍的对手

在武松打虎的段子里，武松打完虎以后身心疲惫地往回走，路上突然出现两只老虎，令观众和武松顿时都紧张起来，结果是一场虚惊，这两只老虎其实是披着老虎皮的猎人。如果我们要激化矛盾的话，这里将会出现老虎的两个盟友，是老虎的两个虎儿找武松来复仇的。故事就会更加精彩、更具可看性。

电视剧《地道英雄》里，老大是武工队长，老二是勾搭小寡妇的光棍儿，老三是乡村教师被鬼子打死了，县里来了一位年轻的女教师。后来鬼子的大佐在地道战中屡屡受挫，在最后的五六集中，这个女教师露出了真面目，她其实是日本特高课的间谍，官衔比大佐还高。她亲自指挥日军破解武工队的地道战。她当小学教师的时候经常做家访，经常深入地道，她对地道了如指掌。这样，武工队就面临了一个更强大、更可怕的对手。就好像足球教练在最后的 10 分钟换上的一个最强悍的中锋，要在最后的 10 分钟成功射门。

（3）隐性对手和隐性盟友

太极的八卦图，黑的一块里面有一点白的鱼眼睛，白的一块里面有一点黑的鱼眼睛。也就是说阴中有阳，阳中有阴。易经是一种朴素的辩证法。据说，世上的万事万物都可以从阴阳八卦中得到印证。从盟友的角度来说，对方的盟友中有我的人，我方的盟友中可能潜伏着对方的人。这是谍战剧中常用的套路，任何故事中都可以有这样的设计。如表现家庭的故事，看上去主要矛盾是婆婆和媳妇的矛盾。小姑子表面上站在婆婆的一边，但她暗中是帮哥哥的，哥哥和媳妇是同一条战线的。这样看来，小姑子就是哥哥的卧底，私底下间接地站在嫂嫂的一边。

4. 如何写好对手

如果我们的观众情感倾向甲方，我们就会全力写好我们故事中的甲

方。可是有一点我们千万要记住：只有写好乙方，才能真正地、更好地写好我们的甲方。观众要看的这场球赛，是一场相互对抗和竞争的球赛。所以我们一定要写好对手。

（1）对手也是人，但不是一般的人

很多电影电视剧把对手，也就是反派人物，刻画得比较脸谱化，尤其是抗日神剧里的日本反派，大多数被妖魔化了。我觉得凡是优秀的电影电视剧作品，都能够很好地把对手作为一个人物来写。

如电视剧《破冰行动》中的大反派，他是村庄的族长，他们村里很多人家都在私下制毒，他是领头人，也是总指挥。他的目标很明确，让乡亲们都摆脱贫困，他也很关心父老乡亲的生活起居，所以他在村里威望非常高，所有人都愿意听从他的指挥。制毒是他们村里最大的秘密，如果村里有人把这个秘密泄露出去，他就会翻脸不认人，不管是谁都要千方百计把泄密者灭掉。所以他是人，但又不是一般的人。他的身上体现了人性的复杂性和残酷性。

（2）对手具有不能输局的理由

太原的晋祠，有唐氏一世祖唐叔虞的塑像和庙宇，院子里有唐叔虞母亲、中国第一代圣母的牌匾。因知道唐叔虞的母亲是姜子牙的女儿，所以动漫电影《姜子牙》出来后，作为唐氏后人我立即去看了。电影里，姜子牙的对手是狐狸。狐狸的失败是一个狐族的失败。狐族的失败导致一个物种的灭亡。在这个世界上，每一个物种都为自己的生存和繁衍做出各种各样的挣扎和努力。所以《姜子牙》故事里的对手狐狸具有不能输局的理由，它为了一个狐族的生存而做殊死的抗争。推荐看看《自私的基因》这本书。

（3）对手也有自身的缺陷和软肋

很多对手有过度自信的缺点，自以为是也可以成为他们最后失败的原因。

以香港电影《寒战》为例：作为亚洲金融中心的香港，被称为最安全的城市，没有料到一天警局接到一通匿名电话，对方声称劫持了警队的一辆前线冲锋车以及车内的五名警员和武装设备。这次事件引起了香港警队高层的高度重视，恰逢处长出访国外，由鹰派人物行动副处长李文斌与年轻的管理副处长刘杰辉一起负责这起案件，并将行动命名为"寒战"，李文斌任总指挥。因为李文斌的儿子也是被劫持的人质之一，刘杰辉对李文斌父子产生怀疑。与此同时，匪徒展开了进一步的行动，警察被杀，爆炸案频发。在这种状况下，李文斌为了避嫌，让刘杰辉担任总指挥。刘杰辉亲自面对劫匪，从金库里调取现金，赎回被绑架的五名警员。最后刘杰辉的行动失败，金库的管理员又被汽车炸弹炸死灭口。这期间，刘杰辉和李文斌都接受了廉政公署的审讯。这个过程让刘杰辉真正理解了李文斌，他们之间取得了可贵的信任……最后高潮时，李文斌的儿子和父亲见面，坦言所有的行动都是他亲自策划和指挥的。父亲掏出枪来对着他。儿子非常自信，因为自己是李文斌唯一的儿子，而且他所有的行动都是为了让刘杰辉犯错误，从而使自己的父亲在处长退休以后上位。没有想到父亲把手中的枪交给了儿子。儿子接过了手枪，顷刻之间，儿子被潜伏的狙击手击中倒地，刘杰辉也出现在现场。显然这一切都是李文斌的安排，他说了一句经典的台词："我把枪交给儿子，他如果不接枪，还有拯救的可能。他接过了我手中的枪，他就永远不可能是我的儿子了。"

这部电影真正的对手就是策划劫案的儿子，而儿子百密一疏，过于自信父亲会站在他这边，更没有想到父亲会用一把手枪考验他最后的立场，导致他最后不可救赎的下场。

（4）对手具有独特的性格特征和处世方式

写好一个对手，刻画好一个反派，也能给观众留下深刻的印象。精心塑造对手，使反派人物站得住脚，我们的主人公才更显光彩。我小时候看小说《林海雪原》，第一个记住的是杨子荣，第二个忘不了的就是座山雕。杨子荣和座山雕这一对正反人物的成功，让《林海雪原》成为那个年代的经典。

十二、站在经典元素的肩膀上

我们要熟悉文学、戏剧、电影和电视剧的经典作品，知道它们的风格、流派、类型特征等。这种熟悉和了解，就像我们的中医医生一样，要掌握各种中药的药性特征，了然于胸，能够针对不同的病人，对症下药，开出药方。下面从文学、戏剧和电影三个方面来看学习经典作品的作用。

1. 莫言在文学方面的成功不是偶然的

（1）借鉴是一种选择

莫言选择了创作风格和思想倾向与他相近的作家，如福克纳、马尔克斯、艾特玛托夫。他多次谈到福克纳和马尔克斯对他的影响，说他喜欢马尔克斯，佩服福克纳。他被《百年孤独》的氛围所吸引，同时学习福克纳的"表现"手法。他对艾特玛托夫谈得不多，但作家是用作品发言的，他的作品受艾特玛托夫的影响也是很明显的。这三位作家是现当代世界文坛成就很高的小说家。先简单地介绍这三位作家。

A. 福克纳——福克纳作品的素材与灵感来自他的家乡，他发现"家乡那块邮票般小小的地方，倒也值得一写，只怕一辈子也写不完"。他一生写了18部长篇小说和75篇中短篇小说，都以他杜撰的约克纳帕塔法县为背景，这个县在美国地图上是找不到的，他以此象征他的家乡和美国南方。他的代表作《喧哗与骚动》描写贵族康普生家族最后的没落，把道德理想寄托在黑人迪尔西身上。迪尔西是凯蒂的弟弟、智力低下者班吉的保护人，她在小说中的地位越来越重要。小说中的康普生家族的最后一个人杰生，是"恶"的代表，迪尔西是与他的恶行为针锋相对斗争的"善"的代表。福克纳说："迪尔西是我自己最喜爱的人物之一，因为她勇敢，大胆，豪爽，温存，诚实。她比我自己勇敢得多，也豪爽得多。"

B. 马尔克斯——马尔克斯的《百年孤独》，也是我非常喜欢的一部小说，我个人也迷恋过魔幻现实主义作品，如《绿房子》等。

《百年孤独》用布恩蒂亚的家族史，影射拉丁美洲的历史。为什么这个家族会衰败呢？因为这个家族的后人丧失了祖先的创业精神，成了一群萎靡不振的"败家子"。马尔克斯歌颂了这个家族的创业者——布恩蒂亚和乌苏娜。老布恩蒂亚创立了马孔多镇，他不保守、不自私，热心学习科学知识，身体力行地为大家谋幸福。作家崇敬他，用富有诗意的浪漫主义手法写他的去世，以寄托人民对他深深的哀思，还写他的灵魂不散，在大槐树下关注着子孙后代。乌苏娜是布恩蒂亚家族的守护神，是小说中最重要的正面人物，她活了120岁。在她身上体现了拉丁美洲各民族母亲的许多共同的优秀品质。作者说她的思维"有理性的光辉"，她"能支撑整个世界"。

小说的主题是深刻的。马尔克斯说"孤独的反义词是团结"。《百年孤独》结尾写道，遭受百年孤独的家族注定不会在大地上第二次出现了，这里含有和旧拉美告别的意义。马尔克斯在接受诺贝尔奖时演讲的题目叫《拉丁美洲的孤独》，他在这篇演说中宣告一个"平等""变革""独立自主""社会正义"的新拉丁美洲在崛起。

C. 艾特玛托夫——苏联少数民族大作家艾特玛托夫的代表作《一日长于百年》，用多层次的结构描写了人类的过去、现在和未来，以人类的前途和世界的命运的"全球性思维"，即当代人道主义的新观念，和人类几千年的经验，思考20世纪末期的社会问题。他在小说中引进少数民族的民间传说，对现代人类发出警告：一个丧失记忆的人就会变成忘父杀母的奴隶和白痴。作者对射死母亲的儿子曼库特的怜悯，是对失去理性的人类的怜悯；让变成白鸟的母亲在火箭轰鸣和光团中飞出，对主人公叶吉盖喊道："你是谁的子孙，你叫什么名字？记起你的名字吧！"这是向人类呼吁复归理性。

（2）借鉴是一种影响

在选择的对象确定之后，作家的创作必然受到所选择对象的影响。莫言小说的素材来自他的家乡——高密东北乡，那里的历史、土地、先人的传说，曾经使他魂牵梦萦，热血沸腾。他说："生在那里，长在那里，我的根在那里。"如同福克纳、马尔克斯、艾特玛托夫一样，本乡本土对他来说有一辈子也写不完的题材。莫言小说在结构上，叙事手法上，处理人物结局上，有的在某些情节的样式上，受福克纳、马尔克斯、艾特玛托夫的影响是清晰可见的。

（3）站在各类文学经典的肩膀上

我有全套的莫言文集，从莫言后来的小说《蛙》《丰乳肥臀》《酒国》《生死疲劳》等作品来看，他已从单向的模仿跃升到多元的融合，这是从低级向高级的飞跃。一个作家能在自己的作品中对外国文学做多元的融合，挥洒自如，就说明他开创了一个广阔的、崭新的艺术天地，他站在各类文学经典的肩膀上，讲述属于他的故事。

2. 中国话剧的代表作家曹禺

关于剧作家曹禺先生的作品，有很多论文和书做了专门的介绍。我这里简单地把他的话剧作品和外国戏剧作品做一个对标的比较。

先说《雷雨》。

（1）《雷雨》和《俄狄浦斯王》

《雷雨》所借鉴的是古希腊悲剧的命运观，运用了锁闭式的戏剧结构、"三一律"等手法。其中最重要的是关于"命运"的观念。

曹禺说过：《雷雨》的主题是"命运"，"命运"是其中最重要的角色，是剧本的生命，因为"命运"是看不见摸不着的，所以它在剧场中是不出场的。

曹禺先生在《曹禺研究专辑》中的《雷雨》序中说："《雷雨》所显示的并不是因果，并不是报应，而是我所觉得的天地间的残忍……在这斗争的背后会有一个主宰来使用它的管辖，这主宰希伯来的先知们称赞它为'上帝'。古希腊的戏剧家们称它为'命运'……在《雷雨》里宇宙正像一口残酷的井，落在里面，怎么呼号也难逃脱这黑暗的坑。"

关于命运的经典戏剧是古希腊悲剧《俄狄浦斯王》。上海文艺出版社出版的《外国剧作选》有《俄狄浦斯王》的全部剧本。国外也有同名的电影，网上也可以看到。我简单介绍如下：

故事由五部分组成，是锁闭式结构的典范。

第一部分是"弃婴"。神说，忒拜国王将生一子，其长大后必"杀父娶母"，于是国王和王后派牧羊人甲将婴儿弃于深山中。牧羊人甲将婴儿交给科任托斯国的牧羊人乙，由牧羊人乙带回该国，被该国国王收为养子。

第二部分是"杀父"。婴儿长大成人后被神告知，他会杀父娶母。他便逃离科任托斯国。途中他与过路老人冲突，竟把生父杀了，但却全然不知。

第三部分是"娶母"。他逃到忒拜城郊，解出了狮身人面兽的谜语，拯救该城脱离了灾难。忒拜人拥他为王，他于是娶了该城守寡的王后，也就是他的生母。

第四部分是"追查凶手"。

第五部分是"真相大白"。

该剧是锁闭式写法，从第四部分追查杀死忒拜国王的凶手开幕，到第五部分真相大白结束。故事的前三部分作为真相大白前的前因不时补充进来。故事采取"三一律"的方式：地点集中在忒拜王宫前院，时间不超过

24 小时，人物减少到最低限度。

戏的开场就陈述国王被杀的经过，引出主角俄狄浦斯王要捉拿凶手的决心，提出"追查凶手"的悬念。接着又提起以前神曾经预言他"杀父娶母"，深化了故事的悬念，让观众的期待心理发生质的变化，升华成一种恐惧与怜悯的悲剧情绪。究竟是俄狄浦斯王杀父娶母，还是对手的诬陷？通过相关人物不断地"回顾"，即讲述过去的事，将故事的前因后果紧密结合起来，用过去推动戏剧冲突的发展，深入表现主角俄狄浦斯王的心理状态。越是追查，俄狄浦斯王越感觉到"杀父娶母"的人就是自己。这就是《俄狄浦斯王》所表达的人的意志与命运的冲突。当可怕的命运向俄狄浦斯王步步逼近，王后已听天由命，喊出"啊，不幸的人，愿你不知道你的身世"时，俄狄浦斯王却仍然要追查自己是否"杀父娶母"，他还要与命运斗一斗。俄狄浦斯王为躲避"杀父娶母"的命运，做出多次抗争的行动，可事与愿违，最终还是陷入悲惨的境地，但他仍不失为是敢于抗争命运的英雄。这就是《俄狄浦斯王》洋溢的悲剧美感。

比较《雷雨》和《俄狄浦斯王》，可以概括出锁闭式结构的戏剧具有以下经典元素。

A. 相同的主题，人物与"命运"的抗争。

B. "三一律"。地点集中、时间不超过 24 小时、人物减少到最低限度。

C. 将过去和现在紧密结合，用过去推动戏剧冲突的发展。

D. 人物关系构架有很强的戏剧悬念，抽丝剥茧，层层推进。

（2）《日出》和《三姐妹》

曹禺的话剧《日出》受契诃夫影响很深。曹禺在《日出》的跋中说："写完《雷雨》，渐渐生出一种对《雷雨》的厌倦。我很讨厌它的结构，我觉得有些'太像戏了'。……我很想平铺直叙地写点东西，想敲碎了我以前拾得的一点点浅薄的技巧，老老实实重新学一点较为深刻的。我记得几年前着了迷，沉醉于柴霍普（契诃夫的旧译名）深邃艰深的艺术里，一颗沉重的心怎样为他的戏感动着。……在这出伟大的戏里（指契诃夫的《三姐妹》），没有一点张牙舞爪的穿插，走进走出是活人，有灵魂的活人，不见一场惊心动魄的场面，结构很平淡，剧情人物也没有什么起伏生长，却那样抓牢了我的灵魂。……我想再拜一个伟大的老师，低声下气地做个低劣的学徒。……于是在我写《日出》的时候，我决定舍弃《雷雨》中所用的结构，不再集中于几个人身上，我想用片段的方法写起《日出》，用多少人生的零碎来阐明一个观念。"（《曹禺研究专辑》上册）

契诃夫是 19 世纪俄国最著名的短篇小说家和戏剧家。其中话剧《万尼亚舅舅》《三姐妹》《樱桃园》为公认的世界名剧。

《日出》的故事简单来说，就是交际花陈白露无意中救了小东西（小女孩儿），得罪了黑暗势力，她又没有勇气走向新生活，最后，天快亮了，她吃了安眠药，离开了这个世界。

契诃夫的《三姐妹》里，三姐妹各自都有自己悲惨的经历：大姐是一位中学老师，后来当校长，教书很累，爱人都没有，她生成一副忍耐的性格，一切听天由命，哪怕嫁一个老头子也可以；二姐的遭遇比大姐更惨，嫁了一个不靠谱的男人；最小的妹妹长得很美，热爱生活，渴望爱情，她崇拜哥哥，而哥哥一事无成，娶了一个坏嫂子，她虽然也爱两个姐姐，但看到她们每天的痛苦又无法帮助她们。最后三姐妹都被他们的嫂子赶出了家门。契诃夫着力描写的不是三姐妹痛苦的生活，而是通过她们的台词表达出三姐妹痛苦的心理。这是一部感情很细腻的心理剧。

综合《日出》和《三姐妹》两剧体现的经典元素，有以下几处相似。

A. 不出场的人物，有影响出场人物的致命力量。《三姐妹》有一个不出场的人物叫普罗波波夫，他是三姐妹的对立面，因为整个剧情就是他与嫂子占有三姐妹家宅的故事背景。《日出》有一个金八，是黑暗势力的代表人物，虽然他没有出场，但影响了陈白露的命运。

B. 契诃夫把全都的同情心倾注在三姐妹身上。曹禺也把同情心全部倾注在陈白露身上。

C.如果说曹禺在《雷雨》中借鉴了古希腊的命运观念，那么在《日出》中，转而借鉴了契诃夫的人道主义观念。

D.《日出》的结构不是纵向式的情节结构，而是横向式的观念结构。没有绝对的戏剧冲突，更多的是呈现人物的心理状态，没有绝对的主要动作，而是用台词呈现人物的精神面貌。这都和契诃夫的《三姐妹》剧本相似。

电视剧《空镜子》的编剧万方是曹禺的女儿。我邀请她写《女人心事》时，走的也是表现人物心理和性格特征的路子，虽然没有外部强力的戏剧碰撞，观众反应和收视率也都不错。

中医医生的药方分"君臣佐使"，"君"是主体，是药方的根本，其他都是搭配或辅助的，有的还是药引子。所以说，无论是莫言还是曹禺，他们在吸收国外经典元素的同时，没有忘记"君"是主体，写发生在中国土地上的中国人的故事。所以当初文学界有一句话："越具有民族性就越具有世界性。"

3. 对文学经典的借鉴

在影视圈，有些公司去翻拍国外的著名小说或电视剧，结果都不尽如人意，主要的原因就是水土不服。所谓"一方水土养一方人"，对于文艺作品来说，就是要表现"典型环境中的典型人物"。日本的悬疑大师东野圭吾的小说写得都很不错，如果翻拍他的作品就会出现几个问题。一是时代背景，他的故事背景是日本经济萧条的一个长时间段里；二是事件，日本发生的事情在中国不太可能发生；三是人物，人物的心理状态和性格特征还是和我们中国人有很大差异的；四是很多细节都必须置换，但置换后整个戏的味道又会产生变化。

因此，我提出的要站在经典元素的肩膀上，重点是元素。我们只有吃透了元素，掌握了元素，才能将元素融会贯通，运用自如。就像中医，根据中药柜子里上百种中药，进行配方开药，我们才能根据市场的需要，调配出合适的药方，对症下药，点爆故事。

（1）《教父》的成功

说到家族故事，美国电影《教父》可谓独树一帜。在全世界很多国家和地区，包括中国的香港地区，基本上都将警匪黑帮戏作为一种类型剧，一直保持着良好的市场价值，同时市场竞争也非常激烈。而《教父》能够在众多的黑帮剧中脱颖而出，成为黑帮电影的经典，很重要的一点是它们吸收了文学经典的元素。

很多文学名著写的都是家族的故事，美国小说有《根》和《喧哗与骚动》等，中国的古典名著《红楼梦》写的也是家族的故事。中国新文学兴起后，茅盾的《子夜》是中国新文学史上第一部划时代的长篇小说，这也是家族小说。巴金的《家》，老舍在美国完成的《四世同堂》，也都是家族小说。因此，《教父》站在家族文学的肩膀上，决定写一个黑帮的家族故事。这就独辟蹊径了。

（2）经典折射的是社会缩影

前文提到日本的悬疑大师东野圭吾的小说，他的作品中的故事基本上发生在日本经济萧条的时代背景下，人物的心理和现实状态产生了冲撞，这是他成为悬疑大师的最根本的基础。其他悬疑侦破的手段和方式都不是最重要的。特定的历史背景下独特的人物个性和心理轨迹是产生经典作品的前提。

《教父》恰恰表现了美国社会转型的一个时代背景，只有在这样的时代背景下，教父才会将洗白家族、做正经人和正经生意作为一生的追求。这一点远远高于一般表现黑帮的故事框架。

由此可见，《教父》的成功来自对经典元素的摄取。其一，是家族文学的经典元素；其二，是表现特定的历史背景下人物的心理轨迹和行为特征。其三，《教父》写美国的移民社会中，意大利人的特征和他们的故乡情怀，做到了说"典型环境中典型人物"的故事。《教父》成为电影的经典是必然的。

莫言和曹禺也是这样，站在经典元素的肩膀上，写中国土地上中国人的故事。

记得很多年前拍《历史的天空》时，我和导演高希希说过，只要我们的戏里面有几个经典元素，我们的戏就有可能成为经典。

希望我们的作家和编剧多多汲取经典元素，为我们的时代创作出属于我们的经典作品来。

十三、类型与反类型的炸点

1. 何为类型剧?

对于类型剧的分类方法,美国和日本,以及中国的内地、台湾、香港,各有自己的分类方法,包括类型分类和选题归类都不一样,有的是重合的,有的是独特的。比如"西部片",美国西部片的概念通过一些作品已经十分明确,而中国也出了一些具有中国西部文化特征和地域特征的作品,但是与美国的西部片显然有差别。美国的西部片元素跟中国的武侠片倒是有几分类似。

各个国家各个地区,各种类型不一样,有的叫法也不一样,类型剧的分类大致上可以分成这样几种:第一种是从内容出发进行分类,比方说历史剧不管是戏说、正说它都是历史剧;第二种是从形式出发,例如穿越剧是从形式出发的;第三种是内容和形式相结合的,例如青春偶像剧表现的内容、故事和环境都是青春的;第四种是网络剧,是以平台播出来陈述的。前面提到的西部片是以地域来陈述的。这些大致分类,是影视的分类法。其他的艺术门派也有不同的分法,比如画派有长安画派、岭南画派、海上画派、京津画派等。这种分类方法没有严格的界定,是约定俗成的,行业内外约定俗成的分类很难量化,或者很难做到很科学很严谨。

类型剧的概念,没有很严格的科学意义。我认为影视剧类型的划分,也是舶来品,就像医院的分科门诊,开始是西医的做法,后来中医效仿之也有了分科。

下面我们来看看中国香港、台湾和内地有哪些类型剧的划分。

（1）香港类型剧，常见的大概有 10 种——

A. 武侠剧：以金庸作品为代表，如《笑傲江湖》。

B. 家族剧：代表作是《创世纪》和《大时代》。内地也有家族剧，如《大宅门》。

C. 枭雄剧：代表作品是《上海滩》。内地的电视剧《一代枭雄》也有这样的色彩，这跟黑帮剧还有区别。

D. 鸳鸯蝴蝶剧：代表作是《京华春梦》。

E. 历史剧：如亚视版的《秦始皇》，也是按照历史正剧来表述的。

F. 职业剧：职业剧有表现救火队的，有表现金融业的，比较有代表性的是《刑事侦缉档案》。这类剧在内地我们叫作行业剧。

G. 现代城市剧：代表作是《男亲女爱》《万家灯火》。

H. 古装剧：历史剧和古装剧是不同的，古装剧无非是穿着古代的服装演古代人的故事。如《江南四大才子》就不属于历史剧，跟历史没有什么关联，其中唐伯虎被称为"江南第一风流才子"也是很冤枉的，真实的唐伯虎没有那么风流，无非娶了一个老婆叫秋香娘，就传出来有九个老婆，实际上也是"冤假错案"。

I. 穿越剧：代表作是《寻秦记》。

J. 警匪剧：这种类型剧在香港是很火爆的。另外，香港还有一种鬼怪神话剧，这种类型电影很多。

（2）台湾的类型剧——

A. 武侠剧：台湾的武侠剧主要以古龙作品为代表，如《小李飞刀》。

B. 言情剧：言情剧的年代是打通的，不管是历史的、年代的，还是当代的，都叫作言情剧。只要把感情戏、男欢女爱的爱情表现得热火朝天、死去活来，写得非常到位，非常被人接受，在台湾就叫作言情剧。琼瑶就是这方面的代表作家，如《梅花三弄》《情深深雨濛濛》。

C. 戏说历史剧：戏说剧是从台湾开始的，代表作品是《戏说慈禧》《戏说乾隆》。

D. 苦情剧：如《妈妈再爱我一次》，可以让观众哭得眼泪哗哗流。苦情剧在台湾是非常流行的，而且是非常火爆的类型剧。内地也做了一些苦情剧，安徽电视台播了两部以后就停了。

E. 都市伦理剧：如《有爱一家人》。

F. 青春偶像剧：也称作校园剧，如《流星花园》。

台湾类型剧中苦情剧和校园剧有比较明显的优势和特点。香港比较典型的类型剧是武侠剧和警匪剧，香港的导演和从业人员拍动作戏非常好。这是两个地区不同的特点。

（3）内地的类型剧——

内地从 20 世纪 90 年代以后，将香港剧和台湾剧作为引进剧，在非黄金档播出，对国产剧的崛起起了非常大的作用。香港和台湾的从业人员的类型剧概念影响了内地，他们对类型剧的自觉和执着也影响了内地的从业人员，在自觉或不自觉的情况下，我们很快就接受了类型剧的概念。但在具体的拍摄和做法上，内地形成了具有内地特点的类型剧。

内地最大的类型剧是什么呢？是当代家庭伦理剧。因为电视机前的观众以女性为主体，她们是当代家庭伦理剧的忠实拥趸。从每年国家广播电视总局申报的项目来看，家庭伦理剧占比有 50% 之多。

下面我按影视行业的说法来介绍一下内地类型剧的情况。

A. 家庭伦理剧：从 20 世纪 80 年代拍摄电视剧就开始有了这一类型剧，比如《渴望》，接着就是《婆婆媳妇小姑》。后来写家庭伦理的都在婆婆、媳妇、小姑子这个圈子里面做文章，戏的格局就没有跳出这个圈子。家庭伦理剧很重要的一点就是家庭人物关系，家斗戏层出不穷，是这个类型剧的基本故事核。电视剧需要有长度，于是把故事慢慢拉长，人物不断添加和变化，所有的添加人物关系都是面对主人公的矛盾和痛苦。这种类型剧的基本架构就是这样完成的。当代家庭伦理剧引出的不管是家族命运还是亲情故事，不管是婚姻状态还是平民生活，总是在这个故事架构上面变化，故事线不够再加另一条线，所有的东西在这个故事核上做加减法。

B. 战争剧：我会在下面一个章节重点讲战争剧的类型特征及走向。

C. 历史剧：内地的历史剧大部分是正剧。如《大秦帝国》《大汉天子》。我策划制作过两部历史剧，一部是《台湾首任巡抚刘铭传》，另一部是写晚清恭亲王奕䜣故事的《一生为奴》。《大秦帝国》第一部的前期我也参与了策划，推荐了编剧，后牵线福建电视台参与投资，为了规避，我自动退出。后来内地出现过几部以"秘史"冠名的历史剧，实际上是处于历史正剧和戏说剧之间。

D. 武侠剧：香港的金庸，把他的版权转让给内地，武侠之风也吹进了内地，于是内地拍摄的武侠剧也受到了观众的喜爱。

E. 公安剧：早年表现公安侦破案件的电视剧很受欢迎，如《黑洞》《黑冰》等。这两年又开始火爆起来，如《破冰行动》等。

F. 谍战剧：这种类型剧也受到观众的喜爱，如《风声》《潜伏》等。

G. 家族剧：这和一般的家庭伦理剧不同，主要表现家族的兴衰史，如《大宅门》等。

H. 宫斗剧：受非常火爆的香港后宫剧《金枝欲孽》的影响，内地也开始有了宫斗剧，如《甄嬛传》等。这些宫斗剧都是一些杜撰出来的后宫故事。

I. 仙侠剧：仙侠剧是游戏故事和武侠剧的混搭，如《仙剑奇侠传》。

（4）网剧的兴起——

由于网络的兴起，腾讯、爱奇艺、优酷都相继开始自制电视剧，俗称网剧。网剧的兴起，使电视剧的内容丰富起来，并有了新的类型剧种类。

A. 悬疑剧：爱奇艺专门开辟了悬疑剧场。这种类型剧受到观众的喜爱。

B. 甜宠剧：这是台湾言情剧的升级版。年轻人的男欢女爱在当下又有新的发展和变化。

C. 穿越剧：早期的穿越剧有点胡闹，市场上消停了很多年，现在的穿越剧找到了正途。

D. 玄幻剧：这种类型剧大多数是脑洞大开杜撰的古装故事，历史背景有虚有实。

E. 科幻剧：出现很少的软科幻的网剧，前景值得期待。

2. 类型剧在发展和变化过程中

（1）武侠剧的类型演变成仙侠剧。

当年，我任香港 TVB 在北京的制作总监，开发了《仙剑奇侠传》这部仙侠剧，出处是台湾的一款游戏。香港 TVB 对此不感兴趣。后来我转让给上海的朋友，他让上海的唐人影视公司承制。仙剑这一类选题，后来由唐人影视公司连续拍了好几部。由此产生了仙侠的类型剧。

（2）早年琼瑶的爱情故事，现在产生了升级版的甜宠剧。

（3）公安侦破剧也有新的突破。《破冰行动》涉及的反派人物和整个家族相关。

（4）谍战剧开始引进新的创作元素。例如《叛逆者》，从一个崭新的视角表现谍战故事，写人物的成长与转变。

影视剧的市场用"日新月异"来形容一点也不过分。说不定哪一天冒出一部类型剧，大火之后又有几部跟上去，于是一种新的类型剧就此诞生。《仙剑奇侠传》之后就出现了仙侠剧的类型。市场上火了甜宠剧，一部接一部，现在完成了甜宠剧的类型。在印度和美国等国家都有歌舞剧的类型。试想一下，如果我们的网络播放平台自制一部载歌载舞的电视剧故事大火，一部接一部拍下去，中国就有了自己的歌舞剧的类型剧。中国的戏曲舞台所展示的故事都是载歌载舞、有唱有说的，所以说这种类型能够得到中国观众的认可，尤其是青年观众更能够接受载歌载舞的故事。歌舞剧的类型对香港有过很大的影响，他们也相继拍摄过歌舞剧，其中最著名的是《雨中曲》，故事讲述的就是歌舞艺人的挣扎求生，歌舞场面和剧情相互配合。载歌载舞是故事的需要，同时也是歌舞剧类型的需要。

国外还有其他一些类型剧。我们在做每一种类型剧的时候，一定要把握这一类型剧的基本特征。台湾的影评家写了一本《电影类型与类型电影》的书，比较概念化，可以看看。希望我们的编剧借鉴发挥，在中国的土地上改造、推进、完成一种新的类型剧。

3. 反类型的炸点

有的类型剧火爆了较长的时间后，观众可能倒了胃口，慢慢开始衰微了。在这种状况下，有的类型剧在新的社会状态下，在市场的推动下开始提升，完成了升级。有的类型剧则开始就一蹶不振，退出了市场。有的剧为了寻找突破，在重围中杀出一条血路来，在类型剧的基础上进行突破和创新。这就出现了一些所谓反类型的作品。

（1）超越类型——

A. 电视剧《来自星星的你》主打的还是爱情故事。爱情故事和其他类型剧一样，要为人物设置障碍。中国的《新白娘子传奇》，设置的障碍是人和白蛇的爱情，因为爱情很奇葩，爱得很真诚，并经受多重磨难，才千古流传。《来自星星的你》设置的障碍是500年前穿越到当代的男主和生活在当代社会的女主谈情说爱，这个爱情连亲吻都不可能。所以说《来自星星的你》超越了常规的爱情故事的类型，它有穿越剧的元素，也有喜剧的元素。多元素的融合，让《来自星星的你》成为言情类型剧的异数，这朵奇葩超越了言情类型剧。

B. 电影《你好，李焕英》，主要基础还是喜剧，融合了穿越剧的类型特征，所以超越了一般喜剧电影的类型。

（2）类型混搭——

A. 电影《唐人街探案》走的就是一条混搭的路线：喜剧＋刑侦探案。所以它能够战胜常规的喜剧电影的类型剧，同时也能够战胜常规的刑侦探案的类型剧。就像水稻杂交，混搭完成了两个方面的优势，子母连环炸弹，克敌制胜，赢得了市场和观众的认可。

B. 类型混搭也能产生经典之作。日本的畅销书作家池井户润的巅峰作品《半泽直树》，后改编成电视剧，成为风靡亚洲的现象级热剧，也是类型混搭的经典案例。我们来分析一下它的成功之处。

先将前五集内容介绍如下。

第一集：东京中央银行大阪西分行融资科科长半泽直树，给予西大阪钢铁 5 亿日元无担保贷款。虽然半泽对该公司有所保留，但轻信了浅野分行行长，以自己承担全部责任的保证签下贷款合约。然而该公司表面上虽是一家优质公司，实际却为隐瞒巨额债务做了假账。在接收贷款后 3 个月就倒闭了，5 亿日元无法收回。浅野分行行长推卸责任。半泽发誓无论如何也要夺回 5 亿日元贷款，为自己洗除冤罪。

第二集：半泽得到西大阪的真实账本之后，与客户企业进行核对，发现他们一直在虚报支出，所谓倒闭也是有预谋的，目的是转移巨额资金。半泽得知西大阪钢铁社长东田在夏威夷有一栋价值 5000 万日元的别墅，便希望能够收回这笔财产，然而却被国税局的黑琦抢先一步收走。半泽被逼入绝境。

第三集：为了赶走半泽，在浅野分行行长的疏通下，东京总行人事部次长小莫曾带人对半泽进行审查，并刻意隐瞒重要资料，刁难半泽；半泽有力地挫败了这次阴谋。同时，半泽得知东田的藏身之地，却发现他和一个意想不到的人在一起……

第四集：半泽通过调查，发现东田在另一家银行开设了秘密账户。在此过程中他也查出了分行行长浅野和东田暗中有往来，感觉操纵一切的原来是自己的上司浅野。半泽主动接触东田的情妇藤泽未树，向其求助。然而，国税局也找到了藤泽未树。半泽的调职令已经下达，他的银行职员的职业生涯就剩下一天了！

第五集：在藤泽未树的帮助下，半泽冻结了东田私藏的财产，成功地收回了 5 亿日元贷款。作为不告发浅野分行长罪行的代价，他要求浅野将他调到东京总行营业二部担任次长。在他回到东京的同时，一个惊人的真相也被揭露。原来当年拒绝向半泽家族企业融资，逼死他父亲的人竟然是……

以上五集概要仅是冰山一角。但我们仍然可以看出《半泽直树》是一部混搭剧的经典。

一般来说，作为行业剧，写职场的故事，有爱情、有家庭、有事业的起起落落。

《半泽直树》让我们明显看到，除了一条非常专业的银行职场的业务纠葛和努力奋斗之外，还有一条非常明显的悬疑刑侦探案的线索。这条线索在后面的故事中越来越强化，半泽直树遭受的磨难越多，他就越要探求真相。真相是一连串的腐败和犯罪，最后涉及高层人物。半泽直树利用自己的专业知识和不屈不挠的精神，勇敢地向前走。

另外，还有一条复仇的线索。当初他父亲是被银行逼死的。在某种意义上说，他进入银行系统，其中很重要的动力来自复仇。复仇的元素给故事增加了非常强烈的可看性。

十四、战争类型剧的特征及其走向

本章内容是我当年在扬州召开全国军事题材研讨会递交的发言稿，文风和其他章节有些差异。现摘录如下。

1. 战争类型剧的特征

战争类型剧的重要特征之一是英雄化的价值取向，所有的战争剧都喜欢表现英雄。传统的战争剧里面都有英雄，包括草莽英雄、痞子英雄。战争类型剧中的人物都有英雄情结。为什么战争剧中可以非常充分地表现英雄？枪林弹雨，血雨腥风，让剧中人物分分钟面临生与死的考验，这个环境和平台可以让人物在刹那间接受精神和肉体的拷打。战争环境是最能呈现英雄气概的。

塑造战火中英雄的类型剧都有些什么特点呢？

（1）英雄对超越价值的追求

所谓超越价值，即超越功利价值。所有的英雄都有自己的理想，卑微的或崇高的都可以——我要做什么？从这个意义上来说，英雄是超越自然属性和物质属性的代表人物。因为超越自然属性，我可以牺牲我自己，肉体可以不要，物质也就更不需要了，精神超越了物质。所以我们在战争文学当中，在战争类型剧中，英雄超越自然属性和人类一般属性的生命存在，才可能成为英雄。

（2）英雄必须受难，英雄必须抗争

在战争剧中，设计人物的危机和磨难，让人物自觉或被迫接受挑战，在抗争中奋起，完成任务和使命。

战争类型剧的这个模版，在情节剧中也是屡见不鲜的。如《007》系列，首先交给人物不可能完成的任务，且必须完成。其间主人公经受磨难、挫折，在过程中加上美女和置之死地而后生的情节，最后任务完成，英雄形象也塑造成功。故事的基本元素需要苦难场面，主人公面对不幸和危机，有生不如死的痛苦。在情节剧中，危机比苦难更重要。我们做情节剧时，不断地设置危机，一波未平，一波又起。有了这种危机，主人公才有抗争的行为，不断地作抵抗，不断地朝完成任务的方向推进，形成人物的动作线。

（3）否定情境

不能让军事人物总是取得成功，他总是成功，我们的创作方向就错了。要不断地让他遇到危机，不断抗争又不断失败，九十九次失败，只有最后一次成功了。我们的人物在百折不挠之后获得成功，就成为千锤百炼的英雄。因此，不断地写磨难、危机、抗争对人物的否定，他都失败了，不能让他成功，小成功是可以的，大的一定是失败的。在塑造英雄的过程中，要有人死亡，非自然的、突然的死亡，因为战争类型剧里死人是经常发生的事情。最好的战友、最好的朋友、最优秀的士兵，在不该死的时候死了，但这个人死得有价值。不该死的人偏偏死了，不该死的时候让他死了，震撼力就更强了。

行话说："戏不够，死人凑。量不够，闪回凑。"确实如此，死人会带来新的戏剧元素、新的戏剧矛盾和冲突，这是毋庸置疑的。其实，死人还有一个很重要的功能，会给剧中人物行动的"发动机"加油，如复仇的人物大多源于死了亲人或爱人，借此推动冲突更加猛烈地向前冲。

战争文学中主人公的死是非常震撼的，死一定要震撼，这是高潮。电影《英雄儿女》中王成的"向我开炮！"是经典的范例。观众被英雄的形象所震撼，情感被推向高潮。故事的高潮和观众的情感高潮融为一体，必然催人泪下。

（4）执着的精神

我们写一个人物，特别是英雄，一定要表现出他的执着。主人公一定要能够担当，有执着精神，甚至是一根筋，组织交代的任务，九死一生也要把它搞定。一旦遇到事情就不敢担当了，这是英雄吗？绝对不是英雄。给主人公设置矛盾冲突的时候，主人公面对矛盾和对手时一定是针尖对麦芒，否则戏不好看。我们写作时一定要把这个东西写清楚，英雄人物必须有执着精神，去完成不可能完成的任务，虽九死而不悔，死磕到底。塑造英雄人物，执着精神是不可或缺的。从文艺角度来说，原型理论认为，执着可以呈现人物的精神风貌和独立人格。其他类型剧在塑造人物时也会表现人物的执着。塑造英雄人物，特别是战争类型的英雄人物，这是人物所必须具有的精神气质和人格魅力，没有执着的精神，这个人物肯定不是英雄。

2. 战争剧中英雄的特征

在中国的战争剧中，有一系列的因为背景、遭遇、个人命运和形势压迫的不同而性格各异的英雄形象。但他们有一个共同特点——大多是硬汉的形象。这里有四个方面的元素。

（1）战争让主人公处于生死一线

战争是非常残酷的，这对男性的生命强度是一种考验，必须在这个过程中拷问男性的承受能力。战争让女人走开，男人在战火中冲锋陷阵，"醉卧沙场君莫笑"，这才能呈现男人雄性的壮美。当然，也有表现战争中女性的作品，如苏联的《这里的黎明静悄悄》，但构不成主体的英雄板块。

（2）外形和内在统一的硬汉

这在原来的电视剧中是非常普遍的，演员李幼斌成为这方面的代表人物，内心和外形都是硬汉，具有内外的统一性。

（3）英雄在冷漠的外表下储存着深沉的情感

高仓健这样的冷汉子，外表很冷漠，内心很丰富。

（4）英雄永远是打不败的

就像海明威的《老人与海》一样，我虽然失败了，但我还是一个男人，我还是一条汉子，肉体或战事失败了，但是精神上永远打不败。这是战争类型剧中的硬汉形象。我讲的硬汉形象看起来是过去时了，可能有一天会登门拜访再现辉煌。

3. 战争中英雄的成长性

我比较喜欢展示英雄的成长。这个成长可以丰富地表现人物性格特征的发展和变化。现在有的电视剧一上来就表现英雄无所不能，也是可以的。出场就是英雄的写法，更适合电影，电影的长度有限，将人物一生中最灿烂的时光送给观众。

英雄的成长性可以体现在下面几个方面：

（1）成长的环境

所谓成长的环境，英雄都是逼出来的，也就是说苦难、围困或者压迫给主人公造成一种逆境，人物是在逆境中成长的。

任何英雄人物都可以在他的成长轨迹中找到环境因素的影响。

（2）成长要有导师

英雄人物的成长有技术层面的导师，更需要有精神层面的导师。我做的电视剧《我的父亲是板凳》，板凳武术方面的师父是他的大师兄，精神方面的导师是共产党员的女一号，在她的引导下，一个"草根"人物在白色恐怖下走上了革命的道路。所以说，英雄人物不是凭空掉下来的，而是都有一个成长过程。我讲的就是技术层面和精神层面的成长。

（3）成长的脚印

成长是有阶段性的，阶段性就是脚印。人物成长的台阶需要清晰地表达出来。电影《功夫熊猫》中，把中国功夫表现得酣畅淋漓，十分到位。在这些元素中，我们看到了"武林小子成长史"的故事模版，熊猫成长的脚印是非常清晰、非常可爱的。

4. 战争类型剧的形态

上面讲的都是过去式，下面以我做过的几部战争剧为例，说一说与时俱进的问题。我们心里一定要明白，任何一种类型的形态都在日新月异中推进、变化，故步自封、裹足不前是创作的大忌。

电视剧《历史的天空》在中国改革开放之后开战争剧之先河，也是我做战争剧的第一个阶段。当年我看了三部小说，一部是《历史的天空》，另一部是《我的太阳》，还有一部是《亮剑》。看《我的太阳》时，觉得有些东西被《激情燃烧的岁月》用过了。看《亮剑》的时候，觉得后半部分不好呈现，但有人比我更聪明，腰斩，后面不要。我选择了比较好做的《历史的天空》。20世纪80年代有过一部电影《从奴隶到将军》，其实就是"武林小子成长史"的故事模版，写一个小人物成长为将军，成长的脚印很坚实，实际上是传统的写法。《历史的天空》就是传统的常规电视剧的表达，故事核是一个"草根"小人物成为英雄的成长历程。《历史的天空》播出后反响很好，获得了奖项，推动了小说作者徐贵祥获得茅盾文学奖。

做《地道英雄》时，我有了新的认识，我觉得抗战是全民抗战，在抗日救国的战场上，人人皆是英雄，人人都可以成为英雄。实际上，我是受了当代世界文学思潮的影响，即所谓的泛英雄主义。泛英雄主义是我提出的概念，出处是泛神论；山是神，水是神，树也是神，我的泛英雄主义是从泛神论的概念延伸出来的。在抗战背景下，只要打鬼子多就是英雄，符合全民抗战的要求，也是时代赋予英雄的定义。我让编剧顾言等人看《加里森敢死队》，然后讲《地道英雄》的故事定位和走向。在某种意义上，《地道英雄》开了歪瓜裂枣打鬼子的先河。这是做战争剧的第二个阶段。

电视剧《我的兄弟叫顺溜》，是我做战争剧的第三个阶段。作家、编剧朱苏进来北京，我们聊天时，我说写狙击手的故事会很好看，他也非常认同。回南京后，他很快把《我的兄弟叫顺溜》的大纲发给我。那是一个黄昏时分，夕阳的余晖在窗棂上慢慢退去，我看到顺溜之死，很多年不流泪的我，刹那间眼泪夺眶而出。这部剧开了中国狙击手故事的先河。

战争是每一个人的战争。顺溜眼睁睁地看见姐姐被鬼子强奸，自杀了，姐夫也死了，自此他走上复仇的道路。但是，日本已宣布投降，不能再打鬼子了，于是个体生命开始张扬，我们的狙击手有一点反叛，战争也可以成为个体生命的战争。顺溜说了一句台词："从现在开始，我要打一场我自己的战争。"战争和个人结合起来的时候，就比较有意思了。生命的个体和战争勾连起来，在这个点上，意味着中国战争文学，中国战争类型剧开始提升。这部剧是中国战争类型剧的进步。

第四个阶段是改编徐贵祥的小说《马上天下》。导演高希希让我看《马上天下》，我觉得很好，推荐我家的年轻人做编剧。主人公在战争类型剧中显得很另类，这个人物非常珍爱生命，阴错阳差走上了战争和革命的道路，第一次上战场就吓尿，所有的人都认为他贪生怕死。他后来成为指挥员，他的宗旨是牺牲最少的士兵获取最大的成功，不是硬拼，他很珍惜士兵的生命。他是个战略家，清楚面临的战争就是绞肉机，"杀敌一千，自伤八百""一将功成万骨枯"，但他还是珍惜生命，通晓人性。战争的残酷直逼人性、人心，战争中的主人公灵魂不断被拷问，他受了很多的冤屈，一路走来，最终这个人物挺立起来。他是军事题材中出现的新的战争人物，丰富了中国电视剧人物形象的画廊。

5. 战争类型剧的走向

从文学方面来说，英雄需要人道主义的情怀。人道主义情怀的核心是什么？关心人，以人为本。为什么《马上天下》的人物值得推崇？就是因为以人为本。战争是残酷的，流血牺牲是难免的，更需要特别珍爱每一个士兵的生命。重视人的价值，张扬人的理性，立足于尘世生活，超越精神追求。这方面，作者要有文化自觉，让我们的作品逼近世界文学，逼近当代战争类型剧，我认为应该有这样几个方面的追求。

（1）人性化，也是对人的生命和价值的尊重

美国电影《拯救大兵瑞恩》是战争文学发展中的一个亮点。为了救一个人派出那么多人。我们打鬼子，牺牲多少人都可以，宣扬"一寸山河一寸血"，精神可嘉，价值的认知也是时代和国情使然。但我认为：战争文学很重要的一点就是把人的价值放在第一位，把生命的价值放在第一位。

（2）当代英雄的人道主义情怀

我们在战争文学中，英雄的死除了体现英雄主义精神外，还应有人道主义情怀。让主人公有深沉、智慧、理性的选择。对生命理性的选择，一定要有超越。这种超越，在国外的影视剧中可能跟宗教信仰有关，在我们中国，这种超越应该是对功利的超越，超越了功利价值，热爱生命，追求和平，精神才能升华。这是当代关于英雄人道主义的认知。

（3）泛英雄主义的理念

前面已经说过了，现在再补充说一点。泛英雄主义就是平民英雄，世俗英雄，也就是人人都可以成为英雄。实际生活中有一句话，"英雄不问出处"，就是这个意思。英雄不是天生的，把传统英雄的概念降下来，还原于我们面前，英雄可以泛化。我们的英雄不再是巴顿将军，他可能就是

一个小战士，也可能是一个小混混。战争类型剧可以把任何一个人物写成我们的主人公，他们都可以成为我们心目中的英雄。

（4）"反英雄"的倾向

这是当代世界文坛的一种文学思潮和文学倾向。在海外的影视剧中也出现了一些"反英雄"倾向的作品。我觉得比较有意思的是《父辈的旗帜》。第二次世界大战末期日本做最后的挣扎，硫磺岛那场战役非常惨烈，战胜时，几个美国陆战队队员把美国的国旗插上高地，记者拍了这张照片。在这个过程中，几个战士牺牲了，还有几个活着回去了。

回去以后，这张照片被美国铺天盖地地宣传，6个英雄，死了3个，还有3个回来了。关键是3个回来的人，所有的人都把他们当作英雄，但他们没有把自己当成英雄，一点荣耀感都没有，也不认为自己是英雄，体现了反战的层面，这是热爱和平的全人类的期望。

6. 定位和坐标

"知己知彼，百战不殆。"我们的作家或编剧在创作时，要找到自己的定位和作品的坐标。比如，看到人家的《拯救大兵瑞恩》，我们怎么做？看到《血战钢锯岭》，你是怎么想的？追问一下自己：我们作品的格局是怎么样的，位置在哪里？我们一定要找到和它相对应的观念和作品，起码要跟上，争取同步，要找到这样的坐标。

由此谈一下电影《红高粱》。该故事有抗日的背景，我们没有把它定位为战争类型剧。因为莫言的小说坐标和定位是和世界文学对应的。作品表达的是西方文学中的酒神精神和生命意识。当年电影首映在福州，我参加了研讨会，我谈了一个观点：莫言的文学语境和世界文学的语境是同步的，《红高粱》对于生命意识的表达可以在西方文学中找到对应的桥段。如婆亲的颠轿，对应的桥段就是颠马，白马王子邀请少女骑马，颠马会刺激女性荷尔蒙。姜文饰演的男主与巩俐饰演的九儿偷情时，抚摸着她的脚，对应西方文学的桥段就是吻手礼，是示爱。在中国性文化中，女性的脚能够刺激男性的荷尔蒙。而荷尔蒙膨胀的男主强行把九儿背上肩的行动，对应的桥段是为了基因繁衍的优质化，部落族群之间进行抢亲。女性在抢亲的过程中也会感受到男性的爱和生命的价值。之后两人在红高粱地里野合，红高粱地则是生命的象征；再后来在酒里尿尿的细节，表述的是酒神精神，传导的是生命意识，所以才有那首豪情满怀的歌："喝了咱的酒啊……"歌曲把酒神精神和生命意识融合起来，起到了升华的作用。因此，莫言吸收了世界文学的养分，讲中国土地上的中国人的故事，从文本定位和坐标已经和世界文学同步了，拍成电影自然就融入世界电影的语境，所以能够拿奖，成为经典。

十五、点爆自我

1. 点爆自己的职业形象

编剧海飞写了《旗袍》《麻雀》等谍战剧之后，注册了一个公众号。这个公众号，除了发布他新写的谍战剧内容和拍摄的信息之外，更重要的是他把这个公众号定位为"海飞谍战公众号"，凡是和谍战相关的电影电视剧，其内容等信息都会在这个公众号上发布，也就是说海飞通过这个公众号点爆了自己，完成谍战剧编剧的职业形象。

有的导演喜欢在自己拍摄的电影上署名某某导演作品，其目的很明显。虽然电影是很多人共同完成的，导演却单独署名某某导演作品，"作品"两个字就是为了点爆自己的职业形象。

我培养过几个制片人。其中有一个制片人拍摄了一部电视剧，把宣传广告印在了公交车上，他把自己的大头像也印在广告上面。在宣传电视剧的时候也宣传了自己，用这样的方法来点爆自己的制片人形象。这种做法有点过分，但最终的效果也是非常明显的，对他后面融资拍摄电视剧，作为一位制片人来说会产生事半功倍之效。

当然，点爆职业形象的方法还有很多，这里就不一一列举了。下面回归正题，从创作方面谈如何点爆自己。

2. 点爆自己的创作激情

李白的"斗酒诗百篇"，是用酒精来刺激自己的神经，产生激情，进入亢奋的状态后开始写诗。我们写故事，不可能像李白那样天天去喝酒产生激情。那么，我们如何点爆自己的创作激情呢？

（1）要慎重地对待委托创作

委托创作一般是命题作文。这种创作失败的概率比较大，其中有各种原因，最重要的原因就是缺乏创作激情。因为你对委托创作的选题、背景、人物等不甚了解。在这种情况下，成熟的编剧，在体验生活收集素材的过程中，才会发现与众不同的人物或独特的戏剧情景。这个独特的人物或戏剧情景如果触发了创作神经，就会激发创作激情。

（2）沉浸于思考，抓住灵感

我在创作实践中，总是思考、思考，再思考。在不断的思考中，灵感就会降临。抓住灵感，先把自己忽悠得高兴起来，一高兴就会兴奋，激情就来自高度的兴奋中。然后充满激情地把故事告诉给周围的人，让周围的人也被你忽悠得兴奋起来。此时此刻，你的激情会更加澎湃，文思如潮，不吐不快。点爆自己创作激情的目的就达到了。

（3）保持创作的激情

我个人的经验是：在创作中要始终保持自己的创作激情。每一次搁笔的时候，都是你最想继续写下去的时候。第二天再开始写的时候，你很快就能续上你的激情。持续不断，让自己的激情一直保持到最后作品完成时。

3. 点爆自身的潜质

（1）热爱创作

点燃自己的创作潜质，首先，要写自己喜欢和擅长的故事类型，这是自信的基础；其次，喜欢就是热爱，热爱就会产生激情，点爆自身的潜质。我看到很多人很热爱自己的职业，他们全身心地投入自己的工作，有时候为了工作废寝忘食，最后都取得了不错的成绩。我看过一本介绍印度教的书，其中提到瑜伽的三个层面：其一，是身瑜伽，就是我们现在看到的女孩儿们在练的瑜伽功；其二，是业瑜伽；其三，是心瑜伽。其中提到业瑜伽的业，就是你的职业。你要热爱自己的工作，在工作中得到快乐，在工作中得到修炼。我们必须热爱自己的写作，以宗教般的激情投入，在写作中得到创作的愉悦，才能在写作中点燃自己的创作潜质。

（2）熟悉相关的专业知识

每一个行业都有相关的专业基础和技能。莫言刚刚起步的时候还是一个中学生，怀里总揣着一本字典，给自己打下了很好的文字基础。后来莫言当兵，开始写作，考上解放军艺术学院文学系，学到了专业的知识，受到了专业的训练。之后又进入鲁迅文学院研究班。他在掌握相关的专业知识以后，坚持不懈地进行创作，他的勤奋和他的热爱是分不开的。当写作成为他的生活方式后，生活就是写作，写作就是生活，由此点爆了自身的潜质，佳作不断，成为当代最优秀的作家。

（3）融入自己的生活积累

我们在进行创作的时候，一定要融入自己的生活积累。对社会的观察和理解，对于各色人等的个性特征和相关细节的把握，日积月累，就会使自己的生活体验越来越丰富。有的作家和编剧就是写自己的事情或者写自己家人的故事。这样的例子很多。郭宝昌导演写的电视剧《大宅门》就是他家族的故事。莫言写的小说《蛙》就是他姨的故事。当我们在自己的作品中融入自己的生活积累，感同身受，了然于胸，自然而然就会激发自己的创作潜能。

4. 点爆自己的想象力

根据百度词解：想象力，是人在已有形象的基础上，在头脑中创造出新形象的能力。爱因斯坦曾经说过：逻辑能够把你从 A 带到 B，而想象力却可以把我们带到任何地方，想象力才是推动社会进步的根源。

由此可知，想象力是我们人类比其他物种优秀的根本原因。因为有想象力，我们才创造发现新的事物和定理。如果没有想象力，我们人类将不会有任何发展与进步。爱因斯坦能发现相对论就是因为他能保持童真的想象力，牛顿能从苹果落地而想象到万有引力这一个科学的重大发现，都是因为有想象力。

作为小说家和编剧，创作需要丰富的想象力。没有想象力就没有创造力，江郎才尽，这是必然的结果。所以，我们只有点爆自己丰富的想象力，才能保持旺盛的创造力。

如何点爆我们的想象力？

（1）联想能产生很多的想象

电脑刚刚开始普及的时候，我懂得了什么叫"界面"。我产生一个奇特的联想，电视其实也是一个"界面"的概念，觉得以后所有"界面"的物体都可以出现视频。我是一个"科盲"，因为"界面"这两个字让我产生联想。后来果然实现了在电脑上看视频。手机也有界面，手机也实现了视频的传播。古人看到鸟在天上飞，于是浮想联翩，最后经过了一代又一代人的努力，想象成为现实，创造了飞机，现代人坐在飞机上比鸟飞得还要高、还要快。科学家和发明家都具有丰富的想象力和高超的创造力，他们的创造力就来自联想。作家和编剧的创造力也来自联想，联想点爆我们的想象力。

（2）开阔视野

想象力是人在已有形象的基础上，在头脑中创造出新形象的能力。既然如此，要点爆我们的想象力，需要以下两点基础。

A. 我们要看大量的小说、戏剧、影视作品，让作品中的人物和画面印刻在我们的大脑里。在我们进行创作的时候，由此及彼，会丰富我们的想象力。

B.我们在生活中要尽可能地多接触人和事情，让有趣的人和有趣的事印刻在我们的脑海中。这种形象记忆会激活我们的想象。

（3）积累知识和生活经验

想象一般是在掌握一定的知识的基础上完成的。

就是说，想象除了需要生活形象的积累，还需要一定的知识和技巧，想象很难完成一种创造。

A.作为作家和编剧，一定要掌握基本的创作原理和技巧，根据创作的需要产生想象。所有的发明和创造也都是根据现实的需要而产生想象力。所以我在序言中说，科学创新和文化创意是一个国家和民族起飞的两只翅膀。

B.作为作家和编剧，一定要博览群书。除了观看古今中外的小说、戏曲、话剧以及现当代的电影、电视剧和相关的文艺理论等专业书之外，还要多看一些杂书和闲书。心理学的书我也看了很多，这无非是为了更多地了解人，尽可能地把握人物的心理状态。我甚至把《梦的解析》和《周公解梦》对应起来阅读，做分析比较，最后得出非常有意思的结论。我为了搞清楚量子纠缠，专门买了量子力学的书阅读。读了量子力学的书，联想起中国的罗盘，罗盘讲到底就是磁场。磁场是看不见摸不着的，让我产生联想：磁场和量子力学有没有内在的关联？磁场和国外发现的引力波又有什么关联……

所谓"读万卷书，行万里路""家事国事天下事，事事关心"，这个功夫下得足够，善于捕捉，勤于思考，自然而然地就点爆了自己的想象力。

5. 作品中的想象力示例

下面就以具体的电影和电视剧的作品为例，看看编剧是如何点爆自己的想象力的。

（1）电影《楚门的世界》——

影片讲述了一家电视公司制作一档名为《楚门的世界》的创意节目的故事。电视公司打造了一个叫桃园岛的虚拟世界，从主人公楚门出生便开始记录他的生命旅程。在这个世界里，只有楚门具有真实的身份，而他成长中的其他人其实都是由演员扮演的，连他从小一起长大的最好的朋友也是演员扮演的，他的妻子也是导演安排的演员和他恋爱结婚。楚门的生活在他不知不觉中被电视转播到了全世界。楚门并不知道自己是真人秀的演员。

为了自由和爱情，楚门不惜牺牲自己的生命。最后他走到了天边，撞到了天边的布景墙。他发现有一个台阶，沿着台阶走上去，上面有一扇门。这时导演发出声音告诫他："外面的世界和你现在的世界一样虚假。"楚门没有理睬导演，他走出了门外。全世界观看节目的人都为他欢呼。他成功了！他的初恋女友也看到了视频，兴奋不已，奔出去迎接他来到现实世界。

很多电视台有真人秀节目。有的节目是明星夫妻带着孩子去某一个地方，摄制组跟随着他们的活动拍下实况进行转播。所以说这部电影的故事有真实的生活基础，是真实生活点爆了编剧的想象力。

楚门这个人物的心理轨迹和性格特征，表现得也非常鲜明。他从满足于自己的生活到开始怀疑这个世界，整个过程铺排得恰到好处。最后从一个怕水的人到独自扬帆起航，海上雷雨交加，生命危在旦夕，他仍然坚持自己的信念。最后终于推开门，离开了这个虚假的世界，寻找属于他的自由和爱情。楚门这个人物的塑造是成功的。

电影《楚门的世界》还具有文学的象征主义特征。这个问题不展开来说了。

总而言之，我们要学习该电影编剧的想象力和创造力。生活中的真人秀，点爆了他的想象力和创造力。《楚门的世界》是一部"前无古人，后无来者"的电影，任何模仿和跟风都不会成功。

（2）《鱿鱼游戏》——

一部韩国的想象力超乎寻常的电视剧。下面先介绍该剧前5集的故事梗概。

第一集：男主角成奇勋身无分文，在地铁上遇见了一位西装革履的精英男，并通过他给的名片进入了一个神秘机构，发现聚集在这里的都是没钱或人生走到绝路的同道中人，其中也包括名校毕业却负债累累的鱼贩的儿子曹尚佑。在面具人的带领下，456位参赛者开始了一个名为"鱿鱼游戏"的竞赛。"鱿鱼游戏"一共有6个关卡，每一关都以童年游戏为主题。第一关是"123木头人"；然而游戏开始后，众人才发现如果违反游戏规则就会立刻被杀死。最后只有一半的人成功通关，无法通过终点线的人都被处死了。与此同时，位于最高阶级的有钱人正坐在沙发里，笑看参赛者用最纯真的游戏进行最残忍的杀戮。

第二集：经过第一关血淋淋的震撼洗礼，参赛者纷纷求饶，采用投票的方式决定是否要继续比赛。然而当面具人宣布最后总奖金高达456亿韩元时，不少人为了巨额奖金决定冒险继续游戏，最后以一票之差决定中断游戏，所有参赛者都回到原本的日常生活。没想到好不容易逃离生死攸关的游戏，回归日常的参赛者们很快又被现实生活的巨大压力压得喘不过气，才发现现实生活其实比生存游戏更加残酷，最终走投无路的187名参赛者选择再度回到游戏中，其中追查哥哥失踪真相的警察黄俊昊也伪装成面具人混入游戏中。

第三集：二度回归游戏的参赛者开始拉拢其他参赛者组队。曹尚佑猜到第二关的游戏内容，却没有告诉队友，每个人都为了活命而心怀鬼胎。第二关的游戏是椪糖，参赛者必须用针把自己选择的图形完好地抠出来才算成功，已经猜到游戏内容的人们纷纷选择最容易的三角形，成奇勋不幸选到最难抠的伞形。游戏只有短短 10 分钟，成奇勋发现可以用舌头融化椪糖背后的缝隙，于是抓起椪糖狂舔，其他参赛者也开始狂舔，最后成功活命。失败的参赛者失控暴走，持枪挟持面具人，却发现面具下是个年轻人，面具人被管理员处死，可见面具人只是游戏中的工具人而已。

第四集：在第三关开始之前一天晚上参赛者们开始自相残杀，最后只剩下 80 人。到处拉拢有利参赛者的韩美女认为张德秀最可靠，因此舍身与他在厕所上演激情戏码，然而在众人得知第 3 关是拔河的时候，身为女性的她立刻被张德秀抛弃，最后加入了成奇勋、老爷爷以及曹尚佑等人所在的队伍，靠着机智的策略成功击败壮汉队。

第五集：总是能提前获得游戏内容的医生私下会帮新面具人进行尸体解剖。管理员认为游戏中的参赛者拼死来到游戏中必须被平等对待，最后医生与串通好的面具人都被枪毙。假扮成面具人的警察虽然遭到怀疑，却发现哥哥几年前就已经是"鱿鱼游戏"的胜利者，然而获得巨额奖金的他却下落不明。因此留下悬念。

这个密室杀人案的故事，几乎超越了我所看过的所有的密室杀人案。编剧超乎常人的想象力和创造力，让人感叹不已。下面做几点分析。

A. 该剧和以往所有的密室杀人案不同，编剧将密室杀人和游戏相结合。很有意味的是，这些游戏是这些成年人在儿时都玩过的，现在他们不但要重温童真年代的游戏，而且要在游戏的输赢中按照新的游戏规则杀人。以这种残酷的拷打质问灵魂，充分体现了编剧创新的想象力。

B. 在残酷游戏规则的逼迫下，大多数参与者在密室中展现了人性的恶，同时少数人展现了人性中的善，给黑暗中的密室照进一缕阳光。全剧达到了人性的平衡。

C. 很多密室杀人案是在最后揭示谜底，进行一个大反转。该剧每一集几乎都有令人出乎意料的反转。编剧的想象力带来的创造力，让每一次反转都在情理之中。

D. 全剧设置了一个极致的戏剧情景，把生命和金钱都推到了一个你死我活的境地。这个极致最能够考验人性，拷打人的灵魂。这是编剧呈现出的超人的想象力和创造力。

十六、点爆故事的企划案

故事的企划案，看起来应该由投资方和制片人来写，但是，企划案由作家和编剧来写会更准确。为什么要写这个故事，这个故事所表达的内容和方向，等等，作家和编剧心里最明白，做出来的企划案会更加精准。编剧刘和平写的剧本，总是自己当总制片人，他要对自己的作品负责。尤其是演员的选择，他非常苛刻严厉，要求演员最完美地完成他心目中的人物形象。

我们作家和编剧在和投资方相处时，不一定会做制片人，但是我们一定要坚持自己做企划案。作品是我们的孩子，我们知道它的个性和特长，知道它穿什么衣服最漂亮、最吸引别人的目光。

我们做企划案，最高的目标就是点爆企划案。让所有看到企划案的人都交口称赞，认同这是一个好项目。如何点爆我们的企划案呢？我觉得主要从三个方面入手。

1. 思想的高度

当年我在讲授中国现代文学史的时候，总是首先讲时代背景，然后讲社会和哲学思潮，最后讲代表作家。五四运动爆发以后，很多作家开始思考，投身到反封建和追求思想解放的行列中，如丁玲写出了《莎菲女士的日记》，茅盾写出了《子夜》，巴金写出了《家》《春》《秋》，他们的作品都站在时代的前沿，他们的作品在当时都具有时代赋予他们的思想高度。

　　鲁迅逝世的时候，在他的遗体上覆盖着一块白布，白布上写着"民族魂"三个大字。在这个意义上，鲁迅的作品思想高度超过了其他所有的作家。鲁迅不仅批判封建主义，而且着重批判人民群众的封建意识。他强调，中国革命若要成功，必须改造国民性。他的主要作品都在控诉封建意识"吃人"。尖锐地指出"吃人"会不自觉地成为统治者的帮凶，去吃革命者（人血馒头的隐喻）。鲁迅又认为改造国民性要从改造自己做起，不能只革别人的命不革自己的命。无论是《狂人日记》，还是《阿Q正传》，作品中表现的思想都是非常深刻的，占据了中国现代文学的思想高峰，成为中国文学史上永远的经典。

　　二战结束以后，很多西方人处于一种迷惘困惑的生存状态。在这样的时代背景下，存在主义哲学开始活跃起来，于是两位存在主义哲学的代表萨特和加缪打出了旗帜。除了哲学著作以外，他们也写了大量的文学作品。萨特的文学作品以短篇小说和话剧为主，如短篇小说《恶心》《墙》《苍蝇》，话剧《肮脏的手》，等等。加缪代表作品是小说《局外人》，也是20世纪世界范围内流行度最广的文学作品之一。《局外人》通过第一人称视角，讲述了一个寻常的青年人终日麻木地生活，在漫无目的的惯性中，每日去海边游泳，从而卷入一场冲突，犯下杀人罪，最后因"他没有在母亲的葬礼上流一滴泪"被法庭判处死刑的故事。萨特和加缪先后获得诺贝尔文学奖，获奖理由主要是他们作品中的哲学思想，哲学思想奠定了他们作品思想的高度。

　　不是所有的作品都要达到经典的高度，但是作为作家和编剧心里应该有追求的目标和方向。在做企划案的时候，我们要尽可能提升我们的作品的思想高度。说句实话，能提升多少是多少，而且可以从不同的角度去提升。

2. 人性的深度

作品写的是人的故事，是人就会涉及人性。如明代哲学家、思想家王阳明创立心学。他能够立德、立功、立言，在人生的舞台上挥洒自如，就是对人性有了深刻的感悟，也因为他对人性的洞察，所以才说出"破山中贼易，破心中贼难"。人性的善恶美丑，在现实生活中普遍可见。

我们的作家和编剧在做企划案的时候，都会对人物进行性格阐述，但是，我看过很多企划案的人物性格阐述或者说是人设，对于人物的描述基本上没有人性方面的表达，这是很多企划案的短板。每个人物都有他的人性，对于人性的表达，我认为，底线至少应该呈现出"人生况味"，酸甜苦辣尽在人心，这才会让观众产生共情和共鸣。

3. 切入的角度

（1）叙述的视角——

A. 用全知全能的视角讲一个完整的故事，犄角旮旯里发生的事情都展现得清清楚楚。编剧是上帝，在自己创造的世界里，展现每个人的生活和他们的矛盾痛苦。

B. 故事的叙述者是"我"。我既是讲故事的人，也是故事中的一个人物，跳进跳出。讲故事的"我"，会给观众带来一定的亲和力，但讲述的故事也有局限性。因为作为一个"我"，不可能在任何时间、任何地点讲述我不知道的人和事。

C. 世界上的万事万物，只要进入文学作品，就会具有人性。比如拟人化的动物或者神话人物，都是可以赋予人性的。村里的一棵百年老树，它也可以来讲述村里发生的很多故事；一座百年老宅，也可以讲述这老宅里发生过的很多故事。

（2）切入的角度——

A. 从时间切入。重要的话说三遍，我们的故事的切入不能从开场开始娓娓道来。小说、电影和电视剧，都像足球赛一样，时间上可以从球赛结束前的 15 分钟切入我们的故事。第一个 5 分钟，彼此有进有退；第二个 5 分钟，势均力敌；第三个 5 分钟开始大反攻，前 4 分钟甲方全面压倒乙方，胜利在望；最后 1 分钟反转，乙方在最后的 30 秒进球获胜。这就是时间上的切入完成的"激变"。如电影《罗马假日》就是通过 24 小时的时间写出了主人公整个人生的转变和成长。电视剧《长安十二时辰》也是在有限的时间内，完成了不可能完成的任务。该剧虽然是古装剧，故事有独特的历史感和地域感，人物塑造和事件也具有独特性，但整个故事模板还是受到美国电视剧《24 小时》的影响。

B. 从人物切入。电视剧《叛逆者》在众多谍战剧中独树一帜，该剧的成功在于主人公林楠笙是复兴社的一个叛逆者。一开始他的任务是抓捕共产党的地下谍战人员，他立场坚定，工作认真。后来在地下党潜伏者的引导下，他慢慢转变立场，成长之后的他成为国民党特工的叛逆者，成为中共地下党的潜伏人员。该剧因这个主人公的人设，点爆了整个故事。

C. 从事件切入。日本作家东野圭吾的《绑架游戏》就有一个比较有趣的事件：男主人公精心完成的企划案被老板否定，怀恨在心的他，偷偷来到老板的大宅外面，目睹老板的女儿翻墙而出；他悄悄地跟踪着老板的女儿，没有想到老板的女儿发现了他，女孩身上没有钱，让他请客吃晚饭；事后他们走到了一起，策划了一起假绑架案。这其中过程就不具体说了。最后的谜底是这个被绑架的女孩冒充了男主人公的姐姐，而他的姐姐两个月前就死了，和她被绑架的时间是吻合的。这样一来，主人公就成为绑架他姐姐、杀死他姐姐的嫌疑人。而真相却是，这一切都是老板做的局。原来，老板的女儿无意中杀害了主人公的姐姐，而这个姐姐是老板和情人生的孩子，老板为了保护女儿，让女儿上演了一出冒名顶替的戏，用计使男主人公成为替罪羊。主人公最后用自己的智慧完美地逃脱了。

我们的作家和编剧在做企划案的时候，一定要把我们的故事切入的角度表述清晰，找到故事切入的亮点，进行渲染。

我做过的电视剧都是由我自己来做企划案，其中《我的父亲是板凳》更是做了一次大胆的探索。该企划案得到的效果是开机前全部签约：开机前首轮卫视 4+1，二轮卫视 4+1。

十七、点爆故事的情感

常言道："得人心者得天下。"点爆故事的情感就是得天下人心。就好像足球场上，射门是一个动作，最终的目标是进球。得天下人心，最核心的就是情感，也就是我们说的艺术的感染力。故事永远离不开人物，有人物就要有情感的发生，即使是《寻梦环游记》这类表现鬼魂的电影，最终令人难以忘怀的也还是电影中表现出的浓烈的情感。

在我们的故事中，无论是哪一种类型剧，情感元素要像水银泻地一样，无处不在。

1. 爱情的源泉永不枯竭

日本悬疑剧大师松本清张的小说《富士山禁恋》，被赞誉为"爱情小说中的悬疑经典"和"悬疑小说中的爱情圣经"，8 次被改编为电影，每次都引发观影热潮。人们总是不厌其烦地以各种方式重温书中这段凄美忧伤的情感故事。

《富士山禁恋》的女主人公赖子最后走进富士山边的原始林海，凡是走进这片林海的人都永远不会走出来，她以这种自杀的方式结束了爱情故事。

神话中的亚当和夏娃在伊甸园偷吃禁果的故事，证明人类因为繁衍的需求，男女之间永远需要爱情。因不同的时代、不同的社会背景、不同的民族和习俗，男女之间的情感是复杂而多样的。从古至今，爱情永远是我们取之不尽的创作源泉。即使不是表现爱情的言情剧，在其他所有的类型剧中，男女情感也永远是故事不可或缺的一部分。

影视作品中，关于男女情感中男欢女爱的故事太多太多。我是学话剧、写话剧的编剧出身，举例几部话剧和小说，来谈情感形态的问题。

（1）《欲望号街车》——

美国小说家和剧作家纳西·威廉斯的话剧《玻璃动物园》《欲望号街车》《热铁皮屋顶上的猫》等，都是世界各国家喻户晓的经典名剧。介绍他的《欲望号街车》，因为其被拍成过电影。没看过话剧的读者，可以去网上看。

《欲望号街车》描写了一个叫布兰琪的美丽女子，她从小受到过良好教育，原本在南方祖传的庄园里过着精致的生活，后来家道中落，父母相继去世。因为她无意中发现丈夫艾伦是个同性恋者，这令艾伦既难堪又羞愧，选择了自杀。艾伦的死对布兰琪的生活来说无疑是雪上加霜。布兰琪自责自己未能拯救艾伦，因而在寻找刺激中惩罚自己，一度沉沦。后来布兰琪来到新奥尔良投靠妹妹斯黛拉，却被妹夫斯坦利所不容，他调查了布兰琪不光彩的过去，并告诉了准备娶布兰琪的工友米奇。破坏了布兰琪近在眼前的幸福后，斯坦利在妻子住院分娩时强奸了布兰琪。布兰琪的精神因此彻底崩溃，被斯坦利送进了疯人院。

这部《欲望号街车》与美国大剧作家奥尼尔的《榆树下的欲望》有一点相似之处。这两部美国话剧都设计了男女之间的两性交战。以男性为中心的现代西方社会里，女性很难得到自己所渴望的爱情。即使是夫妻，女性的情感也是扭曲的、被压抑的。这也反映了二战后美国的社会资本对人性的异化。这两部话剧在很多国家演出过，我国有些院团也上演过这两部话剧。

（2）《贵妇还乡》——

我非常喜欢迪伦马特的悲喜剧。他的代表作《贵妇还乡》的故事核就是女主人公克莱尔回乡报复一个曾经爱过的男人。她原来是居伦城的居民，在年轻时和伊尔相爱并怀了身孕，却被伊尔抛弃了。当时她向居伦城的法院起诉，由于伊尔收买了两个人在法庭上做假证，法官做出了不公正的判决。后来她离开居伦城，流落他乡，沦为妓女。后来她成为非常有钱的贵妇人。她回到居伦城，只是为了向伊尔复仇。这位"复仇的女神"对伊尔采取了一种特殊的手段。她答应给居伦城 10 亿镑捐款，条件是把伊尔杀死。按照通常的矛盾冲突来处理的话，应该是在克莱尔和伊尔之间展开，但是这两人之间却始终没有构成面对面的冲突。她和他只是先后两次在小树林里会面，第一次是在克莱尔刚回到居伦城的时候，他们在这里重温旧情，似乎十分融洽；第二次是伊尔已经做好死的准备时，克莱尔从回忆往事开始，津津有味地畅谈自己对伊尔死后的安排。总之，这一对老情人在面对面的时候并没有展开冲突。最后，克莱尔完成了复仇计划。

现在很多恋爱故事写男女之间的相爱相杀，总是一种情感纠葛的游戏。《贵妇还乡》的女主人公克莱尔可是真爱真杀，因此成为一部男女之间恩爱情仇的经典之作。

（3）《西线无战事》和《里斯本之夜》——

美国电影《西线无战事》是一部经典电影。原小说作家雷马克一生共写了 11 部长篇小说和 1 个舞台剧本。小说《西线无战事》是他的成名作。后来有一部长篇小说《生死存亡的年代》，有人称这部作品为第二次世界大战以来西方最有力量的反战小说之一。

《里斯本之夜》是雷马克生前发表的最后一部小说，这部小说不是正面写战争的灾难，而是以世界大战为背景，描写在席卷欧洲大陆的战争风暴中像沙砾一样被扫荡的、无处安身的普通人的命运。主人公约瑟夫和他的妻子海伦就是这样的两粒沙子，这对夫妻的生死之恋是当代影视作品中少有的。

约瑟夫由于反对法西斯统治而遭到迫害，只好流亡在外。而他的妻子海伦在德国，他很不放心，时常在噩梦中听到妻子在秘密警察的牢房里发出的求救声。因此，在得到护照后，他便不顾一切赶回德国去探望妻子。后来他们夫妻又被关进难民营里，他对妻子说："不管你在哪里，我都会找到你，正像我上一回找到你的时候一样。"约瑟夫就是这样一个人，他为了爱情，对邪恶势力绝不妥协。他两次冒险找到海伦，不仅表现了丈夫对妻子的爱，更体现了对幸福生活的深切依恋和勇敢追求。最后他杀死了像幽灵一样紧追着他的妻子的弟弟格奥尔格。

海伦是一个深明大义、心地善良、意志坚定的女人。她的弟弟是法西斯分子，她以此为耻。尽管她弟弟对她十分关心，她却不愿意接受他的任何好意，只希望离他越远越好。海伦原来可以享受安定的生活，却心甘情愿与丈夫一起辗转流亡。虽然她经常处于危难之中，但是她却时时关注着别人。丈夫杀死她的弟弟之后，他们匆忙逃离陷阱，她还坚持要救护一个孩子，使其免于陷入虎口。她勉强支撑着身患不治之症的身体与丈夫共同度过艰难岁月，却在眼看光明即将到来的时候选择了自杀。她觉得丈夫已经得救，自己的任务已经完成，不愿意在未来的生活中成为丈夫的拖累……

在这残酷的历史背景下，这对夫妻的生死之恋将男女之间的情感推向了人文高度。

2. 亲情和友情可以大书特书

父母之爱是世界上最伟大、最无私、最纯洁的爱，这是人类的本能。

讲关于母爱的故事：

当年中国远征军将领孙立人的一个部下，和荷兰的一个女孩子相恋结婚，生了两个孩子。年轻的军官在战场上牺牲了，荷兰女人带着两个孩子回到了上海，被上海的"76号"盯上了，并用两个孩子来胁迫她，要她成为情报人员。为了孩子，她被迫成为间谍。抗战胜利后，国民党法庭对她进行审判，她接受死亡的判决，但她说自己的丈夫是抗日的烈士，她唯一的要求就是让国民党政府抚养这位烈士的两个遗孤。最后，孙立人出面，让荷兰女人回到了自己的祖国，亲自抚养为国捐躯的烈士的遗孤。

从人性的角度看，这位母亲其实输给了自己的母爱。

母爱和父爱的情感表达，在文艺作品中屡见不鲜。

（1）写家人之间的亲情，也能写出很好、很感人的故事

疫情期间，韩国拍摄了一部电影《紧急宣言》，对亲情的表达有极致的构思。一架飞机上发现了疫情，所有的人都受到了感染，先后死去了不少人。让人感动的一个戏剧场面出现了：那些携带病毒的人，担心落地之后会把病毒传染给家人，为了家人的安全，他们全部放弃了飞机落地的机会。地面上迎接他们的家人和飞机上的乘客之间不断以手机视频对话，情景催人泪下。

（2）友情，也是情感故事中很重要的内容

很多关于姐妹情、兄弟情的故事，其实都是表现非血缘关系的友情，这同样可以写出非常精彩可看的故事。

电影和电视剧《七月与安生》讲的都是两个女孩子七月和安生的情感故事。我更喜欢周冬雨和马思纯演的电影版。故事以小说开场，画外音起到了很好的提示作用。13岁奏响了两个女孩儿青春序曲的第一个音符。七月与安生从踏进中学校门进行军训的那一刻起，小松鼠就成为她们友谊的纽带。她们一个性格恬静如水，另一个张扬似火，性格截然不同，却又相互吸引。有时候七月是安生的影子，有时候安生是七月的影子。她俩一起在浴缸里洗澡的时候，甚至要看到对方私密处的乳房，这是她们成长的标志。她们在街上行走，竟然要踩住对方的影子，因为据说踩住影子一辈子就不会分开……最后，七月和安生交换了人生的生存形态，心中的爱战胜了彼此。

电影中周冬雨演的安生，马思纯演的七月，两个演员的表演都相当精

彩，行话说两人在飙戏。她俩抓住细微之处把人物的心理状态刻画得非常精准。尤其是安生在七月的死亡证书上面签字的时候，那情感依恋的复杂性，心里纠结的丰富性，让观众为她们相亲相依的友情洒下了热泪。

战争类型剧中写战友的兄弟情的有很多很多。日本悬疑作家东野圭吾的作品《新参者》被公认为东野圭吾《加贺探案集》中最突出的杰作。在该作品中，高手加贺能解开谜团，凭借的不是天马行空的想象，也不是逻辑严密的推理，而是"情"。

下面一段情节，可见加贺破案中"情"字无所不在。

加贺在死者的家里发现没吃完的人形烧。人形烧是一种日本的烧饼，分有馅儿的和无馅儿的。加贺作为顾客来到了店里，取得了伙计修平的指纹，并知道他经常会按照老板的意思给死者的公寓送去 10 个人形烧，其中有 3 个是无馅儿的。老板突然将修平带去夜总会，修平见到了老板的情人。加贺发现人形烧有另外两个人的指纹，其中一个是女人的。他又来到店里，和老板娘聊起了有 3 个人形烧放了芥末。老板娘坦白了，她知道自己的丈夫外面有这个情人，而且这个情人已经有了老板的孩子，老板就更加离不开这个情人了。老板娘告诉加贺，她丈夫没有生育能力，那情人无非是哄骗他而已。她知道自己的丈夫吃了没有馅儿的人形烧，故意放芥末警告她的丈夫。那情人其实根本不喜欢吃人形烧，知道他家店做人形烧，故意说自己喜欢吃，只是逗他开心而已。老板信以为真，隔三岔五地让伙计修平给她送去。她转身就送给了她隔壁的女邻居，也就是死者。

从引用的这个段落来看，加贺在破案的每个章节中，都涉及人物和人物的情感关系。有细节，有道具，有情节，有人物的情感状态。

我很敬佩东野圭吾，几乎看过他的所有作品。他的叙述简练凶狠，情节跌宕诡异，故事架构达到匪夷所思的地步。他擅长从极不合理处写出极合理的故事，从细微之处散发出各色人等的情感色彩，让我们在追随悬疑的同时，还时时被他拨动情感的心弦，其功力之深令人惊叹。

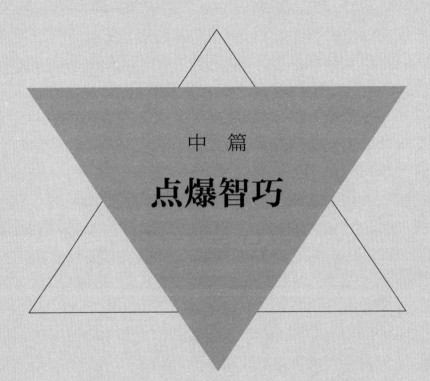

中 篇

点爆智巧

十八、开端必须是"凤头"

传统的戏文中有一句行话，叫作："凤头，猪肚，豹尾。"凤头是开端，指故事的开头要像凤凰的头一样漂亮，吸引人的眼球。猪肚指中间的内容，即故事开端之后，情节要像猪肚一样五脏六腑丰盈厚实。故事的结尾则要像豹子的尾巴，干脆利落有力。"万事开头难"，这句话用在编写故事中也是恰如其分的。本章节重点讲如何点爆我们的"凤头"。

电影常常用"导入事件"，所谓"导入事件"就是此事和后面的故事有一点关联，若即若离。目的是在3分钟内吸引观众的眼球，再推出片名和主创人员名单。然后开始整个故事的内容。现在网剧也经常在每一集的开场部分用两三分钟的时间导入一个事件，和电影一样，然后再推出片名和集数。"导入事件"肯定要吸引眼球，对后面的故事起到补充和丰富的作用。

市场对行销的电视剧作出判断前，一般要看前5集的剧本，以及人物性格阐述和全部的分集大纲。针对每集40分钟以上体量的剧集来说，流行一句话："生死10分钟，黄金半小时。"也就是说在海量的剧本筛选中，文学编辑就是看一眼你的"凤头"到底怎么样。前30页的剧本，吸引不了文学编辑，你的作品就被打入冷宫了。我觉得网剧篇幅不同，开头时长和每集情节密度也不同。传统的电视剧，每集40分钟可能有3~5个情节点。但现在有的网剧一集只有20分钟，甚至只有10分钟，可能要做每集2~3个情节点。所以短剧创作的开端相对于以往常规的电视剧来说，难度更大。

市场的要求是严酷的，它根据观众的接受度来衡量我们的剧本。现在观众选择的余地越来越大，新剧也不断涌现。如果在开端第一集吸引不了观众，观众马上就会调换其他影视剧。这就是市场对"凤头"的严酷要求。

开端和悬念设置密不可分。因为下面有阐述悬念的章节，我们先从其他几个方面着手，看看如何点爆我们的"凤头"。

1. 从人物出发，带戏出场

（1）人物以独特的人设形象和性格特征出场

特别是主人公的出场，不但要有独特的形象和性格特征，还要建立与其他人物的独特关系，构建起水火不相容、你死我活的对手冲突。

以我策划和制作的电视剧《枪侠》为例：男一号唐余锦（罗晋扮演），是从德国留学归来的全科医生，在上海开诊所。一开场，他准备去参加射击俱乐部的冠军决赛。射击俱乐部的现场，日本人夭尾效平5枪中环，就在要宣布得冠军的时候，唐余锦赶到，要求给他一次机会。最后唐余锦5发子弹打进一个弹孔得到了冠军。日本人夭尾效平不服气，逼着他决斗。他端起枪，一枪打落了日本的国旗，一个大背跨，把日本人夭尾效平摔倒在地，之后扬长而去。

共产党上海地下组织的交通站和电台都被日本人破坏了。日本人夭尾效平在枪杀现场。传说16年前的黑羿重出江湖，枪杀了夭尾效平。这个重出江湖的黑羿到底是谁？这成了一个谜团。

日本的一个军官亲自把狙击枪交给一个日本女狙击手，他们怀疑唐余锦不敢用枪伤人是对自我的掩护。唐余锦的父亲就是当年的黑羿，当年他父亲被人枪杀的时候，他就在现场，从那以后，他继承了父亲的枪法，但产生了心理障碍，不敢射杀活人，这是唐余锦的软肋。日本女狙击手带着一伙人绑架了唐余锦和他的母亲。女狙击手逼着唐余锦用枪杀人，否则就会杀了他的母亲。唐余锦内心挣扎纠结，最后还是痛苦地丢下了枪，跪下来求饶，让他们放了自己的母亲。这是第一集的结束之处。达到了"生死10分钟，黄金半小时"的戏剧效果。

《枪侠》的第一集完成了人设基础，他的软肋成为他成长中的短板。此后，他白天是穿着白大褂的大夫，晚上是穿着黑衣的枪王黑羿；同时，构建了刘子妍、鲍满春和他的三角恋爱关系。最重要的是，他要对抗日本的女狙击手，男女枪王的对决拉开了序幕。

（2）人物带着"谜"出场

带着"谜"出场的人物，往往有神秘色彩，会令观众关注他身上发生了什么事，下一步要干什么。

以王小波的小说《青铜时代》为例：主人公"我"失去了部分记忆，从医院里跑了出来，身上带着工作证。他按照工作证上的工作单位的地址来到了西郊万寿寺门前。可他又不是和尚，怎么会在这里上班呢？这张工作证注定了他必须生活在这里。这里有地方吃饭，有地方睡觉，是一个容身之处。他依稀记得有一份自己写的小说手稿。小说讲述的是一个古代人的事情……他一直努力回想自己为什么会进医院、为什么会失去记忆，"我"到底是谁？……这个主人公和他的小说手稿给故事带来了非常神秘的色彩。读者在观看一个古代的古怪的历史故事的同时，会非常关注这个"我"是一个什么样的人物，以及他为什么写这么一个古怪的历史故事。

（3）让人物进入危机中，使观众关注人物的命运，看他如何摆脱困境

以我策划和制作的电视剧《我的父亲是板凳》的开端部分为例：

镜头是旧上海的街头，叠印字幕：1927年4月12日，上海。

街上，成群结队的黑帮流氓，高举大刀，杀气腾腾，横冲直撞。全副武装的国民党士兵气势汹汹地猛烈扫射。工人纠察队的阵地遭遇攻击。

唐雪梅身边的人纷纷中弹倒在血泊中。上街替师父打酒的板凳被吓得东躲西藏。此刻，杂耍班的二师兄李清风出场，将唐雪梅转移到一个交通站。唐雪梅等待和常墩子见面，要拿到一份中共中央最高级别的秘密文件

"火种"。不料，交通站被黑帮分子控制，唐雪梅和他们交火，之后撤退到第二个交通站——药铺。常墩子带领着唐雪梅的女儿红儿赶往第一个交通站，他发现情况有变，也改道前往药铺。

常墩子带领红儿去交通站，没想到拉车的林铁叛变，在常墩子的背后狠狠地扎了一刀，常墩子用枪击毙了他。赶来的稽查队队长让人送林铁去医院，同时对常墩子紧追不舍。常墩子把红儿藏在垃圾箱里，带伤逃亡。在小树林里常墩子见到了板凳，临终前，他求板凳救出红儿。板凳最尊重的人就是他的大师兄常墩子，他帮大师兄把背后的刀拔出来。逃跑的唐雪梅经过树林，看到板凳手里举着一把带血的刀，常墩子倒地身亡，误会是板凳杀了常墩子，拔出枪来要杀板凳。此刻，稽查队的人来到现场，要抓捕唐雪梅，唐雪梅进行反击，板凳趁机逃跑。南京方面派了特派员到上海寻找"火种"，板凳是常墩子死前见的最后一个人，他们怀疑板凳知道"火种"的下落。黑帮的女魔王方姐带着手下人来到杂耍班，要带走板凳。帮主为了掩护板凳，谎说板凳是青帮的人，常墩子的死也是他干的。方姐带人撤退。在场的二师兄李清风对板凳也产生怀疑。板凳去寻找红儿无果，原来红儿已经从垃圾箱里出来了，流浪在街头。板凳发现垃圾箱边有一只鞋子，这是红儿追赶唐雪梅时不小心落下的。

几次三番，几经磨难，板凳终于找到了红儿，他们两人的命运从此捆绑在一起。国民党特派员和黑帮都认为"火种"可能在红儿身上，唐雪梅也在寻找"火种"和女儿，于是三方人物或在追杀或在寻找板凳和红儿……

《我的父亲是板凳》让男主人公陷入危机，三方都在追杀和寻找他，观众会关注他的命运，以及他如何摆脱困境，死里逃生。

（4）人物在矛盾冲突中出场，卷入矛盾的中心，他的成功或失败都会吸引观众的眼球

悬疑电视剧《非常目击》的故事说的是：在长江沿岸城市巫江，有一桩20年没有破获的少女小白鸽被杀的谜案，20年后，同样的案件再度发

生。于是，市里派到小城来的警察山峰马上进入案件。可是谁也没有想到，20 年前小白鸽死去时，他是目击证人，还曾经被警察捆绑审讯过。这次接手同样的案件后，山峰和警察队长江流有不同的认知，他提出两案合并调查。此刻，已经退休的警察局领导看到山峰的介绍资料，山峰的名字让他勃然大怒，最后愤然离去。山峰成为此案的核心人物，卷入了矛盾的中心。第一集结尾时，山峰被一个老人打昏，老人把他捆绑在房间里，用枪逼着他，要他回答几个问题；山峰说自己是警察，对方回怼说他最讨厌的就是警察。于是，山峰跳起来将老人击倒，并夺回枪支。最后，山峰惊奇地发现，墙壁上贴满了 20 年前案件的相关材料……可见这位老人是一名老警察，20 年前的案件山峰是目击证人，老人仍在怀疑他……

案件扑朔迷离，作为警察又是当年的目击证人，他如何将两案合并破案？他在破案过程中如何解除老警察对他的怀疑？最后真相大白又是怎么样的情况？这些都会吸引观众的眼球。

2. 从戏剧事件出发，带出危机

（1）让事件带有强烈的危机感

美国电视剧《24 小时》写的是反恐的故事，这个故事具有强烈的危机感，大家耳熟能详。我在此介绍一部危机感也比较突出的韩国电视剧《苏里南》，这是根据真实人物和事件改编的电视剧。苏里南是靠近巴西北边的一个南美小国，人口 50 万。故事发生在 2009 年。主人公姜仁久在朋友朴应守的邀请下，一起去苏里南贩卖鳘鱼。在受到唐人街陈振的敲诈后，无奈中他们找到了韩国的牧师全跃焕。全跃焕帮助姜仁久摆平陈振。没想到，他们运鱼的船在另一个小岛被扣留，并查出鳘鱼里面有海洛因。姜仁久被捕入狱，韩国情报局的人假装成朋友来看他，向他揭露了一个真相，原来全跃焕是一个大毒枭。全跃焕在韩国被警方追捕时，逃到苏里南，并以牧师的身份做掩护，同时收买并勾结了政府总统、军队和警方的高层继续进行走私活动，欧洲 60% 的海洛因是他走私的。在鳎鱼里面放海洛因就是他开辟的一条通往韩国的毒品渠道。因为韩国和苏里南没有引渡条约，韩国有关部门引诱全跃焕到第三国进行抓捕的计划也失败。现在只有一条路，让姜仁久出面引诱全跃焕把毒品运往美国，在美国对他实行抓捕。姜仁久的伙伴朴应守已经被杀了，为了复仇，也为了挽回自己损失的 5 亿韩元，他只能冒着生命危险协助逮捕大毒枭全跃焕。这是他要完成的任务，也是整个故事的中心事件。这个事件给主要人物带来强烈的危机感。

（2）让观众预感到事件的危机会像滚雪球一样越滚越大

电视剧《底线》反映了基层法院法官的故事，它的第一集真正做到了"生死 10 分钟，黄金半小时"。庭长方远一出场就被一个骑着摩托车的女孩儿拦住了，女孩儿给他塞了一包东西。他打开一看里面是现金，赶紧追赶骑摩托车的女孩儿。穿街过巷，方远最终拦截了女孩儿，把钱还给她。这女孩儿叫他姐夫，他回复案子办不了，转身就走。紧接着，一个工厂的女老板因为欠债，上门讨债的人当着女老板儿子的面，意图强奸女老板。故事在 10 分钟时，女老板的儿子杀死了对他母亲非礼的人。法院开始公开审判这个案子，这孩子是正当防卫还是犯故意杀人罪一时不能定论，暂时休庭。故事大约到 30 分钟的时候，又发生了一个女主播猝死案。方远是接手这个案件的当事人，女主播的母亲手持牌子到法院闹事……

表现基层法院的故事会有比较好的事件基础。电视剧《底线》的第一集任务完成得很好，让观众看到了基层法院庭长方远的形象，他智慧幽默，忠于职守，还是一个顾家的好男人；同时又不断有人命大于天的事件推进。第一集的 10 分钟和 30 分钟的时段里，两个案件死了两个人，提升了故事的张力。后面还会不断出现新的案件，给观众带来新的期待，最终故事有点虎头蛇尾，这也是一种当代电视剧的通病。编剧把所有的力量都倾注在前端的部分，目的是吸引投资方和观众，后劲不足也就显而易见了。

3. 人物和事件的关系

在设计人物时，要赋予人物独特的个性，并由人物带出事件或改变事件的走向。我比较提倡这样做，因为这是点爆故事常用的两种手段。作为范例，大家不妨看看事件跟着人物走的代表作品《阿甘正传》和《血战钢锯岭》，人物改变了事件发展方向。长篇电视剧很难做到人物带出所有的事件，并且改变和推动事件发展的方向。从创作的角度来说，我们尽可能做到人物独特的性格特征产生出事件，并影响和改变事件的方向。

（1）先出现事件，让人物卷入事件中，再通过事件呈现人物的性格特征。如电影《八佰》和韩国电影《出租车司机》，以及前面介绍的电视剧《底线》等。

（2）人物和事件相辅相成。人物改变了事件，新的事件又强化和丰富了人物性格。例如我策划制作的电视剧《历史的天空》，江奇涛编剧的《人间正道是沧桑》，都是这类作品。

4. 从形势出发，强化"势"的推动力

编剧理论通常会用到"规定情景"和"戏剧情景"的概念。我也认可这些概念。但是，我提出我的一种大概念，也就是"戏剧形势"说。很多年以前，我就形成了五字箴言，即"天地人形势"，这是我对世界的认识。人生如戏，在故事里面也同样可以运用这五字箴言。天就是天时，年月日时，时势造英雄，就是人物抓住了时机的关键点，即所谓天助我也；地就是生存环境，一方水土养一方人；人就是他人与自我的关系；形就是形态，水的形态可以成冰，也可以成为雪花，结构主义哲学就是讲物质的形态；势就是势力，有形的和无形的力的存在，乘势而为，就是借一股力量助你前进，有所作为。

现在言归正传，举两个例子来说明。

（1）电视剧《大考》——

该剧主要的故事是说几个学生和他们的家庭发生的矛盾纠葛。高三的学生面临着大考，时间是倒计时的。从全剧来看，我们看不到真正的对手或反派人物，也很难用"规定情景"和"戏剧情景"的概念来完成全剧的戏剧矛盾。第一集充分展开了高三学生面对高考的压力。从第二集开始就发生了疫情。第三集开始就提出了网课。疫情本身不是一个戏剧事件。戏剧事件应该包含人与人之间的矛盾冲突和对抗。所谓大考有两个含义，一个是高考，另一个是整个社会面临着灾难的考验。这两个大考的"势"形成了戏剧的反作用力，这是最重要的。由此改变了人物的各种形态，不同的形态又产生了新的矛盾。故事在生活"态"的流动下，让观众深刻地感觉到反作用力的存在。

很多灾难片的故事没有真正的对手和反派，而是灾难造成的局势。这个"势"就是反作用力，人们与之抗争，产生的形态就是戏剧行为，因而完成了全剧贯穿与反贯穿动作的对立。

（2）曹禺的《日出》——

剧中有一个不出场的人物叫金八，虽然此人没有出场，却是全剧黑暗势力的总代表，他的黑暗势力控制着场上每一个人物的命运。场上人物的各种表现和形态，以及展开的矛盾冲突，都和他那无形的势力存在着不可摆脱的关联。剧中陈白露和黄省三的死都和这黑暗势力有着直接或间接的关系。潘月亭与李石清之间反复的较量，背后都是木偶的提线人金八在控制着金融的潮涨潮落。这就是整个故事的局势。

开端必须是"凤头"。这是市场的要求，更是观众的期盼。我们的作家和编剧一定要在开端部分下足功夫。现在的市场竞争非常残酷，对于作品的选择，至少是百里挑一。我们要不厌其烦地多修改几稿，多写几个方案进行选择，反复打磨，修改完善。这样才有获胜的可能，我说的还仅仅是"可能"。

十九、悬念是点爆故事的火药库

悬念，中文的意思就是："悬而未决，念念不忘。"

我经常和编剧说，写故事一定要找到故事的悬念。故事的悬念就是炸药库，根据不同的时间、地点、人物和事件的需要寻找和设置不同等级和类型的炸药材料。本章节主要阐述如何点爆故事悬念。

1. 在故事背景上设置悬念

电视剧《大考》，在高三学生和家长都面临着大考的压力之际，突然疫情暴发，故事的背景可谓雪上加霜，立即强化了故事的悬念。疫情的悬念给故事布置了"钩子"，观众感同身受，被钩子钩着朝前走。

2. 在人物命运上设置悬念

（1）来自外部的巧合和误会的偶然性，打破了人物命运常规走向的平衡，人物的命运发生了转折，悬念由此而来

很多电视剧和电影有这样的案例：

无辜的主人公卷入一连串的冒险之中，这是悬疑大师希区柯克多次拍摄的故事类型。如电影《海外特派员》（后改名《17 号特派员》），故事内容大致是：琼斯是一名美国记者，1939 年初被编辑部派往欧洲去了解世界大战爆发的可能性。在伦敦，琼斯遇见了一位年长的荷兰政治家，其掌握着同盟国的秘密。在一次模拟的凶杀行动中，那位政治家被两名纳粹间谍

干掉了。琼斯却不知情，还到处寻找他的下落，在一位年轻姑娘的帮助下，琼斯来到了荷兰。姑娘的父亲表面上是和平组织的负责人，其实是纳粹头目。飞机在大洋上空不幸失事，琼斯在大海中被一艘轮船救起，他和那姑娘一起回到了伦敦。琼斯作为一名记者，被无辜地卷入间谍的阴谋斗争中，历尽艰险，好几次险些丢掉性命，这就是人物的命运带来的悬念。

影视毒舌是我国一个非常优秀的影视评论的综合平台。我看到他们介绍的电视剧《不期而至》，提出了"她悬疑"的概念。丈夫身亡、债主讨债、官司缠身，女主角阮真真开场就从"小公主"沦为"女债总"。阮真真是生活在温室中的青年主妇，但一开场就被丢进多方势力布下的迷局中。将自己视若珍宝的丈夫，实际上面目可憎；看似热情友善的律师朋友也别有用心……观众推理案情真相之余，也为这个内向单纯的女孩儿捏了一把汗。这部电视剧一开场就把人物命运的悬念推给了观众。

（2）来自和人物相关的前史，给人物的命运带来悬念

以我策划和制作的青春偶像剧《青春向前冲》为例：在美国完成学业的唐可儿回国了，来机场接她的是闺密崔丹菲；她们去参加 MJ 集团召开的新媒体庆典，盛会上衣香鬓影，海月新媒体的总裁霍彬挑选着海月新媒体要签约的主播；在奢华热闹的盛会现场，唐可儿却被追光灯暴露在了众目睽睽之下；唐可儿意外地被选为霍彬的开场舞舞伴；霍彬拉着唐可儿翩翩起舞。看到霍彬那张熟悉的脸，唐可儿闪回引出"前史"，原来他俩在大学时期是一对恋人，后来霍彬因车祸失忆，记不清楚他和唐可儿曾经有过的恋情，唐可儿失恋后出国留学，没想到留学回来的第一天晚上就见到了霍彬；霍彬却认不出他曾经爱过的唐可儿，唐可儿不知道他有失忆症；唐可儿故作不懂跳舞，狂踩霍彬的脚；一曲舞毕，一个女子突然冲过来，抱着霍彬的大腿哭诉自己对霍彬的相思之情，唐可儿愤怒，端起现场的奶昔就泼向霍彬……唐可儿和霍彬的关系如何发展下去？她的命运又会有什么样的转折？观众会带着这些悬念追看下去。

很多故事的人物"前史"有以往的真相，让现在进行时的故事产生谜团，由谜团产生悬念。

（3）人物自身的性格或其他缺陷造成的悬念

最经典的还是莎士比亚的话剧《哈姆雷特》，根据话剧改编的电影叫《王子复仇记》。哈姆雷特得知他的叔叔害死了他的父亲，并娶了他的母亲。按照通常的写法，哈姆雷特马上就会进入复仇阶段。一连串的事件都会紧紧扣着复仇进行。而莎士比亚却写哈姆雷特的性格特征，他优柔寡断，思考大于行动，复仇的悬念就追随着他，很久悬而未决。

电影《国王的演讲》的男主人公是一个国王，作为国王，他要经常发表演讲，可是他有口吃的缺陷。国王如何克服口吃，成为这部电影最大的悬念。

表现音乐大师贝多芬的电影《贝多芬传》里，当贝多芬发现自己耳聋时，周围的一切都失去了声音。这加强了他的焦虑，并且让他感觉十分痛苦。贝多芬在耳聋后依然坚持音乐创作，但一个耳聋者是怎么成为音乐大师的呢？这都是人物自身的缺陷给我们带来的悬念。

由此我们可以延伸出很多故事。比较极端的就是一句话："盲人瞎马临深渊"，我们可以设计出主人公存在着这样或那样的缺陷，遇到的事情恰恰又和他的缺陷形成强烈反差，悬念自然产生。

3. 在人物关系上设置悬念

在人物关系上设置悬念，一般还是在恩爱情仇上做文章。如电视剧《枪侠》有两组人物关系给观众带来悬念。第一组是唐余锦和刘子妍的恋爱。刘子妍的父亲16年前枪杀了唐余锦的父亲，但他们两个人都不知道，观众却知道，悬念由此产生：如果有一天，唐余锦发现了这个秘密，他会采取什么样的复仇行动？然后他与刘子妍的恋爱又会怎么样？这个悬念一直吊着观众，使观众想看个结果。另一组是唐余锦的妹妹爱上了一个自称是韩国人的病人，其实这是日本人派来的卧底。唐余锦的家庭诊所里埋了一颗雷，妹妹爱的这颗雷何时会爆炸？这个悬念也会一直让观众牵挂着。

4. 在戏剧事件上设置悬念

韩国电影《紧急宣言》中，一架飞机上发生了疫情，在封闭的飞机上人们一个接一个地被感染，不时有人当场吐血而亡。美国和日本都不让这架飞机降落，最后这架飞机在韩国空军机场的上空盘旋。飞机上每个人的生命都危在旦夕，飞机驾驶员也受到了感染，有一位乘客曾经是飞行员，替补上去开飞机。这架飞机上的疫情一直充满着具有戏剧张力的悬念。

5. 在矛盾冲突中设置悬念

不同的类型剧有各自不同的矛盾冲突的形式。就好像同样是球类运动，网球、乒乓球、足球、篮球，各自的打法和比赛规则都不一样。因此，我们要根据不同类型剧的冲突特征，设置矛盾冲突所产生的悬念。

战争剧、谍战剧、警匪剧等强情节的类型剧都具有强烈而鲜明的矛盾冲突，强烈的冲突自然而然就会产生悬念。如果再加上"派人去对方卧底，我方还有内鬼"，更会强化悬念。

在其他的类型剧中，如何设置矛盾冲突产生悬念呢？

在我策划制作的电视剧《女人心事》里，陈小艺饰演的女一号罗想非常希望已经离婚的父母亲复婚，可是父亲另有所爱，和他所爱的女人结婚了；这个女人也有一个长大成人的女儿，个性张扬，不拘小节；罗想在情感上跟这个后妈有矛盾，和这个后妈的女儿水火不相容。后妈的女儿是个麻烦制造者，唯恐天下不乱，她们之间的矛盾会如何激化？会不会影响到家里其他人？悬念由此产生。罗想的丈夫严立达（冯远征饰演）有了婚外情，虽然他很被动，但事实上已经被缠上了。罗想什么时候会发现？发现了以后怎么处理？这条线索也给故事带来了悬念。

6. 在危机中设置悬念

美国的詹姆斯·斯科特·贝尔写了一本书《冲突与悬念》，在我国翻译出版。这本书主要讲冲突和悬念的关系，但我要对詹姆斯·斯科特·贝尔的观点进行补充和完善。冲突会给故事带来悬念，但是，不是所有的冲突都会有悬念。最大的悬念来自危机。

我觉得冲突与悬念还是和足球场上甲方和乙方的对抗一样。双方的对抗和冲突，悬而未决，让观众牵挂在心。但是，我们要让观众因为悬念发出尖叫，就是要表现在射门的那一瞬间的危机。所以，危机就是射门。如果一场足球赛，半个小时没有一次射门，观众肯定大失所望。如果每 10 分钟有一次精彩射门，危机会让观众尖叫。

危机可能有不同的状态。希区柯克在《希区柯克论电影》第 27 页中说："正是一个人不公正地受到指控这样的主题，使观众产生了最强烈的危机感，因为他们更容易设身处地想象那个人的处境，而不会去设想正在逃跑的罪犯的处境。我始终把观众放在心上。"我觉得这是危机的一种状态，就好像中国的传统戏曲《窦娥冤》，窦娥蒙受天大的冤屈，连老天都看不下去了，下了六月雪。这种冤屈产生的危机，和悬念大师希区柯克的论说是一致的。

我觉得危机有很多类型：健康危机、财务危机、信任危机、情感危机、自由危机、生死危机，等等。这些危机都给予我们射门的机会。

7. 在道具和细节上设置悬念

希区柯克的电影《美人计》里，所有悬念场面都围绕着两样东西——酒窖钥匙和假的酒瓶编排。整个爱情故事又是最简单的，两个男人爱上了一个女人。联邦调查局的特工德夫林爱上艾丽茜娅，但为了窃取纳粹情报，他让艾丽茜娅帮助他完成任务，要她去诱惑纳粹头目塞巴斯蒂安。艾丽茜娅以为德夫林并不真爱自己，无奈来到纳粹巢穴，不料塞巴斯蒂安竟然爱上了她，艾丽茜娅因对德夫林的失望和受到指示，嫁给了塞巴斯蒂安。德夫林以联邦调查局的名义，要求艾丽茜娅把酒窖的钥匙搞到手。可是塞巴斯蒂安一直亲自保管着钥匙。在蜜月旅行回来的一次宴会上，德夫林和艾丽茜娅终于拿到酒窖的钥匙，他们进入酒窖，发现了藏在酒瓶里的铀矿粉，无意中他们把酒瓶排列错了。塞巴斯蒂安发现酒瓶的排列错了，明白妻子是美国间谍，他用慢性中毒的方法毒害妻子。德夫林得不到艾丽茜娅的消息，不顾一切地闯进了塞巴斯蒂安的家，发现了已经奄奄一息的艾丽茜娅。他抱着艾丽茜娅走出门外，登上汽车。塞巴斯蒂安对此毫无办法，也无话可说，因为他身后站着一群纳粹分子，如果公布真相，这群纳粹分子肯定会杀了他。

很多影视作品都在道具和细节上设置悬念。如香港电影《李小龙传奇》，作为道具的真假手枪的调包，产生很强的悬念，最后李小龙被真枪打死了。一代功夫之王就死在一把"道具"手枪上。

8. 强化悬念的紧张度和爆炸力

（1）让导火线慢慢燃烧，强化紧张度

明确正方或反方投放的炸药，观众会产生两种不同的心理状态。如果是正方投放的，观众会担心导火线灭掉，半途而废，让反方逃脱。如果是反方投放的，观众就会希望导火线灭掉，让正方逃脱。所以导火线慢慢地燃烧，会产生两种不同状态的心理悬念。不管是正方还是反方，我们都要先找到炸药包。这个炸药包放在车上就开始有悬念。开车的人下车以后去超市买东西，悬念就会在观众的心里吊着。之后开车的人又上了车，继续开车，到学校去接上自己的女儿，女儿上车又使悬念增强……反正只要炸药包在车上，悬念就永远不会排除。所以，我们精心设计了一个有力量的悬念，使观众产生极其期待和紧张的心情，我们要故意保持"延迟"的状态。如果轻易地解开悬念，会让观众大失所望的。

（2）双线或多线发展的故事中，让悬念交叉出现，交叉发展

让悬念交叉出现，交叉发展，要有两个基本条件。其一，大致相同的时间，不同的空间。其二，设置的事件具有悬念性。我看过一部缉毒剧，弟弟走私毒品进了国境后被追捕，哥哥在国外和弟弟失去了联系，知道自己身边的人是卧底，开始枪杀。两边发生的事件都有悬念，于是这两条线索开始交叉展开，交叉推进，形成双向发展的悬念。看得比较多的是这样的段落：家里一个人被人绑架，另一个人被人胁迫交出赎金。悬念也可以交叉出现，交叉发展。

（3）一个悬念还没有完全解扣，又产生新的悬念

也就是说一个悬念追着另一个悬念往前推进。用行话来说，就是"一波未平一波又起"，祸不打一处来，达到连环爆炸的效果。

我们来看美国电影《速度与激情5》是如何编织连环爆炸的：一开场，多米尼克关在囚车里，被营救；他和布莱恩再度联手，把火车中的神秘豪车盗走，遭到了警察和黑帮分子的火线追杀；布莱恩到里约热内卢寻找援兵，并与多米尼克会合。为了寻找多米尼克的下落，王牌探员卢克挺身而出，组成精英部队，追查到里约热内卢；他雇用了女寡妇美丽女警艾莲娜一起寻找多米尼克。与此同时，里约热内卢的地头蛇也向这些不速之客开火。三股势力开始相互缠斗。其间，因为米亚怀孕，所以多米尼克只能依

靠以前的老友布莱恩探寻豪车的秘密。在罗曼和汉等人的帮助下，多米尼克找到了这辆车的秘密——芯片。后来最经典的场面，多米尼克抢劫了警察局的金库箱，开车拖拉着巨大的金库箱逃跑，在大桥上被包围，他放弃了金库箱，卢克为了报答救命之恩，故意放走多米尼克。警察打开了金库箱，发现已经被多米尼克在路上利用10秒钟的时间完成了调包，他们得到的是一只空的金库箱。多米尼克和他的伙伴们大胜，离开里约热内卢，开始了新的生活。

故事梗概也只能提示一下节点，看一下这部电影就会知道悬念如何追着悬念往前赶，强情节、强节奏产生的强悬念会产生什么心理刺激了。

（4）构建立体式悬念

这是一个我独创的概念，意指在同一个时空中，设置两三个悬念。

这个概念我在电视剧《枪侠》中首次运用。在一个山洞里，唐余锦和刘子妍的父亲见面，唐余锦拿出证据，证明16年前杀害自己父亲的就是他，刘子妍的父亲承认是日本人逼迫他干的。在山洞的边侧，刘子妍偷听到他们的谈话。此刻，刘子妍的父亲掏出手枪对着唐余锦。这是第一个悬念。第二个悬念是刘子妍面对父亲和爱人的对决，泪流满面，她究竟会站在谁的一边？这两个悬念且不去管它，日本方面有人一直跟踪着他们，最后把炸弹放进山洞。这是第三个悬念。这三个悬念在同一时空中形成我创建的概念，即立体式悬念。

只要我们具有拆弹能力，也就是解扣的方法，我们就大胆地构建立体式悬念，保证能让观众寝食不安，魂牵梦萦。

9. 在全剧故事中设置总悬念

长篇小说和长篇连续剧设置总悬念的难度比较大。有两种类型是可以做到的。如长篇小说《安娜·卡列尼娜》，人物命运的走向成为故事的总悬念。另一种是社会问题剧，剧中提出的问题成为全剧的总悬念。如电视剧《心术》《蜗居》《裸婚时代》，都在故事中提出社会问题，这是可以作为全局总悬念设置的，可能因为其他事项，没有完全做到。比较成功的还是美剧《24小时》，反恐成为全剧的总悬念。相对而言，网络短剧和电影设置全局的总悬念就比较容易。如网剧《谁是凶手》《沉默的真相》等。电影就更多了，如奥斯卡最佳影片《老无所依》《指环王3：王者归来》等；中国电影有《勇士连》《盲战》，还有刘青云主演的《神探大战》等。

10. 留下悬念，让观众追剧

以前，上海的茶馆有三个功能。第一有老虎灶，街坊邻居拿着热水瓶去打开水；第二是茶客，在茶馆里谈天说地；第三，下午有一场说书人讲评书，晚上另换一个说书人讲评书。下午和晚上的说书人讲的是两个不同的故事。很多人去茶馆听书，我听过《小五义》《杨家将》《武松》等。印象最深的是，武松一脚把西门庆从楼上的窗户踢了下去，这时说书人就来了一句套话："欲知后事如何，且听下回分解。"这"欲知"和"下回"，就是沪语"卖关子""吊胃口"的意思，以此留下了悬念，让你耿耿于怀。

我对电视剧《我的父亲是板凳》最后的剪辑不太满意，但受于播出时间的限制，也就匆匆播出了。后来从策划制作《枪侠》开始，我就亲自做后期剪辑导演，为了把每一集结束"打点"的悬念做好，我可以调换场面，修改台词。我朋友做了一个情景喜剧《吾儿可教》，其实市场已经逐渐不接受情景喜剧，后经我重新剪辑，把这部情景喜剧改成了连续剧。导演和制片人起先都不相信，看完以后他们都沉默了。我说了一句话："把饼干做成了面条。"最后这部连续剧在央视8套黄金档播出。

对每一集的"打点"留下悬念，网络短剧比常规电视剧做得更好。网剧通常都能做到"欲知后事如何，且听下回分解"的效果，让观众追剧。

二十、发现与突转，从古希腊悲剧开始

先引用编剧理论中的一个概念：发现，指从不知到知的转变，它可以是主人公对自己身份或者与其他人物关系的新的发现，也可以是对一些重要事实或无生命实物的发现。突转，指剧情向相反方面的突然变化，即由逆境转入顺境，或由顺境转入逆境，它是一种通过人物命运与内心感情的根本转变来加强戏剧性的技法。

在创作实践中，发现通常与突转相互联用或者同时出现，剧本往往通过发现来造成剧情的激变。例如，索福克勒斯的《俄狄浦斯王》第四场，俄狄浦斯为了解救城市的苦难，全力以赴查访杀父娶母的罪人，最后由于报信人无意之中透露真相，发现正是自己在无意中犯下了这一罪孽，于是，一个公正贤明的国王成了一个自我放逐的盲人乞丐。

最早提出发现与突转的是亚里士多德，他在《诗学》第十章、第十一章中认为发现与突转是情节的主要成分。长期以来，这两种手法被认为是编剧艺术中最富戏剧性的技巧，并被广泛使用。在剧本创作中，好的突转场面不光着眼于剧情的起伏跌宕，而且立足于人物刻画，力求通过情节合情合理的突转写出人物剧烈丰富的心理变化与感情活动。

除了《俄狄浦斯王》之外，还有易卜生的《玩偶之家》、阿瑟·米勒的《推销员之死》、曹禺的《雷雨》等，都把发现与突转的编剧技巧运用得炉火纯青。前面的章节已经提到过《俄狄浦斯王》和《雷雨》，这里不再赘述了。

下面先简单介绍一下《玩偶之家》。

《玩偶之家》共三幕，前两幕对情节做了足够的渲染与铺陈，通过娜拉的独白和林丹太太、阮克医生、柯洛克斯泰的对话，将这一中产阶级家庭所发生的故事做了"暗场"处理。"发现"出现在第二幕，柯洛克斯泰的那封信是关键点，剧情由此发生"突转"。这一"发现"是由前面情节的结构中产生出来的。7年前，为替丈夫海尔茂治病，娜拉瞒着丈夫假借父亲的名义向柯洛克斯泰借债，为后面的矛盾冲突埋下了伏笔。后来娜拉的丈夫海尔茂荣升为银行经理，作为下属的柯洛克斯泰为了保住职位，拿出当年娜拉借钱的借据进行要挟。第三幕中，当海尔茂终于看到信并了解了事情真相后，一下"突转"，改变了一向宠爱妻子的面目，劈头盖脸地怒骂娜拉；海尔茂的这一"突转"，又让娜拉"发现"了丈夫对自己虚假的爱，"发现"了自己在家中的地位不过是一个"玩偶"。这一"发现"正是通过前面一系列合乎逻辑的事件演变而来。"发现"促使了娜拉的觉醒，"突转"引出了娜拉走出"玩偶之家"，迈出了妇女自我解放的步伐。

再来看看《推销员之死》是如何设置"突转"和"发现"的：年逾花甲的推销员威利·洛曼回到家。他极度疲倦，仿佛已经走到了生命的尽头。只有老伴儿琳达了解他、体贴他，尽一切努力来维护他的尊严，希望能给他一些活下去的勇气和信心。然而，这一切似乎都无济于事。大儿子比夫多次离家出走，宁愿去当农业工人，也不愿留在充满竞争与欺诈的大城市里。在沉重的压力下，威利的精神恍惚不定。为了拯救威利，琳达请求孩子们怜爱父亲，甚至把威利要自杀的企图告诉了他们。这时，小儿子哈皮想出一个办法，让比夫向朋友借钱，独立经营，以期干出一番事业来。这个令人振奋的设想，使全家人抱着新的希望进入了梦乡……为了预祝未来实现理想，父子约定在餐馆中聚会。而就在他们见面时，"发现"双方带来的都是不幸的消息：比夫没有借到钱，威利也被公司开除了。"突转"让父子间又发生了激烈的争吵，然而，他们谁也没搞清楚生活不下去的社会原因。最终的"发现"是，威利神经错乱死于车祸，但随之发生"突转"，威利死亡的真实原因是，他知道自己撞车死亡后儿子可获取一笔保险赔偿，儿子有了钱就是一个成功者了。

上面提到的四部经典话剧，都曾拍成电影，没有看过话剧剧本的朋友，可以在网上看电影。

下面我们从操作层面，进一步阐述发现与突转的创作技巧。

1. 发现

故事技巧中的发现，前提是需要有一个秘密。这个秘密可以是外部的，也可以是内心的，也就是说人物可以发现别人的秘密，也可以发现自己原来不知道的秘密。

（1）由一种标志性的载体引出发现

如照片、手机信息、日记、身体上的某种特征，悬疑侦探故事中经常用的是脚印、指纹等。引出的发现和秘密相关，都可能爆发突转。我看过一部侦探小说，故事的大致情节是：一个大家族的男主人被警察从海水中打捞起来，面目模糊已辨认不清，最后从他身上找出一份遗书。遗书上很奇怪地写着，老婆怎么死，女婿怎么死……于是警察开始排查，却怀疑到一个就死去一个。故事中的人物就按照遗书写的那样一个接一个死去。最后警察从一个小孩儿那里发现了一份遗书，故事的"突转"原来是小孩儿的爷爷把另一份遗书交给他，并教他用各种方法按次序杀掉遗书中提到的人，最后整个家族的遗产都归孙子所有。

（2）由故事的前史引出发现

以我策划制作的几部电视剧为例，《漂亮女人》《青春向前冲》《枪侠》，三个故事里都有前史，前史都引发出发现，产生突转。如《枪侠》的前史是16年前刘子妍的父亲刘兆霖暗杀了唐余锦的父亲唐存伯。后来唐余锦从刘兆霖的记事本上发现了秘密，引发了唐余锦和他们父女之间的突转。因为刘兆霖杀害唐存伯是汉奸行为，他们父女之间也发生了突转。

（3）身份发现

有三种情况：

其一，发现了别人的真实身份。例如电视剧《枪侠》中，一个冒充韩国人的日本人因病住在唐余锦家的诊所里，唐余锦的妹妹爱上了他。后来，唐余锦发现他是日本人派来的卧底，情节发生突转，两人立马对打起来，盲人妹妹还不知道发生了什么。又如电影《雨人》，查理发现哥哥是记忆天才，在赌场里赢了钱，两人的关系发生了突转。

其二，别人发现了自己的真实身份。在谍战剧中，身份识别是故事的重要环节，当自己的一种身份暴露出来以后，又需要用另一种身份来掩盖自己真实的身份。最后在高潮时对方发现了自己的真实身份，产生突转，进入高潮。

其三，彼此发现了对方的真实身份。例如电影《史密斯夫妇》，夫妻发现了对方的身份，敌对的身份产生突转，让他们打了起来，最后发现心底深处还是爱着对方，新的突转让他们言归于好。

其四，自己发现自己的身份。例如电影《忘了我是谁》，和失忆有关。我还看过一部电影，主人公原先是海军陆战队的，后来人有找到他，给他安排了任务。在执行任务的过程中，他的记忆慢慢恢复，发现了自己的身份，引发了突转，他自己做主，改变了任务的方向，走向一条复仇之路。

（4）情感发现

表现爱情的情感发现有几种情况。

其一，发现对方爱的人不是自己。只有两种情况，一种是原来爱自己的，后来发现对方移情别恋，产生突转，两人分手。例如电影《不良少女莫妮卡》，叛逆少女莫妮卡离家出走，终于找到了与自己心意相投的男孩儿哈里，结婚后哈里又厌烦了婚姻生活，感到约束和不自由，他与旧情人爱火复燃。一个原本美满的家庭走向崩溃。还有一种情况，发现对方从来就没有爱过自己。《玩偶之家》的娜拉发现丈夫从来没有真正爱过自己，突转之后离家出走。

其二，发现自己爱上一个不该爱的人。根据美国女作家珍妮特·菲奇的处女作小说改编的电影《白色夹竹桃》中，15岁少女阿斯特丽德和艺术家母亲英格丽生活在一起，某天，一个叫巴里的男子进入她们的生活，英格丽疯狂地爱上了巴里，最终心碎，生活尽毁；英格丽发现自己爱上一个不应该爱的人，产生突转，用自己最爱的夹竹桃毒死了巴里后入狱；阿斯特丽德只能在福利院和寄养家庭中辗转，生活支离破碎。

其三，彼此发现对方都深爱着自己。这是欢喜冤家的套路。男女双方一直死磕死掐，突然有一天发现对方深爱着自己，完成突转，火热的恋爱开始了。这基本上就是快餐文化的娱乐作品。

真正经典的是日本小说家渡边淳一的长篇小说《失乐园》，小说讲述了一对中年男女因婚外恋双双殉情的故事。女主人公松原凛子是医学教授之妻，男主人公久木祥一郎是出版社的主编，在一次聚会上他们邂逅，并迅速坠入爱河，无法自拔；而这种婚外恋却为各自的家庭和亲人所不容，这种经历使他们发现人世间没有永恒的爱情，要想对方永远属于自己，唯一的办法就是和对方一起结束生命。突转之后，他们在爱到极致时双双服毒自尽。

情感的发现也就是在"恩爱情仇"上做文章。上面我们介绍的是爱与情的发现，而恨与仇的发现，反之即可。限于篇幅也就不做阐述了。

（5）因果发现

由某一个事件、细节、道具等作为导入的前因，或由回忆引发某人有意或无意做过的一件事，主人公以为事情已经过去了，很多年后发现这件事对自己的生活产生了重大影响。如电视剧《枪侠》里刘兆霖在16年前枪杀了他的好友唐存伯，过了这么多年，他认为事情早就隐入尘埃了，当他发现记事本不见了，就回忆起16年前的枪杀行动，并预感到他与唐余锦以及女儿的关系会发生突转。这就是因果发现。

（6）命运发现

最经典的例子还是古希腊悲剧《俄狄浦斯王》，俄狄浦斯和不可知的命运的抗争，每一次的发现都是命运的一次突转。故事是锁闭式的结构，多次运用发现与突转，像剥洋葱一样，将故事层层推进，最后发现"杀父娶母"这一可怕的命运是逃脱不了的，他对自己实行了惩罚。

电影《青红》的故事发生在 20 世纪 80 年代初的贵州乡村，少女青红与少年小根恋爱了；青红的父母是上海人，60 年代支持三线建设迁来此地，历经多年的艰苦岁月，他们渴望回归故土。青红的父亲看不起小根的本地农民身份，因而对青红时时耳提面命，严加管束；情窦初开的青红甚至以绝食的方式反抗，但也无法改变父亲回上海的决心，青红与小根离别在即；一次约会中，面对心事重重的青红，爱恨交织的小根疯狂地将其占有。这就是命运的发现。青红和父母踏上归程时，突转发生：车厢外传来小根被判刑的消息，在蜿蜒的路上，三声枪声划过阴云密布的天空。

2. 突转

突转也就是突然转变。突转一般以发现为基础和前提，可以是一种悄无声息的、缓缓而流的发现，然后从量变转成质变，完成突转；也可以没有发现，但需要有铺垫，突转前必须设置必要的悬念和铺垫，起到推动剧情发展的作用。总之，承前启后，彼此呼应，让跌宕起伏的剧情发生突转有理可循。突转时，主人公的命运转折会产生大起大落的变化，同时也会影响到其他人，事件（情节）的转折会让故事跌宕起伏。

突转是编剧不可或缺的手段，它使得人物和故事向相反方向发展转折，使人物从逆境转到顺境，或由顺境转到逆境，大大增强了故事的戏剧性。

（1）情感突转

A. 情感的突转，欲望从交易变为爱情。以小说和电影《情人》为例：小说因玛格丽特·杜拉斯的传奇而风靡世界，年近70的杜拉斯用疯狂恣肆的文字抒写着记忆中的肉体、交易、爱情。小说出版7年后，法国著名导演让·雅克·阿诺将这个故事搬上银幕。在电影《情人》中人物从性交易开始，欲望的肉体之爱却向着刻骨铭心的爱恋转变了。情感的突转场面并不需要大幅度起伏跌宕的剧情，而需要立足于人物，在人物情感深处的表达中合情合理地突转，并以人物剧烈丰富的心理变化打动观众。在这一点上，电影《情人》感人肺腑。

B. 情感的突转，爱从渴望到破灭。电影《孔雀》中的姐姐高卫红性格倔强，不满于庸碌的生活。一天她发现了伞兵跳伞，突然被吸引，心里泛起了对自由与爱情的向往，于是她打算参军，结果她喜欢的军官被更有手段的胖妹捷足先登。失落之下，情感突转，她自暴自弃，甚至去接触一位孤独的老人，最终被老人唾骂。当她的爱情之梦破灭以后，她便把自己一步步逼到角落。小树林里脱的不是裤子，而是自尊；最后嫁人嫁的不是生活，而是生存。

（2）情节突转

情节突转案例太多太多，尤其是强情节的故事，为了情节发展的需要必然发生突转。我觉得从小说到电影的《杀死一只知更鸟》是一部经典，其故事内容如下：

美国南部的梅岗镇上住着父亲芬奇和他的一对儿女，尽管妻子已经亡故，一家人仍过得其乐融融，芬奇对儿女既严格又疼爱有加。父亲平时还对儿女说，不要杀死为人类唱歌的知更鸟，因为它们善良，从不伤害人。芬奇除了是一个慈父，还是一名当地勇于伸张正义的律师。这天他接到一宗强奸案，被告是黑人罗宾逊，而受害者是一名白人女子。在那个种族歧视相当严重的年代，罗宾逊的境况堪忧。虽然芬奇找到了罗宾逊没有犯罪的证据，在法庭上使案情发生突转，但也不足以让人们抛开种族偏见。芬奇在法庭上奋力维护事实和法律的公正，然而却没能阻止人们根深蒂固的偏见。更糟糕的是，怀有种族偏见的白人已经把芬奇当作公敌，而罗宾逊也无法洗清罪名，更可悲的命运在等待着他。

在法庭上，芬奇拿出的证据有力地为黑人罗宾逊辩诬，使他的罪名发生突转，然而随着情节再反转，更加深了故事的悲剧意义。情节的这种突转，再突转，具有强大的震撼力。

（3）人物突转

以电影《末路狂花》为例：路易丝和她的好友塞尔玛一起去旅行。她们在阿肯色州停车留宿，晚上在酒吧消遣，酒吧里挤满了年轻顾客。喝醉酒的哈伦看中了塞尔玛，约她跳舞。塞尔玛不听路易丝劝告，与哈伦一边跳舞一边喝酒，并被哈伦带到外面的停车场。哈伦欲火中烧，对她动手动脚。在遭到拒绝后，哈伦变得狂暴起来，企图用暴力迫使塞尔玛就范。路易丝来到停车场，发现塞尔玛情况危急，取出塞尔玛带来的放在行李包里的手枪，逼着哈伦放开了塞尔玛。哈伦开始骂脏话污辱她们，盛怒之下，人物突转，路易丝开枪打死了他。

路易丝以前受过男人的欺凌，有了这层铺垫，她开枪杀人的突转就在情理之中了。瞬息之间，两个女伴的度假之旅变成一条无法回头的绝望之旅。

（4）命运突转

获得奥斯卡大奖的韩国电影《寄生虫》，将导演奉俊昊推到一个新的高度。影片朴素的人物设定，通俗的家庭故事，却因为一连串猜不透的突转，使影片充满了惊悚、悬疑、嘲讽的戏剧效果。

影片开头展示的是一个生活十分贫困的家庭，全家几乎没有固定的经济来源，全靠为比萨店做兼职工作维持生计，还随时面临着被人取代的风险。哥哥的好友出国，为哥哥带来了为一个富裕高阶家庭女儿补习的机会；依靠着妹妹精湛的伪造假冒印章的技术，哥哥成功取得了女主人的信任，开始"寄生"在这个家庭中。得知女主人的孩子喜欢美术后，哥哥想到了自己妹妹有绘画的天赋，便见缝插针式地向女主人引荐了妹妹，而妹妹依靠着网络上学来的套话也成功让女主人对她刮目相看，妹妹也成功"寄生"到了这个富人之家……之后，电影充满了讽刺和暗喻，揭示了贫富差距带来的社会问题。编剧多次运用突转技巧，让故事和人物不断奇峰突起。最重要的是多次突转，让三家人物的命运都发生了强烈的转折和变化。

二十一、点爆极致，多点极致走向完美

有一年，我应中国传媒大学的邀请参加研究生班组成的"影视剧本研发生产工作室"系列讲座。我讲的大题目是坚持创作的精品路线。具体内容是：年代剧要做到七强，即强人物、强情感、强命运、强悬念、强传奇、强情节、强节奏；当代剧要做到七性，即话题性、时尚性、成长性、趣味性、职场性、情怀性、真实性。

本章节谈极致，其实与"七强"和"七性"都有关联。

我们在创作的时候常常会在最后阶段冲不上去，就像蒸馒头，在最关键的时候差一口气，馒头就夹生了；也像足球运动员在射门的那一瞬间，没有使上劲。所以我常常说编剧到了"临门一脚"的时候，腿就发软。所以根据现实的创作状态，我提出了"七强"的概念，因为强化才能做到极致。我们的一些影视作品，尤其是网络小说，也会在极致上下功夫。但下的功夫都不在准确的点位上，缺少基本的合情合理的逻辑。如人物的心理和行动逻辑、生活逻辑、情感逻辑、命运逻辑、情节逻辑等。因此本章节基本上以奥斯卡获奖影片做范例，展开具体的阐述。

1. 强人物

《美丽心灵》——

电影《美丽心灵》是一部根据真人真事改编的电影，讲天才数学家很年轻的时候就提出了惊人的数学发现，奠定了经济学中博弈论的数学基础。而他30岁时被诊断出患有妄想型精神分裂症，不断地出现三个人物骚扰他的幻觉。

1994 年，在诺贝尔奖颁奖典礼上，他发言："我的追求带我穿过形而上物理学的幻觉。在事业上我有了最重大的突破，我也找到了一生中最重要的人。只有在这种神秘的爱情方程式中才能找到逻辑。今天我能够站在这儿，全是你的功劳，你是我成功的因素，也是唯一的因素，谢谢你！"台下他的妻子艾丽西亚热泪盈眶。散场后，他的儿子和妻子拥抱了他。他又看到了那三个人的幻影。

什么是强人物？《美丽心灵》中的约翰·纳什做出了最好的解答。他是一个精神分裂者，他战胜的对手就是自己。只有战胜自己才能强大起来，强大的自己就能战无不胜。约翰·纳什最后终于获得诺贝尔奖。在奥斯卡获奖电影中，《国王的演讲》《阿甘正传》等，都把人物战胜自己写到了极致，成为经典。

强人物要战胜环境和对手，必须让自己先强大起来，才能不断克服艰难险阻，解决意想不到的障碍和危机。

2. 强情感

《水形物语》——

电影《水形物语》讲述了一个至纯至真的爱情故事。

冷战背景，邪魅实验，美苏争霸，那个时代背景下催生出众多封闭的实验室惊悚题材。而《水形物语》则在压抑空间和秘密谍战中演化出了一个跨物种之恋的故事。哑女艾丽莎和人鱼怪物，他们竟然成为一对恋人，在人鱼即将被杀死的当口儿，这个女人决定舍命相救，让人鱼潜回海底。这和中国的许仙和白娘子一样，人蛇之恋，把爱情推到了极致。电影《人鬼情未了》，中国短篇小说集《聊斋志异》中的狐狸和书生的情感，都和《水形物语》一样，将爱情推向至纯至真，达到极致。

3. 强命运

（1）《为奴 12 年》——

改编自同名小说的电影《为奴 12 年》取材于一个真实发生的故事，故事发生在 1841 年的美国。

有一位叫所罗门的黑人小提琴家，被两个自称马戏团工作人员的人找上，他们请他出外演出两周，并许诺可以挣不少钱。他和妻子商量后，晚上去赴约，见面后他酒喝多了，醒来时手脚被铐起来。陌生人说他是一个逃跑的黑奴，他挣扎时被殴打，同时还有另外三个成年人和一个男孩儿也被关押着，后来来看男孩儿的母亲和她的女儿也被困住。他们一起被带上了船。船上就他们几个人是自由人，其他人是黑奴身份。所罗门的名字被他们改成了普莱特。在拍卖场，做母亲的和她的儿子女儿被公开拍卖。一家三口就这样分散了。

美国南方当时是奴隶制社会。普莱特被拍卖后，命运不断遭遇多变多难。12 年后他回到了自己的家，此时女儿已经结婚成家，他看到了自己的外孙，外孙的名字也叫所罗门。幸福洋溢着整个家庭。后来，所罗门一直为废除农奴制开展各项运动。

《为奴 12 年》告诉我们，人物的命运和时代背景紧密相连。很多影视剧都写大时代背景下的小人物的命运，我们要强化人物的命运，就要强化时代背景的特征。在深刻尖锐、独特异常的故事背景下，才能把人物的命运写到极致。

（2）《逃出绝命镇》——

简单说一下电影《逃出绝命镇》：克里斯是一个黑人男青年，他和白人女孩儿露丝恋爱，为了让关系更进一步，他们打算见对方父母。克里斯被露丝邀请去她父母家共度周末，一切看起来都没有什么不对的地方。当克里斯遇到露丝的父母时，发现他们对自己的态度甚是热情。在这个小镇里，克里斯逐渐感受到了周遭人的诡异之处，当线索一点点累积起来时，他才发现，这次会面的背后隐藏着相当恐怖的阴谋。等待克里斯的是一次充满黑暗和血腥的旅程。

《逃出绝命镇》给我们启发：当一个人物意外卷入一个阴谋或危险的旋涡中，每走一步都可能会踩到"地雷"，步步惊心。人物的命运像过山车一样起起伏伏才能达到极致。

和平时期的人物命运，和前面章节讲到的各种危机都有关。如健康危机、财务危机、信任危机、职场危机、情感危机、生命危机等，都可以使人物的命运达到极致。

4. 强悬念

《老无所依》——

电影《老无所依》的故事概要：猎人摩斯在里奥格兰德区附近打羚羊时偶然发现了一具中弹的尸体，尸体身上还携带大量海洛因和一大笔现金。这场奇遇让摩斯站在人生交叉口，要么他当什么也没看见回家过他的生活，要么把钱卷走远走高飞。结果，他选择了后者，也意识到生命的轨迹从此改变。摩斯成为"冷血杀手"的猎物，此时出现了一名警察想要保护摩斯和他的妻子，而一系列可怕的事情也如连锁反应般发生……

在总悬念下还有很多局部的悬念，完成了全剧的架构。例如"冷血杀手"是一个高智商杀手，他从众多的电话号码中找到摩斯妻子的行踪，形成了局部的悬念。

悬念设计总是让人意外。比如，摩斯不是"冷血杀手"杀的，而是被人邀请去喝啤酒时莫名其妙地被黑帮所杀。"冷血杀手"杀人如麻，故事中很多人都被他莫名其妙的规则杀了。"冷血杀手"找到了摩斯妻子，我们都认为摩斯妻子难逃一死。因为摩斯说过，他妻子只能死在他的手下。"冷血杀手"却非常有原则并没有杀摩斯妻子。最后的结局观众都认为警察会把"冷血杀手"绳之以法。没想到"冷血杀手"遇到三个少年，向他们要了一件上衣，还把钱付给他们，最后扬长而去。警察最终还是没有抓到"冷血杀手"。警察退休回家了，见到了他的父亲。他父亲是个一辈子没有配枪的老警察，那个警察破案不配枪的年代早就过去了。剩下的让观众自己去思考。故事结束，悬疑还一直徘徊在观众的心里。

《老无所依》除获得第 80 届奥斯卡最佳影片奖和最佳改编剧本奖外，还获得其他诸多国际电影节奖项，在说故事方面可见其高明之处。

5. 强传奇

《角斗士》——

马克西姆斯从一开场就与众不同。他作为全军的将军，为了力量与荣耀，身先士卒。胜利返回后，康茂德殿下前往战场看望父亲。马克西姆斯当着皇帝父子的面说："我的妻子和庄稼都等着我！"皇帝的女儿露茜拉是个寡妇，一直暗恋着马克西姆斯，她问他："你能像效忠罗马那样效忠我哥哥吗？"马克西姆斯极有个性地回答："我效忠罗马！"康茂德知道父亲要把皇位传给马克西姆斯，当天晚上就把父亲害死了，他对马克西姆斯恨之入骨。

注意这一点：人物的传奇常常从意外卷入一场事件的旋涡开始。

康茂德当上皇帝后，要和马克西姆斯握手，表示只有一次机会。马克西姆斯拒绝了。马克西姆斯立马被警卫捆绑。露茜拉当场打了弟弟康茂德一个耳光，要求放了马克西姆斯。马克西姆斯在回家的路上遭到了暗杀，暗杀者都被他杀了，回到家里他发现妻子和儿子都被杀害了。

一般来说，人物的传奇遭遇通常跟自己的选择相关。

在妻子和儿子的坟前，马克西姆斯悲恸欲绝，昏死过去，醒来后却发现自己被卖动物的商人关押在囚笼里。到了城里，商人将马克西姆斯转卖给收购角斗士的老板。几次角斗，马克西姆斯和他的伙伴都成为胜利者。老板带他们到罗马去，参加全国最大的角斗士竞赛。

从将军到角斗士，这就是马克西姆斯的传奇人生。人物的传奇一定会发生命运的陡转。

老板告诉马克西姆斯，罗马的竞技场有 5 万名观众，你成为胜利者就会赢得观众的心。马克西姆斯要利用罗马的竞技场完成自己的复仇。观看角斗的皇帝康茂德走进角斗场，问马克西姆斯叫什么名字，并要他摘下头盔，他摘下头盔，皇帝发现他就是活着的马克西姆斯。现场的观众发出雷鸣般的呼喊，叫喊着他的名字。

记住：敢于在逆势中和对手叫板是传奇人物的特质。

露茜拉去看望马克西姆斯，对他说有很多人反对皇帝，还说元老院的人要见他，并表示自己愿意帮助他，却被他拒绝了。皇帝知道，只有在角斗场上杀死马克西姆斯，才不会失去民心，于是安排了一场决斗。皇帝挑选了全国最强的角斗士，并派出老虎助战。最后还是马克西姆斯赢了，他杀了老虎，却没有杀死对手，让观众看到了他的仁慈，他又一次获得了民众的欢呼。此时，马克西姆斯的老部下见到了他，安排他逃跑。露茜拉也参与了让他逃跑的计划，并让他和元老院的代表见了面。马克西姆斯说："我会去找我的部队，我把部队带回来交给你们元老院，我自己会离开的。罗马的命运就交给你们了！"

马克西姆斯的命运出现转机，但情节皆合乎逻辑。传奇人物的传奇不能走胡编乱造的路线，否则这个传奇就不值得我们去表现。

露茜拉告诉马克西姆斯，元老院的人都被抓了，很快军队就会来抓他。马克西姆斯的老板和其他角斗士为了掩护他逃跑，纷纷遭到杀害；他从地下室跑了出去，发现接应他的马还在，而他的战友已经被杀害了。埋伏的士兵包围了马克西姆斯，他逃跑的计划失败了。

这一段戏主要是表现露茜拉对他的爱，还有老板和其他角斗士对他的情感，他们就算牺牲自己也要让他逃跑。

传奇人物要让观众喜欢他，应该在故事中表现人们对他的爱戴和拥护。

皇帝觉得自己要亲自在角斗场上战胜马克西姆斯才能得民心成为真正的胜利者。他在和马克西姆斯角斗前，已经用刀刺伤了马克西姆斯。两人在角斗时，皇帝的刀被打飞了，他呼喊着让人给他递刀，马克西姆斯却把自己手上的刀丢下了。没想到皇帝从袖口里抽出一把刀来，向马克西姆斯刺去。马克西姆斯赤手空拳掐死了皇帝，自己也倒在地上。露茜拉和观众都冲进场内。马克西姆斯回想起自己的家乡、妻子和儿子，最后闭上了眼睛。露茜拉向全国宣布了指挥令。悲伤的观众把马克西姆斯高高抬起。皇帝的尸体没有人管。马克西姆斯面对阴谋和不对等的较量，最后用自己的生命完成了复仇，保护了罗马。

人物的传奇是自己创造的。我们的作家和编剧一定要记住这一点。传奇人物的传奇不是我们可以自以为是地创造的。编剧要跟着人物走，一定要循着他的性格和行为书写他的命运，完成其传奇的人生。

6. 强情节

《指环王 3：王者归来》——

电影《指环王 3：王者归来》，故事讲甘道夫和阿拉贡在罗翰国军队与精灵兵的帮助下，取得圣盔谷的胜利，皮平和梅利也赶来与阿拉贡他们会合。遭受重创的索伦并没有善罢甘休，准备打一场真正的决战把人类彻底消灭，实现他统治世界的野心。甘道夫知道形势已经到了最后关头，他带着皮平前往刚铎首都米那斯提力斯，联络人类各路军马，在此决战。另外一边，弗罗多在山姆的陪伴下，继续赶往厄运山的火焰口，完成他们把魔戒投进毁灭之洞的使命。但是，和他们同路的咕噜看似忠心耿耿，其实已经暗生祸心，他要夺回魔戒，在摆脱山姆后，咕噜故意把弗罗多带进了一个死亡黑洞。还在罗翰国逗留的阿拉贡收到了甘道夫的信号，立刻带上国王塞奥顿和伊奥温，率领罗翰国的军队赶往刚铎首都米那斯提力斯。半路上，阿拉贡遇到了他的岳父精灵王艾尔隆，后者把当年砍断魔王索伦手臂的纳西尔圣剑交付给阿拉贡，只有依靠这把神剑才可打败索伦，并且统一整个中土世界。

阿拉贡拿着纳西尔圣剑前往死亡之谷，唤醒那里被死神禁锢的死亡战士们，使他们成为新的人类战士，此时，他的几位好友精灵莱戈拉斯和矮人金利也赶了上来，带着浩浩荡荡的大军来到米那斯提力斯与甘道夫他们会集在一起。魔王索伦的黑暗军团终于杀到了米那斯提力斯，在白城前面广袤的佩兰诺平原上，一场决战终于开始了：汹涌的魔兵、巨型的象兵，刀与枪对垒、魔法与神杖相抗、震天的呐喊。惨烈壮观的决战之后，人类大军终于又一次打败了黑暗军团。但是，最后的胜利还没有来到，唯有把魔戒毁掉才能完成人类的最后使命。弗罗多在忠心的山姆的帮助下来到厄运山，在他要把魔戒投入火焰的紧急时刻，最可怕的事情发生了……

通过《指环王3：王者归来》的案例，我们可以看出点爆强情节，至少要做到下面四个方面：

A. 只有在强大的冲突事件产生激化的情势下，才会产生强情节。这一点是至关重要的，所以我们必须牢牢记住：戏剧事件需要不断激化矛盾才能产生强情节。

B. 情节形成一个情节链后，情节链是环环相扣的，好的故事不可删掉任何一个场面和人物。

C. 情节链形成的密度，是衡量强情节的一个"标配"。反之就是注水剧。

D. 强情节需要不断引进新的戏剧事件，作为情节推动的助燃剂，才能使情节发展保持强劲的动力。

7. 强节奏

（1）《法国贩毒网》——

电影《法国贩毒网》故事梗概如下：在风光旖旎的马赛潜伏着一个贩毒集团——"法国贩毒网"。贩毒集团头子夏尔涅，获悉电视明星德布罗将赴纽约联系拍片事宜，便想利用他的合法身份进行一大宗海洛因走私。警界人缘极差的市警察局缉毒科的探员吉米和帕蒂，在一次酒吧寻乐时偶然获得了线索。他们通过努力摸清了整个脉络，并申请了窃听电话，得知贩毒老手萨尔将同夏尔涅会晤，他们马上进行跟踪，但被老奸巨猾的毒贩子甩掉了。罪犯们将吉米视为心腹大患，欲除之而后快。最后帕蒂在德布罗的汽车弯轴盖板中发现了 120 磅毒品，警方欲擒故纵，直捣贩毒基地伍德岛。当毒贩们一手交钱一手交货时，警车追来。毒贩们纷纷逃进楼房，紧接着是一场激烈的枪战，双方都有伤亡……

《法国贩毒网》是一部情节剧。情节剧呈现的外部节奏，我们是可以感受到的。就像我们看一场足球赛，你来我往的争夺鲜明地呈现在我们面前，越是激烈的争夺，节奏感就越强。

多看看电影《速度与激情》，就会知道强节奏作品的外部表现。

我们要求的强节奏，不是说要我们一口气爬上 15 层楼。强节奏的情节中，也要有喘口气的地方，有舒缓的时刻。贩毒老手萨尔将同夏尔涅会晤，看起来岁月静好，美酒鲜花，节奏有起伏，这种舒缓的时刻就是"伏"，是铺垫也是比较，是为了更好地推动下一波的强节奏。

外部的强节奏好理解，也好接受。一般来说，搞过音乐和体育的人，节奏感都会比较好，这有助于把握自己内心的节奏。通过内心的节奏，才能更好地呈现外部的节奏。

（2）《沉默的羔羊》——

以电影《沉默的羔羊》为例，片中史达琳的内心节奏正是强节奏最为重要的把握方式。我们的作家和编剧，只有在把握好自己内心节奏的前提下，才能更好地呈现剧中人物内心存在的心理节奏，从内到外，完成强节奏的任务。

关于从"七强"走向极致的表述，再说几点作为结束。

其一，所谓强，就是强化，从方法论的角度来说，就是"雪上加霜""火上浇油"，或者是"屋漏偏逢连夜雨"。

其二，极致不是一味追求张扬，最高层面的极致有一种内敛的控制。

其三，章节标题说的"多点极致"，我的意思是在一部完整的剧里，我们尽可能做到多强，如强人物、强悬念、强情感等，多多益善。这是我们的目标，也是我们的理想。但世界上绝对没有十全十美的人和事，追求完美也是相对完美。

二十二、反转，不仅仅是意外

说一下突转和反转的概念差异，这是一对具有独特意义的编剧技巧。而反转和突转的不同之处是：突转之前肯定有发现，反转没有发现作为前提。发现和突转有因果关系。反转，也有人称为翻转，和意外有因果关系。在故事中会有很多意外，并不一定会产生反转。但反转一定会产生意外的效果。

传统的写作中有一句话："情理之中，意料之外。"因此，我们给反转的定义是：毫无征兆的突如其来的反转，给我们带来意外。

下面讲一下反转的形态和作用：

观众不知道会发生反转，剧中人物也不知道会发生反转，即使有少数人知道，也不会告诉观众，就像相声抖包袱一样，抖包袱之前一定要包得密不透风。反转也是如此，绝对不能露出一点点蛛丝马迹让观众猜想到即将产生的反转。

反转在故事中的作用：可以让人物的命运、人物的情感、情节的铺排跌宕起伏，曲折有致，同时也设置了强烈的悬念。

1. 人物反转

在电视剧《地道英雄》中，一个不起眼的乡村女教师，最后突然出现在日军的指挥所，人物突然反转，她是日本特高课体系的，她的军衔高于现场的指挥官，这个反转出乎剧中日本指挥官和我方所有人的意料，观众也非常意外。但这个反转做得合情合理，因为前面做过一些铺垫，我方人员曾怀疑过其他人，谁都没有想到竟然是乡村女教师，而且是一位被孩子和家长爱戴的好教师。正面形象反转之后，其实她是一个心狠手辣的战争狂人。由正面人物反转为反面人物，这个反转的人物反差就很大，会给观众留下深刻的印象。

我策划制作的谍战剧《暗战在拂晓之前》（原名《生死迷情》），讲述了解放战争时期，国民党政府为了挽救大溃败的局势，开始进行所谓反走私反腐败的"犁庭扫穴"行动。参与行动的私缉侦遣队队长唐景云的妻子袁淑英完成了三个反转：第一个，袁淑英是一个音乐教师，反转为走私组织重要成员；第二个，唐景云被陷害为走私成员，这个反转，让观众和唐景云非常意外；第三个，袁淑英是共产党地下组织潜伏人员，最后引导唐景云走上革命道路。

2. 情势反转

如电影《角斗士》中，最后的戏剧情势是角斗士的逃跑计划惨遭失败，元老院的人被抓捕，他的伙伴们都被杀害，他从地道里逃出后，发现来接应他的军官已经被吊杀，四周的军士把他紧紧包围；第二天，皇帝在角斗场和他角斗，角斗前暗中在他背上插了一刀，他负了伤，还坚持和皇帝殊死搏斗。这是从失败反转成功的案例。

3. 其他各种反转

还是以几部影片为例，看看其他类型的反转。

（1）《看不见的客人》——

电影《看不见的客人》的故事梗概：艾德里安是一名事业蒸蒸日上的企业家，长期以来，他和一位名叫劳拉的女摄影师保持着肉体关系。某日幽会过后，两人驱车离开别墅，却在路上发生了车祸，为了掩盖真相，两人决定将在车祸中死去的青年丹尼尔连同他的车一起沉入湖底。之后，劳拉遇见了一位善良的老人，老人将劳拉坏掉的车拉回家中修理，然而令劳拉没有想到的是，这位老人竟然就是丹尼尔的父亲。

这个故事里一共藏有 5 个故事。古德曼辩护律师和艾德里安编排了每个故事，每个故事都有不同的反转。第五个故事，辩护律师几乎已经复原了案件的真相，并且让男主乖乖承认了自己的罪行，但故事的结尾却是一个大反转：那位古德曼辩护律师其实是假冒的，她撕下了面具，原来她是受害人丹尼尔的母亲。自然，她去找男主艾德里安的目的也不是帮他申诉，而是把他的谈话内容全部录下来，作为呈堂供词。让他认罪，绳之以法。

（2）《活埋》——

电影《活埋》的故事梗概：美国卡车司机保罗·康罗伊在伊拉克遭遇袭击，醒来后发现自己被埋在棺材里，他不知道自己为什么会在这里，也不知道是谁安排的这一切。他这才意识到死亡原来离自己如此之近。与保罗一起被埋起来的有手机、打火机、手电筒、荧光棒、小刀、酒壶和笔。保罗慢慢地将所知的线索拼凑到一起，至少能够帮助他在这样一个狭小到令人发狂的空间里获悉自己所在的位置。他用手机报警，联络自己的老板、妻子，手机只有一点点微弱的信号，而且电量就要用光了。很快，稀薄的氧气成了保罗不得不面对的最可怕的敌人，逼迫着他在这样一个紧闭的空间里与时间赛跑，在被活埋继而被憋死之前，保罗要想方设法逃生。全剧最后的大反转：营救队的人告诉他，已经抓获了绑架他的人，让他再坚持 3 分钟这一切就会结束。这时溢进棺材的沙子很快就要埋没保罗，外面营救队的人虽然告诉他已经看到棺材了。就在保罗感到获救有望时，却听见外面的人说对不起，因为他们找到的是不知死去多少年的马克·怀特，保罗听后顿觉最后的希望破灭了，他明白了外面的人所谓营救只是一场戏弄而已……

保罗从被绑架到影片结尾，希望一次次破灭，不知经历了多少次反转，接连不断的悬念吊足了观众的胃口。

（3）《消失的爱人》——

有评论者说，电影《消失的爱人》有 40 多个反转。前文已经阐述了反转的特征，读者可以看看你能找到多少个反转，这也是一件有趣的事。

（4）《海市蜃楼》——

电影《海市蜃楼》是一个穿越时空的故事。现在的年轻人喜欢穿越剧，我们的作家和编剧可以去网上看看，找找故事中的反转，提升对反转的认知和运用能力。

现在回到反转的话题上。关于反转，一种情况是先做好铺垫。如电影《消失的爱人》为了让后面出现几个大反转，前面做了很多铺垫。很多优秀的故事为了做好反转，前面的铺垫都是悄无声息的，让观众在不知不觉中接受了铺垫，出现反转才不会显得突兀，一切都在情理之中。

另一种情况是没有做铺垫，反转之后再做补叙说明，让反转有理有据，在逻辑层面可以说得通。如《暗战在拂晓之前》中，最重要的证据是三爷临死前说的"玄武"的背后有黑蛇刺青的图案。结果，在唐景云背后发现有黑蛇刺青的图案，唐景云都不相信自己有黑蛇刺青，可观众和剧中人物都看到了。这个反转，是后面补叙的。那天，三爷的定时炸弹爆炸了，唐景云受了伤，他在住院治疗时被打了麻药，昏睡的时候，有人在他背后刺上了刺青。这样的补叙，对反转的奇峰突起进行说明和解释，一切都合情合理。如果后面没有补叙，这个反转就是胡编乱造。很多网络小说出现的反转，就是缺少铺垫和补叙，人物的心理逻辑、情感逻辑和情节逻辑让人难以信服。

二十三、布一盘棋局，开始博弈

1. 我们的对手是观众

我们的作家和编剧写作品也是在布一盘棋局。我们的对手就是读者和观众。所谓"下棋看三步"，就是提前知道对方会有哪三步棋子出手。现在的观众，尤其是年轻人都非常聪明，喜欢"烧脑"，如果我们刚出手第一枚棋子，他们已经看到我们将要落手的第三枚棋子，那就无趣了，他们马上就会转换频道看其他的影视剧了。

我们还是以作品为例，来谈棋局问题。

《顶尖高手》——

希区柯克的拿手好戏就是故布疑云，如电影《顶尖高手》。

主人公贾克尔是职业保镖，他的职业让他和黑社会中的一些重要人物有联系，他也知道黑社会和一些职业杀手有关联。这和足球运动一样，球员有攻击和防守之分。他是属于防守的。有一天，格拉瓦诺来找他，高薪聘请他做一个月贴身保镖。因为这个月，格拉瓦诺和黑社会有一场诉讼，黑社会肯定会雇一个叫"爱斯基摩人"的顶尖高手。于是，格拉瓦诺搬到郊区的一栋非常隐秘的别墅，里里外外做了很多防护。格拉瓦诺的助理每天去邮局取邮件。3个星期过去了，安然无事。有一天，格拉瓦诺的助理接到电话，邮递员把一个包裹送过来了。贾克尔大疑，亲自到门口收了这个包裹。他在路边仔细检查了这个包裹，发现包裹里是一瓶酒，他怀疑瓶塞可能是炸弹，酒可能是毒酒。他对酒做了彻底的检查，确保没有问题才带回别墅。这酒是从达拉斯寄来的，所以他见到格拉瓦诺就问他："达拉斯有没有你的朋友？"格拉瓦诺说没有达拉斯的朋友。贾克尔让他不要喝这瓶酒。突然，电话铃响了。贾克尔去接电话，对方告诉他，格拉瓦诺已经死了。他赶快回到房间，看见格拉瓦诺好好地活着。一会儿，电话铃又响了。贾克尔去接电话，贾克尔听出是"爱斯基摩人"的声音。对方说："现在是11：59，我有一些重要的事情要告诉你，你有纸和笔吗？"贾克尔回答："有，请说吧！"他从书桌上拿过一个信封，伸手掏出他自己的金笔，他还没有打开笔帽，就觉得不对劲儿。这不是他的笔！当他丢下话筒时，听到尖厉的笑声，他顺手把金笔向窗外丢去。但是，厚厚的防弹玻璃又把笔反弹回来，落在房间中间，随后，别墅被炸毁了……

这个故事给我们的启示是：我们的观众是高手，我们在和观众进行博弈。当观众猜出主人公要去 A 房间，我们的主人公就要去 B 房间或者是 C 房间。在这个博弈的过程中，我们必须以"逆向思维"的方法架构我们的故事。我经常和编剧说：人物和故事写得"顺撇"了，就是说你的人物和故事写得像山坡上的水往下流，哗哗哗地响，很顺溜，后面的人物行动和故事发展都让观众猜到了。这是很多小说和剧本都会出现的问题。

前面章节我们说到过电影《老无所依》，其最后的结果也不是观众所想象的结果，完全出乎观众的意料，令人唏嘘不已。所以我说我们的作品就是一场棋局，编剧是在和观众进行一场观赏的博弈，自始至终是一场心理战。"兵者，诡道也。"

2. 逆向思维才可以取胜

我们要和观众拼智慧，必须在"逆向思维"中下好每一步棋。

《这个杀手不太冷》——

电影《这个杀手不太冷》整个故事的架构就是逆向思维的产物。警察不是好警察，可以说是恶警，而杀人如麻的职业杀手却有一颗温暖的心，不杀妇女和儿童。一个女孩儿爱上了杀手，说这是她的初恋，不离不弃地爱着杀手。女孩儿为了给弟弟复仇，独自来到了警察局。结果被警察局的恶警缉毒队队长发现了，把她关在办公室里。杀手去了警察局，杀了办公室里的两个警察，救出了女孩儿；接着他又杀了进行毒品交易的警察。最后，缉毒队队长带着警察包围了杀手和女孩儿所在的大楼，开始围剿。杀手安排女孩儿逃出，自己和警察进行枪战，后来，他与被击毙的警察换了服装，戴上了防毒面具，就要离开这座大楼时，缉毒队队长出现在他面前，把他击毙。杀手临死前伸出手，把一个铁圈交给了恶警，然后他拉开了自己的衣服，他的身上绑的全是炸弹。杀手和第一反派缉毒队队长同归于尽。女孩儿找到了杀手的朋友，杀手所挣的钱都在他朋友手上。事先杀手交代过放在他那儿的钱都交给女孩儿。到此故事结束。

这部影片除了故事的架构是"逆向思维"的产物外，其中每一个事件的情节链如何发展都让观众猜想不到。比如，杀手去找朋友要钱，这钱是杀手存放在他那里的，可这朋友好像这钱是他的，每次给钱都显得很小气；最后女孩儿死里逃生，这朋友也知道杀手已经死掉了，观众会认为这个看上去也不像什么好人的朋友面对一个小女孩儿，一定想赖账，不会把杀手遗留的巨款交给女孩儿。这是观众根据前面所给的信息对情节发展进行的猜测，但结果并不是观众想象的那样。结果是杀手的朋友把巨额遗产全部给了女孩儿。这就是我们先迷惑观众走进了 A 房间，而结果却在 B 房间。如此一来，我们又一次战胜了观众。

通过以上的电影案例解析，我们应该可以掌握和观众博弈的基本方法。我们先给观众一个 A 的方向，让观众认为人物和故事会指向 A 结果。接着进行"逆向思维"，给观众的却是 B 和 C 的结果。从全剧来说，"逆向思维"带来的是在类型剧基础上进行的反叛。从具体的人物和戏剧事件来说，比较多的会运用发现与突转、反转和意外等编剧技巧，我也在解析中把反转的"补叙"做了进一步的表述。就桥段而言，下面的章节会具体阐述。

二十四、经典情节与桥段的嬗变

美国罗纳德·B.托比亚斯的《经典情节20种》一书，经翻译已在我国出版。阅读后，我感觉他说得比较宽泛空洞，也有不精准之处。例如，经典情节7：推理故事，经典情节14：爱情故事，都可归纳为类型剧的范围。再如，经典情节15：不伦之恋，在中国当代故事语境中，尚不可用；经典情节8：对手戏，对手戏是故事必备的矛盾冲突的形式，并不是经典情节的概念。又如，经典情节19和20：盛衰沉浮，这和我一直倡导的"恩爱情仇，悲欢离合"相同，把它当作故事必备的要素来谈，更利于学习理解编剧技巧，列为经典情节就有一点牵强。又如，经典情节6：复仇，这和我说的孤独、救赎等概念一样，都可作为故事创作的母题。现在把复仇作为经典情节，也只能说是在两可之间吧。总的来说，这本书还是可以看一看的，开卷有益，或许给我们的创作带来新的启发。

我在上海戏剧学院读书的时候，曾经在图书馆摘录了剧情的36种模式。18世纪意大利戏剧家卡洛·柯齐探讨古希腊的作品，写成36局。20世纪初，法国戏剧家乔治·普罗蒂引证了1200种古今名著剧本，证明所有的剧情都离不开36种模式，也就是说，这36种经典情节，可以包括所有故事的经典情节。当然，如今社会的变化，人事的复杂，各种类型故事的不断诞生，会产生新的经典情节。我现在把这36个经典情节做一简单介绍，举例部分我重新做了调整，主要是为了我们在写作时可以点爆故事。

1. 36 种经典情节

（1）请愿

情节：在一种危机之中，请求有力的帮助或宽恕。

人物：请愿之人、迫害者、最高权力者。

举例：《这个杀手不太冷》女孩儿全家惨遭枪杀，她站在隔壁的杀手家门口，请求杀手开门，否则她也会惨遭枪杀。

（2）救济

情节：一种救助困难、贫穷或报恩的过程。

人物：请愿之人、迫害者、最高权力者。

举例：莎士比亚的《威尼斯商人》，日本电影《七武士》。

（3）复仇

情节：追寻敌人的亲人、恩人或自己复仇，或成为追捕对方的专业复仇者。

人物：复仇者、被追寻者——仇人或敌人。

举例：电影《仇虎》，日本电视剧《半泽直树》。

（4）骨肉间复仇

情节：父母、兄弟、姐妹、夫妻，因骨肉亲属之间的死亡，而产生骨肉与骨肉之间的报仇。

人物：复仇者、敌人。

举例：莎士比亚的《哈姆雷特》（电影《王子复仇记》）。

（5）逃亡

情节：因犯罪逃亡，有不得已的苦衷而逃亡，因过失而逃亡，因权力之争而逃亡，因心理上的躲避而逃亡，为争取自由而逃亡，一切因某种理由而造成逃亡情态的故事。

人物：逃亡者、追捕者。

举例：电影《追捕》《末路狂花》。

（6）灾难

情节：由于命运的转变，或境遇的转变，其中人物遭遇地位骤降，或是所处的境地突然有灾变，因而造成灾难。这种情节主要是描写受灾难者与灾祸搏斗的经过。灾难有的是天灾，有的是人祸。

人物：受灾难者、胜利者。

举例：莎士比亚《李尔王》，电影《火烧摩天楼》《暴风雪》，中国电影《唐山大地震》。

（7）残酷

情节：人类生活中的残酷遭遇，或失去唯一的希望而感到境遇的残酷。

人物：遭遇残酷的不幸者、施于残酷的人。

举例：戏曲《孔雀东南飞》、电影《寄生虫》。

（8）反抗

情节：暴虐的主宰者，横暴狂虐，因而激起反抗，造成革命或战斗。

人物：反抗者或革命者。

举例：电视剧《枪侠》《我的兄弟叫顺溜》。

（9）壮举

情节：为国家、为个人事业、为恋爱等理由做大的冒险，有远大目标的远征或准备一场大的战斗。

人物：做出壮举的勇敢的人、敌人。

举例：电视剧《中国远征军》，电影《英雄儿女》。

（10）诱惑

情节：用诱骗的方法，拐卖妇女、儿童，或用诱惑劫夺他人心爱之物。

人物：被诱拐者、诱惑者、保护者。

举例：电影《亲爱的》。

（11）谜

情节：这种情节的范围很广，凡是以悬疑或令人不解的剧情开始，到最后才解释明白，使观众一直在猜疑的情形之中，犹如猜谜，最后豁然开朗，云开雾散，真相大白，这一类都属于谜的剧情，如悬疑侦探剧，大多是如此安排。

人物：造成谜题者、解开谜底者。

举例：电影《迷魂记》《谜中谜》。

（12）取求

情节：用计谋、花言巧语、诈骗，或者用武力，不择手段地达到自己的目的。

人物：取求者、拒绝者。

举例：戏曲《拾玉镯》刘媒婆向孙玉娇索要一只绣花鞋的情节；日本东野圭吾的小说《祈祷落幕时》。

（13）骨肉间的憎恨

情节：父子兄弟，亲骨肉之间，由于一方的憎恨，或者双方彼此的憎恨造成的悲剧。

人物：憎恨者、被憎恨者。

举例：莎士比亚《李尔王》，电视剧《人间正道是沧桑》。

（14）骨肉间争爱

情节：亲骨肉间为争夺爱的对象造成冲突，因而造成弑杀。

人物：争夺者、被争夺者、争夺中的失败者。

举例：电影《太阳浴血记》。

（15）奸杀

情节：因奸情而杀害亲人。

人物：奸情者、被害者。

举例：电影《潘金莲》。

（16）精神错乱

情节：因精神错乱而造成狂乱，由此发生伤害自己或伤害他人的行动。

人物：发狂者、被伤害者。

举例：莎士比亚《奥赛罗》。

（17）鲁莽

情节：人物行为鲁莽造成不幸的后果。

人物：鲁莽的人、被害者。

举例：戏曲《捉放曹》，易卜生话剧《野鸭》。

（18）无意中爱欲的罪过

情节：血亲之间彼此不明而发生恋爱，如亲兄妹绝对不可以恋爱，更不可以成为夫妻。这种错误的恋爱，虽然是在无意中发生的，但是已经造成爱欲的罪恶，引起悲剧。

人物：爱欲者、被爱者、发现者。

举例：电影《雷雨》（根据话剧《雷雨》改编），易卜生话剧《群鬼》。

（19）无意中的骨肉相残

情节：在无意中或不知情的情况下，伤害了自己的亲人。

人物：伤害者、被伤害者。

举例：电视剧《绝代双骄》。

（20）为理想而自我牺牲

情节：为了信仰而牺牲生命和幸福，为事业前途而牺牲爱情，为崇高的爱而牺牲一切。

人物：牺牲者、造成牺牲因素者、理想者。

举例：莎士比亚《罗密欧与朱丽叶》，电视剧《抗美援朝》。

（21）为亲人自我牺牲

情节：为了维护亲人而牺牲生命、幸福或爱情。

人物：牺牲者、亲人、造成问题的人。

举例：电视剧《赵氏孤儿》。

（22）因情欲冲动而不顾一切

情节：因为情欲冲动，不顾信仰，不顾名誉，忘却责任和良心，一切后果在所不惜。

人物：牺牲者、爱欲的对象。

举例：电影《埃及艳后》。

（23）牺牲所爱的人

情节：为正义、为国家、为公益、为信仰，牺牲了所爱的人。

人物：主人公、被牺牲的人。

举例：电视剧《地道英雄》，"小寡妇"的丈夫回来了，不料丈夫是汉奸，最后丈夫被枪决。

（24）争斗

情节：两个男人之间的一切争斗，两个女人之间的一切争斗，多角的恋爱之争，以及更复杂的爱的争端。

人物：优胜者、劣败者、对象。

举例：电视剧《甄嬛传》《延禧攻略》。

（25）通奸

情节：因通奸淫乱行为而欺骗亲人或情人。

人物：通奸淫行者、被欺骗者。

举例：莎士比亚《亨利八世》；电影《海市蜃楼》，两个故事中，丈夫都瞒着妻子出轨。

（26）发现所爱的人做了不名誉的事

情节：发现所敬爱的人竟为可耻之人，做了不名誉的事。

人物：发现者、不名誉者。

举例：电影《魂断蓝桥》；电视剧《枪侠》，唐余锦发现他所敬爱的叔叔刘兆霖竟然是汉奸，还是 16 年前枪杀他父亲的凶手。

（27）爱欲的罪恶

情节：亲人之间违反伦理的爱欲、同性恋等不伦之恋。

人物：爱欲者、被爱者。

举例：电影《象人》《断背山》。

（28）爱的障碍

情节：仇恨的障碍，家人的反对，身份的悬殊，性情的不和，竞争者的破坏，等等，造成男女之间爱情的障碍，导致爱情困难重重。

人物：男女爱人、障碍者。

举例：电视剧《青春向前冲》，汇集了家人的反对、竞争者的破坏，还有男主失忆等各种障碍。

（29）野心

情节：野心的冲动与被阻止。野心造成无穷的欲望，造成叛逆行为而遭到阻止。

人物：野心者、反对者、野心者欲望的对象。

举例：莎士比亚《恺撒大帝》。

（30）恋爱的仇敌

情节：发现了对方是仇敌，但已陷入爱恋之中，因而造成不可解的矛盾。

人物：爱恋者、被爱者、憎恨者。

举例：苏联电影《第四十一》，孤岛上，女红军战士和白军军官恋爱，后来白军军官看到白军的船经过孤岛，他兴奋地冲向海滩，女红军战士举枪射击，他成为死在她枪下的第四十一个白军。

（31）人与神之争

情节：这一类就是人与天争的情节，和人造成冲突的不是人物而是命运，只好归之于看不见的神的力量。

人物：与命运挣扎之人。

举例：电影《汪洋中的一条船》《十诫》。

（32）错误的妒忌

情节：因疑心而起的妒忌，因凑巧而起的妒忌，因听信谣言而起的妒忌，因误会而起的妒忌。

人物：妒忌者，被妒忌者，误认为的共谋者。

举例：戏曲《红楼二尤》。

（33）错误的判断

情节：因误会而产生问题，因怀疑而产生错误的估计；犯罪的人故布疑阵，嫁祸于他人。

人物：错误者、在错误中的牺牲者、真正犯罪的人。

举例：莎士比亚的《亨利五世》，电视剧《杨乃武与小白菜》。

（34）悔恨

情节：因故意而造成的过失而悔恨，因无意而造成的过失而悔恨。

人物：悔恨者，受害者，讯问者。

举例：电视剧《暗战在拂晓之前》，袁淑英无奈中参与陷害丈夫唐景云，她心里怀着悔恨，孤身去江城。

（35）骨肉重逢

情节：骨肉血亲，因流离分散，经过千辛万苦，终于重逢。

人物：寻找骨肉的人、被寻觅之人、媒介者。

举例：莎士比亚喜剧《冬天的故事》，电影《小花》。

（36）失去所爱的人

情节：得不到所爱的人，所爱的人死亡。

人物：失去所爱的人的人、所爱的人。

举例：电影《这个杀手不太冷》，女孩儿爱上的杀手，最后为了保护女孩儿而死，女孩儿失去了他所爱的人。

乔治·普罗蒂归纳的这36种戏剧模式，我们今天看来，有四个问题。

其一，我们对这36种经典情节，一方面可做了解，另一方面要做分析。

所谓分析，就是通过分析这 36 种经典情节，找出故事冲突的因素，找出造成故事跌宕起伏的发动器，找出故事中人物的作用，找出故事中情节的发展形态，找出故事的高潮点，找出故事解决的方案和结束的方法。在这些分析的过程中我们才能点爆我们的故事。

其二，这 36 种经典情节，每一种都可以举一反三，把它作为一个情节点，延伸拓展出更多的情节。举例来说，如"（16）精神错乱"，当代的创作并不停留在神经错乱的这一个点上，如失忆、阿尔茨海默病、心理障碍、双重或多重人格等都在精神障碍的范畴中。

其三，如果说这 36 种经典情节是国外的，中国的传统文化中也有很多国外没有的经典情节。如明朝汤显祖的《南柯记》就是以一个梦为全剧情节完成的故事，他的《牡丹亭》，也是以梦作为重要的经典情节。中国传统的传奇故事，千奇百怪，许多不在 36 种经典情节之列。

其四，从 20 世纪初，法国戏剧家乔治·普罗蒂引证 36 种经典情节之后，迄今为止，在作家和编剧们的创作实践中，我们又可以发现更多的经典情节。如中国的 36 计，如展开来，都可以成为经典情节模式。电影《美人计》就是 36 计里的美人计模式。而作为某个情节点，案例就更多了，如电影《英雄虎胆》中，女演员王晓棠就搞了一场失败的美人计。因此，所谓经典情节可大可小，"大"可以是一种架构全剧的模式，"小"可以是一个情节点。这就延伸出理论上的"情节点"概念，也就是我们经常说的"桥段"或"梗"。

2. 桥段的嬗变

下面就经典情节和情节点，即桥段做一些具体的案例分析。

（1）李代桃僵

这是代人受过，互相顶替的意思。故事中的人物出于各种各样的原因

代人受过，解人为难而作顶替或替身。中国传统戏曲《姐妹易嫁》的故事
中，原定姐姐应该嫁给放牛娃出身的毛纪，但姐姐看不上毛纪。后来毛纪
发奋读书，上京赶考，考中状元回来假装没有考上，于是父亲和姐妹商议，
姐姐坚决不肯嫁给他，最后妹妹没有办法，只好顶替。毛纪其实偷听到他
们的对话，反而更喜欢深明大义的妹妹，于是令手下人取出凤冠霞帔，给
妹妹穿戴举行婚礼。姐姐悔之晚矣。此剧是将"李代桃僵"作为全剧架构
来运用的。小说《林海雪原》中杨子荣也是李代桃僵，他冒名打入威虎山，
只是小说中的一个桥段；而电影《智取威虎山》则是将"李代桃僵"作为
戏剧架构运用的。谍战剧《薄冰》中，男主曾经在日本留学，他通过整容，
顶替一个死去的日本人，然后进入日本的特高课卧底，这也是全剧的一个
桥段。谍战剧经常用这样的桥段。

（2）弄假成真

莎士比亚的《无事生非》是弄假成真的经典。故事中有一对自恃才情
的青年，男的叫培尼狄克，女的叫贝特丽丝。他们两个生性傲慢，目空一
切。男的对哪个女人都不爱慕，宁愿一世做个光棍儿。女的对任何男人都
不钟情，决意终身不嫁。两个人都有一张尖酸刻薄的嘴，唇枪舌剑，彼此
讥笑。这一对冤家，彼此求爱是绝不可能的。可是，人们偏要让他们配成
一对。在亲王的参与下，一伙人故意在培尼狄克能够听到的场所，若无其
事地大说贝特丽丝如何爱上了培尼狄克。另一伙人用同样的方法，让贝特
丽丝听到培尼狄克如何爱她。还说他俩表面看起来是冤家对头，实际上，
彼此爱得发狂，还发誓说不让对方知道。亲王一伙人边说边故作惊讶，表
示不能相信世上有这样奇怪的事情。其实大家说的都是假话，目的是让
他们爱上对方和正视自己傲慢的弱点。后来，培尼狄克终于抛弃男人的狂
妄，贝特丽丝也去掉了少女的骄傲，弄假成真，彼此相爱。果戈理的名剧
《钦差大臣》，也讲了一个年轻人弄假成真、成为钦差大臣的故事。这些
都是善用"弄假成真"架构的经典戏剧。

电视剧《青春向前冲》，男主只要脑袋受到创伤，就会失忆。这是剧中人物和观众都已经知道的。他为了找到证据证明自己的清白，假装失忆。所有的人物都被他蒙骗了。后来他真的失忆了，很多人又怀疑他是假装的。这是由弄假的桥段加成真的桥段完成的一个单元的故事。

（3）借刀杀人

借刀杀人，指在政治、军事等方面的斗争中，为保存扩大自己的力量，巩固自己的地位，利用各种矛盾，巧妙地借助别的力量去打击自己的对手。历史上有很多这样的故事。三国纷争中，王允借吕布杀了董卓。电视剧《武则天》的故事中，萧淑妃被王皇后所杀，用的就是借刀杀人计：在王皇后的怂恿下，高宗李治招幸武媚娘，把这个先皇遗人从感业寺中接回后宫，因其才貌出众，很快便获得高宗李治的专宠，从此夺去萧淑妃之爱，高宗把萧淑妃贬入冷宫。王皇后借刀杀人的目的就达到了。话剧《陈毅出山》中的国民党特派员冯子焕所用的是三重借刀杀人记，让陈毅三次身陷绝境，最后被陈毅一一破解，在此剧中"借刀杀人"成了全剧的戏剧架构。

电视剧《枪侠》也运用了"借刀杀人"：16年前，刘兆霖是枪王唐存伯的结拜兄弟，枪王黑枭是日本人的心头大患，于是，借刘兆霖之手暗杀了唐存伯。但这里的"借刀杀人"只是一个桥段。

限于篇幅我就不举太多的例子了。但有一点必须说清楚：经典情节缩小之后可以成为桥段。而通常用的桥段不可能成为经典情节。因为经典情节可以完成一个独立的故事，而桥段永远是故事中的一个单元——过桥的段落。

我举一个经典的桥段来说。小仲马的小说《茶花女》中，阿尔芒的父亲私下找到茶花女，为了阿尔芒的前程，恳求茶花女放弃爱情。面对为了儿子苦苦哀求的白发苍苍的老人，茶花女答应了，还答应老人，他和自己见面的事情绝对不和阿尔芒说。有了这个桥段，之后的爱情陡然发生了变化。

我在做学生的时候，就被这场戏，也就是这个桥段深深感动了。后来我在看话剧《枯木逢春》时，发现编剧很好地用了这个桥段。女主患上血吸虫病，婆婆私下找她谈话，谈话的内容绝对不能告诉女主的丈夫。为了不把这个病传染给她的丈夫，婆婆让她离开丈夫回娘家去。女主非常爱她的丈夫，但也只能含泪答应，后面却造成了丈夫对她的误会。

再经典的桥段，因为桥段的体量也不可能支撑和完成全剧的架构。桥段只是一个情节点，虽然有时候可以起到非常核心的作用，但完成的毕竟只是局部的戏剧功能。

现在我们的问题是，很多桥段都被用烂了，什么"隔墙有耳""英雄救美""迟来一步""乔装打扮"，等等，都已经套路化了。所谓的"烂梗"就是被观众所诟病、所不屑的俗套。

2023 年春节档，电影《满江红》票房冲向高点，影视圈毁誉参半。

解决桥段的套路化和"烂梗"的问题，要从五个方面着手。其一，要观察生活，在生活中发现新的桥段。其二，要观察人物，在身边熟悉的人物中间找到新的桥段。其三，要在经典的情节中举一反三，生发出相关的桥段。前面已经有案例说明了。其四，桥段要翻新。如绑架案的桥段，很多故事里面都爱用这个桥段，现在已经非常老套了。日本的东野圭吾的小说《绑架游戏》就翻出新意来了。女孩儿做局故意让对方绑架，两人合谋来敲诈女孩儿父亲的钱财。最后反转，女孩儿的姐姐被她不小心搞死了，她冒充她的姐姐被绑架，这个绑架案跟所有的绑架案都不一样，翻出新的内容、新的故事。其五，搞影视的人不要天天看影视，反过来要多看小说、戏曲和话剧，吸取其中的养分。把这里面的桥段运用到影视作品中去，就会解决影视作品桥段套路化的问题。所以我和朋友开玩笑说："我是文学界最懂影视的人，又是影视界最懂文学的人。"这样才能形成互动互助的跨界优势。

二十五、当你爱上无解的局

1. 危机造成无解的局

我们都知道在故事中要设置矛盾冲突，其实矛盾冲突只是手段，真正的目的是在冲突中制造危机，危机降落在人物身上，危机就是炸点，可强化人物的命运，给观众带来共情共鸣。在电视剧和电影中，现在基本的要求是每10分钟就要产生一个危机。关于危机的各种形态，前面的章节已做了阐述，本章节不再重复。

电视剧《暗战在拂晓之前》中唐景云是警察，却被诬陷为五道会的"玄武"，而他的妻子袁淑英知道陷害的内情。当唐景云知道妻子才是"玄武"后，为了妻子，他对警察朋友称自己是"玄武"。这一对夫妻卷入无解的局面。袁淑英的亲妹妹就在老大张云天的身边，她如果离开五道会，妹妹就会有危险。同时，她和唐景云结婚就已经违背了五道会的规矩。唐景云为了缉毒，冒充"玄武"，去和五道会的"白虎"见面，结果被迫吃了大量毒品。后来袁淑英赶到，"白虎"知道他和唐景云已经结婚，准备报告老大。夫妻俩在桥头见面，唐景云因毒瘾发作，对袁淑英说了几句狠话，夫妻情感产生危机。唐景云面对的是三方面的人物给他带来的危机。他是警察局通缉犯，后来又被五道会陷害成为杀人犯。四海商会也是一个黑帮组织，老大曹乐生觉得唐景云脖子上的挂件玉哨有蹊跷，觉得这玉哨隐藏着天大的秘密。五道会绝对不会放过唐景云，因为他是"玄武"的丈夫。后来唐景云被警察局抓捕，袁淑英营救他，唐景云反而成为警察局的卧底英雄，袁淑英被关押。后来袁淑英接受警察局的任务后，假释出狱。袁淑英在大楼平台上生孩子，唐景云冲破阻挠前去营救。婆婆知道袁淑英的真名实姓后把她赶出家门，原来他们两家有世仇。警察局来了一位从南京派来的新的副局长宋铭，他是袁淑英的前未婚夫，他仍然保持着对袁淑英的爱。其实宋铭真正的身份是五道会的"青龙"，他利用唐景云灭掉了曹乐生。当宋铭开始转向天河商会，引起了唐景云的警惕。情敌之间的这一场冲突，让袁淑英陷于两难之中……这对乱世鸳鸯面对各路人马的矛盾构成的无解的局，深陷不断延宕的危机之中，生生死死，相互营救，直至逃出生死困局。

2. 破解无解的局

危机最好的表现形态，是让人物在危机中处于无解的局面。无解的局面需要"延宕"，这就是戏扣。面对重重危机，我们不能像孙悟空一样，遇到无解的难题就让观世音菩萨出面帮助解扣。我们的观众要看的是人物如何破局。而有的悲剧故事，人物面对危机最后无解，只能听从命运的安排，如古希腊悲剧《俄狄浦斯王》，曹禺的《雷雨》和《日出》，是此类悲剧的典范之作。小说《水浒传》描写了很多英雄好汉先后遇到无解的局，最后给了一个共同的出路来破解，就是我们熟知的"逼上梁山"。

我们把无解的危机丢给主人公，要让勇敢而智慧的主人公来破解难题，这是我们的观众希望看到的结果。这个结果也在考验写作者的智慧和技巧，即写作者做局和破局的能力。我们无法回避，这是每一部优秀的作品都会遇到的问题。

我们要设定无解的局，首先要设计好破局的钥匙。没有这把钥匙，我们就不敢把门锁锁上，否则就永远打不开这扇门了。举一个大家熟悉的例子：《智取威虎山》中杨子荣深入虎穴，打入威虎山内部，取得了座山雕的信任。没有想到，被解放军俘虏的小炉匠逃跑回到了威虎山，当众揭穿了杨子荣就是打入威虎山的解放军战士。杨子荣的危机就是无解的局。如何破这个局反败为胜,这就是我们观众喜欢看的戏剧场面,所以说要先让观众爱上无解的局。

我们来看看破解这个局的钥匙是什么。

事先设计好座山雕最恨的人是被解放军俘虏的人。按照小炉匠的说法,他怎么会知道杨子荣就是解放军?按照这个逻辑来推理的话,他肯定见过杨子荣,但他为什么会见过杨子荣?那肯定是在解放军的部队里。因此可以肯定地说,他是被解放军俘虏过的人。好了,他成为座山雕最痛恨的人。杨子荣抓住这把钥匙,开始反击,几个步骤完成了他的反败为胜,破局成功。

如果我们用心看优秀的电影和电视剧,就会看到或找到破局的钥匙。我们看的电影和电视剧多了,就可以得到各种各样破局的钥匙。天长日久,我们也会自觉地做局并能得心应手地完成破局。

此时此刻,我们手持破局的钥匙,就会爱上无解的局。

二十六、三个浪头一个高潮

根据好莱坞的编剧教材《电影剧本写作基础》，他们架构一个完整的故事，由三幕组成：第一幕，建置，在第 21 页到第 27 页的时候出现第一个情节点；之后是第二幕，对抗，第二幕结束时，第 80 页到第 90 页是第二个情节点；之后进入第三幕，结局。

这里我再次提及《电影剧本写作基础》，同时衷心希望作家和编剧在学习西方编剧理论的同时，一定要下功夫学习中国传统的戏文理论和方法。在中央戏剧学院和上海戏剧学院，与此相关的专业都叫作戏文系。戏文是中国传统文化的一部分。中国有上下五千年的历史和相关的历史故事，中国的戏曲文化源远流长。我们常说唐诗宋词元曲明清小说。中国的戏曲演出和相关的剧本，如关汉卿的《窦娥冤》《救风尘》《拜月亭》等，汤显祖的《牡丹亭》等，都是和莎士比亚同时代出现的经典作品。我年轻的时候和福建戏曲研究所的所长关系很好。他有一次和我提到所里面珍藏了两万多本关于传统的历史节目的书，这些节目都没有挖掘、加工整理。20 世纪 50 年代末期，福建出了几部全国著名的戏曲作品，一部是《团圆之后》，另一部是《春草闯堂》，还有一部是《连升三级》，都是从千百年的传统戏曲剧目中筛选、修改、完善，走向成功的。中国每个省，甚至每个地区都有地方戏剧团，也都相继发掘了很优秀的戏曲剧本。中国广播电视社会组织联合会电视编剧委员会会长刘和平老师是写地方戏曲剧本出身的，《走向共和》的编剧也是写地方戏曲剧本出身的。80 年代中国戏曲出现了几座高峰，福建戏曲也是这些高峰中的一座。

好莱坞的编剧教材说一个故事中要有两个情节点作为支撑，而在我们传统的编剧方法中，则有"三个浪头一个高潮"的说法，即一个故事实际上要有三个情节点加上一个高潮来支撑。好莱坞的成功更多的是电影工业化、科技化的成果。现在，在内容上好莱坞已经形成了类型的商业化套路，中国的花木兰和熊猫都成为他们故事的主角，好莱坞也在努力开拓新的故事内容。

下面通过几部作品，看中国戏文理论的"三个浪头一个高潮"是怎样在其中布局的。

1. 传统戏曲《团圆之后》的三个浪头和一个高潮

福建莆仙戏《团圆之后》根据传统剧目改编而成，自1956年上演后，轰动剧坛，被誉为"莎士比亚式大悲剧"，可列入世界悲剧之林。1960年由长春电影制片厂拍摄成舞台艺术片。其编剧技巧可圈可点。

（1）第一个浪头——

施佾生高中状元回到了家中，这日又是他和柳氏新婚，再加上皇帝恩准为其母叶氏建造贞节牌坊，真是三喜临门。但这对于叶氏却是大难临头，原来叶氏和表兄郑司成从小青梅竹马，感情甚笃，只因叶氏父兄嫌贫爱富，强把她嫁给了施家，而叶氏并未和郑司成断绝关系。叶氏过门5个月，丈夫死去，不久她生下施佾生。施佾生实际上是郑司成之子，叶氏和郑司成一片苦心，将施佾生养育成人。叶氏深恐隐私被发现，犯下欺君之罪，招致灭门，唯一良策便是与郑司成割断情肠。状元妻子柳氏温顺贤惠，遵循礼教，天不亮就到叶氏房里拜见婆婆。不料遇上郑司成，叶氏见隐私已露，无颜见人，含泪自尽。

（2）第二个浪头——

舅舅叶庆丁再三询问柳氏婆婆致死的原因，柳氏不敢实说。叶庆丁便咬定是她逼死叶氏，随后到衙门告状。柳氏把实情告诉了施佾生。施佾生无计可施，一方面怕真情暴露满门抄斩，另一方面怕不吐真情，柳氏难保。两难之中，得到知府杜国忠前来追查案情的消息。情急之下，施俏生要柳氏承认逼死婆婆，以后再设法搭救。杜国忠不问缘由，将柳氏下狱。

（3）第三个浪头——

舅舅叶庆丁仍不满，到按司衙门告状。按司洪如海提审柳氏。柳氏自认逼死婆婆，洪如海大怒，责罚柳氏和她父兄各打四十大板。施俏生见状，心如刀绞。洪如海判柳氏死刑，施俏生吓昏过去。施俏生求恩师杜国忠说情。杜国忠想弄清此案，加官晋爵，要求洪如海将案子交给他审理。施俏生探望柳氏。柳氏下定决心以死了却此案。施俏生怕杜国忠弄清真相，也想以死救出柳氏一家，夫妻互诉衷情。谁料他们的谈话被杜国忠偷听。施俏生回家，见郑司成痛哭叶氏，想自己一家都是被他所害，于是在酒中下毒，决心与他同归于尽。郑司成知道酒中有毒后，一口饮下，死前说出他和叶氏的关系以及施俏生的身世。施俏生知道了自己是郑司成的亲儿子，悲痛万分，接着喝下毒酒。杜国忠、洪如海前来捉拿郑司成。施俏生死前责问他们，郑司成是我的父亲，他有什么罪？郑司成和施俏生父子倒地，奄奄一息。

（4）高潮——

柳氏从狱中赶来，见丈夫即将死去，生死离别，肝肠寸断。杜国忠和洪如海要为柳氏请建"节孝楼"。柳氏不要，支开杜国忠和洪如海撞墙而死。"贞节牌坊"埋葬了施家一家人。

现在我们可以看到：三个浪头一个高潮。其中这三个浪头有起有伏，一浪高过一浪，呈上升曲线，最后冲向高潮。

2. 韩国电影《流感》的四个浪头和一个高潮

韩国的电影电视剧，20 世纪 80 年代学习中国香港，90 年代学习好莱坞和美国电视剧。他们站在中国香港和好莱坞的肩膀上，完成了自己的蝶变。

韩国的电影做得非常极致，有的电影可以做到四个浪头一个高潮，如电影《流感》。

《流感》的故事梗概如下：女医生金仁海是单身妈妈，她不久前遭遇一场车祸，幸而被消防队救援人员允智救了下来。因丢失重要论文资料她受到上司训斥。一群东南亚偷渡客，历尽艰险来到韩国，但是整个集装箱的偷渡客几乎全部死亡，只有一个人拖着病体，侥幸逃入闹市之中。这个人身上携带致命的猪流感病毒。短短一天里，病毒迅速蔓延到城市的各个角落，许多人在不知不觉中受到感染，进而将死亡的阴影引向周围所有的人。

（1）第一个浪头——

偷渡客中只有一个人拖着病体侥幸逃入闹市之中。这个人身上携带着致命的猪流感病毒。短短一天里，病毒迅速蔓延到城市的各个角落，许多人在不知不觉中受到感染，进而将死亡的阴影引向周围的人。这期间，韩国蛇头的弟弟因感染被送到了金仁海的医院治疗，经诊断终于发现流感的起因，死尸横陈的集装箱无疑是病毒的源头。韩国蛇头大闹医院。金仁海的女儿美日和从集装箱里逃跑出来的偷渡客相遇。这时候医院传来报告，因为集装箱里有一位幸存者逃出，现在大街上到处出现咳嗽吐血者。形势非常危急。

（2）第二个浪头——

受到感染的病人都住进了医院，盆塘地区所有的医院都已经满员。美日遇到了消防队的允智并在一起吃饭。金仁海发现集装箱外面的脚印，知道有人跑了，此时她的女儿也发烧了。医院安排医生上直升机，金仁海不肯去，因为她的女儿还在外面。盆塘地区离首尔太近，政府决定隔离盆塘地区。社会上一片混乱，金仁海匆匆忙忙赶到一家超市和女儿见面。允智把美日交给金仁海，超市的铁栅门开始关闭了，允智掩护她们母女俩冲出去，自己留下来营救其他群众。金仁海发现自己女儿有了症状，一起进了隔离区。女儿快死了，金仁海心急如焚。

（3）第三个浪头——

金仁海找到感染后已经产生抗体的孟瑟，强行抽了他的血清，给女儿输血。女儿病情依旧。因为隐瞒病情，美日被戴面罩的武装人员抓捕，强行带走。允智到停尸房去寻找，偌大的房子里停满了尸体。一部大吊车的抓手，抓了一堆尸体，丢放到一个大坑里，准备焚烧。允智在尸体堆里寻找着美日，结果发现在一个尸体袋的边上丢落一部手机，手机里还播放着美日喜欢的《游戏故事》。允智打开塑料尸体袋，发现了美日，她没有死，只是已奄奄一息。金仁海也到了焚烧尸体的地方来寻找女儿。戴面罩的武装人员发现有外来者，开始射杀。

（4）第四个浪头——

前来寻找家人的群众和戴面罩的武装人员发生冲突。金仁海被抓走。允智抱着美日冲了出去。金仁海和允智通电话，女儿的病情好了很多。他们还是被关进了大的隔离区，不幸的是，有抗体的孟瑟在护送的过程中突然死亡。这让政府官员和医疗专家感到前景渺茫。隔离超过了48小时，很多人冲出了隔离区。他们走上街头，奔向首尔的方向。部队全副武装，站在隔离带的另一边。任何经过当中的黄线的人都会被当场击毙。

（5）高潮——

金仁海和女儿遥遥相望，随即不顾一切地冲向那道黄线。女儿也朝着她的方向奔过来，后面跟着允智。这个场面，总统和美国顾问都在视频里看到了，美国顾问坚持武装射击违规者。军人开始举枪射击。金仁海中枪受伤倒地。总统采取特别行政令，命令部队停止向群众射击。允智在视频中向总统申诉：美日已经有抗体。此刻，有人抱走了美日，要用她的血清自救。允智和他的队友救回了美日。金仁海以医生的名义，向政府证明自己的女儿已经有了抗体。大批群众越过了那道黄线。金仁海和允智的情感也得到了升华。

这是韩国很多优秀电影电视剧中的一部。好莱坞的编剧法强调两个情节点，韩国的电影做到了四个情节点，每个情节点都能够点爆故事。这一点是值得我们认真学习和借鉴的。

3. 电影《烈日灼心》由一波三折组成的架构

我们再换一个话题，说一说一波三折。说故事不能平铺直叙，而要一波三折，这是最朴素的讲故事的技巧，许多作家和编剧对此了然于胸。下面我们以电影《烈日灼心》为例，分析一波三折的组成架构。

（1）前史——

5 年前，在靠近水库边上的一座私人别墅，发生一宗灭门惨案。其中一个姑娘被奸杀，外公外婆的颅脑都被砸烂。现场留下一个痕迹，落在地上的挂件上有一个模糊的手印。据人反映，当时在水库边上看到 4 个男孩儿赤裸着上身，其中一个胸口有文身。

（2）一波——

三个懵懂青年因一念之差成为背负罪孽的亡命狂徒，为了赎罪，三人拼命工作，低调做人。他们不娶妻不交友，偏居一隅合力抚养一个叫"尾巴"的女孩儿。三兄弟中，一个叫杨自道的是出租车司机，另一个有点智力障碍是个渔夫，而心智过人的辛小丰则是一名协警。辛小丰是刑警伊谷春最得力的拍档。伊谷春很快得知，他们三兄弟都是一个女孩儿的爸爸，他还发现辛小丰有一个习惯，总是用大拇指掐灭烟头。警察的敏感让伊谷春觉得辛小丰这是在毁灭拇指上的指纹。辛小丰对杨自道说，凭他的直觉知道警察对自己产生怀疑了。楼上的房东，用窃听的方法录下了杨自道和辛小丰的谈话。刑警伊谷春去找他的师父求教，师父告诉他一个新的信息，当年那个死去的姑娘有一个女儿。伊谷春怀疑三兄弟收养的"尾巴"

就是当年死去姑娘的女儿。

（3）第一折——

兄弟三人准备逃跑，把女孩儿"尾巴"送他人抚养。当女孩儿被送上杨自道的出租车时，辛小丰私下告诉杨自道，他给收养人家的那份报告是假的。而真实的情况是女孩儿已经患上了严重的心脏病，必须马上手术，否则会有生命危险。因此他们打消了把女孩儿送给别人的念头。他们放弃了逃跑的计划，筹钱给女孩儿治病。为了争取时间，辛小丰故意伪造和台湾人同性恋的关系让伊谷春发现。因为当年姑娘是被奸杀的，伊谷春对自己的判断产生了怀疑。

（4）第二折——

出租车司机杨自道为了救小夏而受了重伤。小夏是刑警伊谷春的亲妹妹。他们见了面，也一起吃了饭。之后，小夏疯狂地爱上了杨自道，有一次半裸着上身对着杨自道。杨自道被迫无奈，也裸露着上身，胸口上的文身暴露。他对小夏说："你把今天的情况告诉你哥哥，他什么都会明白的。"小夏非常痛苦，他没有告诉哥哥实情。

（5）第三折——

伊谷春去他们的住宅考察，发现装有窃听器的电线，他顺着电线来到了楼上房东的家里。他听到了窃听器里的声音，证实了杨自道和辛小丰就是当初三个凶手中的两个。他找了那个台湾人谈话，台湾人证实辛小丰不是真的同性恋者。此时他接到了辛小丰的电话，说在某个宾馆里面发现了两个台湾来的歹徒。他们立即赶到现场抓捕。在抓捕过程中，双方交火。追捕时伊谷春悬挂在半空中的水泥桥上，辛小丰不顾死活地拉着他。眼看着台湾的歹徒步步逼近，已经威胁到辛小丰的生命。伊谷春劝辛小丰放弃他，但辛小丰死不撒手。增援的武警到了，抓捕了台湾的两个歹徒。他们两个人筋疲力尽地躺在大楼的楼顶。伊谷春给辛小丰递上香烟，告诉他案件已经清楚了。辛小丰回答，他自己也早就明白了，等着这一天的到来。

现在所做的一切是为了争取时间，救女孩儿"尾巴"的命。此刻，师父到了现场，把辛小丰拷走了。辛小丰和杨自道没有做任何辩解，就希望小夏能够接收"尾巴"。他俩接受注射死刑。

（6）尾声——

有三个反转：其一，女孩儿"尾巴"并不是被奸杀的姑娘的孩子，因为时间和年龄不对；"尾巴"只是现场的一个女孩儿，当时只有两岁，所以他们没有下手杀害她，三个人决定共同抚养她，都把自己当作女孩儿的爸爸。其二，三兄弟中的老三是智力障碍者，其实他是伪装的，虽然逃避了法律对他的制裁，最后跳海自杀。其三，当初是四个人进入别墅，真正的杀人凶手因其他案件被抓捕，他供认了当初别墅中都是他动的手。

伊谷春和辛小丰交心时，道出该片主题"法律存在的意义就是让任何人都不能超越底线。超越了底线，你做再多好事，再想做一个好人也已经晚了"。

总之，无论是一个浪头三个高潮，还是一波三折，都离不开人物和事件的融合。

二十七、大高潮的回望之路

关于高潮有很多论述，我个人认为，高潮的基本元素是：动作、冲突、情感、思想、反转。我们的高潮如果能够将全剧最强的动作、最强的冲突、最强的情感、独特的思想、意外的反转，在这一刻融为一体，形成大爆炸，就是一个非常好的高潮。

我们看一下电视剧《枪侠》的高潮段落：

东山隆盛和山本弘毅设计，用鲍满春引出唐余锦将其杀害。山本弘毅称唐余锦右手食指已没，换指射击将大大影响射击精准度，已不足为虑。日军给地下党发来电报，让唐余锦独自一人去诊所找山本弘毅，否则就杀了鲍满春。

唐余锦提枪赶回诊所，在楼上发现一名被绑着的女子，却不是鲍满春。山本弘毅出现，与唐余锦对射，并告诉唐余锦，鲍满春已被绑上定时炸弹，在完成他们的"雷霆计划"，只有战胜了他，才能得到鲍满春的下落。唐余锦与山本弘毅一路对射，从诊所打到树林。唐余锦终因食指被切不敌山本弘毅，被山本弘毅打落狙击枪。面对手无寸铁的唐余锦，山本弘毅发出胜利的狞笑。危险时刻，唐余锦使用手指上的秘密武器，击毙山本弘毅。原来唐余锦让枪械专家制作了仿钢笔手枪的手指枪，用以替代他丢失的食指。山本弘毅到死也没有透露鲍满春的下落。

唐余锦推测所谓"雷霆计划"是指军火库。鲍满春的确被关在国军军火库角落的大木箱内，身上捆着定时炸弹。唐余锦冲至军火库，在木箱中救出鲍满春，却发现定时炸弹的时间不多了。唐余锦带着炸弹逃离军火库，炸弹在河边爆炸，将唐余锦震入河中。地下党、鲍家帮得悉此事派人寻找，却没有找到唐余锦。鲍满春悲恸欲绝。

淞沪会战结束。中方战败，日军全面占领上海。

蔡子峰带着国军士兵死守阵地，却收到撤退命令。丁伟汉等人让士兵带蔡子峰撤退，自己与鲍满春、罗小虎、阿宝三人死守。面对汹涌而来的日军，四人抱着必死的信念抵抗，眼看日军要冲到跟前时，领头的日机枪手突然被爆头击毙。不远处的楼顶，化身黑羿的唐余锦再次出现，不断射杀日军。恐惧的情绪在日军中弥漫，而信心却回到上海市民身上。黑羿已是中国人信念的化身。

黑羿唐余锦凭借矫捷的身手和出神入化的枪法，将楼顶上的日本太阳旗折为两段，又将追来的东山隆盛击毙。众日军追杀黑羿，却被众多上海市民手挽手挡住。当日军要枪杀市民时，疯癫的美津凤子出现，唱着日本歌谣，嚷着要远离战火，回到故乡。

城市的最高处，黑羿俯瞰战火硝烟中的上海，坚信这场战争必将胜利！

《枪侠》的动作、冲突和思想表现可以，但情感和反转比较弱。这是一部强情节的传奇抗日剧，动作和冲突必须冲向高潮。虽然情感戏在剧中有浓墨重彩的表现，高潮戏却淡化了。高潮中有意外，缺少真正意义上的反转。

我们再看一下偶像剧《青春向前冲》的高潮状态：

唐可儿带着霍彬来到当初那个放烟花的平台。唐可儿将自己从大学时跟霍彬认识并相恋的故事，以及四年后再次重逢又再次牵手的一切，都细细地说给霍彬听，想要唤醒霍彬的记忆。霍彬却只是一脸兴奋地看着满天的烟花。漫天烟花照亮唐可儿脸上的泪水。霍彬真的没有任何恢复的可能性了！唐可儿只能和霍彬分手了！唐可儿将霍彬送给自己的戒指塞进霍彬的手心里，紧握着霍彬的手，泣不成声。

另一边，陆明杰和康健带着两个黑衣人也来到了火山岛。康健趁唐可儿不备，用遥控车将霍彬吸引到岛上角落，拿出一份公司转让协议，诱哄霍彬签名。原来陆明杰已经知道了霍彬在外面成立了一个游戏公司，并且因为公司研发的一款游戏非常火爆，公司的市场估值也在不断上涨。陆明杰决定从霍彬手里抢走游戏公司。

唐可儿发现霍彬不见了，将他找了过来。唐可儿掩护霍彬逃走，自己却被黑衣人打伤。千钧一发之时，崔丹菲和李媚突然赶了过来。陆明杰上岛之前，曾给崔丹菲留下一封信，说会去找霍彬拿回想要的一切。崔丹菲预感会出事，通过自己在陆明杰手机上安装的定位软件找到了这里。崔丹菲劝陆明杰回头是岸，表示自己什么都不在乎，只在乎陆明杰，只希望陆明杰平安。陆明杰被崔丹菲打动。康健见陆明杰改变主意了，不禁着急。正在此时，赵亮突然出现。赵亮一直躲在火山岛，准备坐船逃往海外。赵亮已经躲在暗处，将陆明杰的计划全部听到。亡命之徒赵亮决定也要分一杯羹。

赵亮和康健联手，抓住了霍彬，让霍彬签下了自己的名字。唐可儿赶过来，想要抢回这份协议，但唐可儿根本不是康健等人的对手，这时陆翔赶了过来。陆翔拖住康健和黑衣人，让唐可儿去追赵亮。陆翔被黑衣人刺伤，倒在了血泊中。

赵亮拿着公司转让协议，跑向海边。那里有一艘小船准备接赵亮逃往海外。不承想于小淼和范甜甜、吴子奇、徐亚摩联手吓跑了小船，赵亮出逃的计划被毁。

绝望的赵亮开始疯狂，赵亮挟持住追过来的唐可儿。赵亮认定自己的一切是唐可儿和霍彬造成的。霍彬看到唐可儿遭挟持，不顾一切地冲上去踢打赵亮，被赵亮刺伤。霍彬在半昏迷间，双眼突然明亮，认出了唐可儿，叫了声"可儿"，冲上去抱着赵亮一起跳下海。唐可儿和陆翔也接连跳下海。

霍彬被一艘渔船救了，不仅活了过来，还恢复了所有记忆。霍彬和陆翔一起联手，把游戏公司经营得越来越好，就像当年霍华城和陆明远联手创业一样。

《青春向前冲》高潮中有动作、冲突、情感，霍彬恢复记忆，为了爱情奋不顾身地抱着赵亮一起跳海，同归于尽。

《枪侠》和《青春向前冲》的案例可以说明每一种类型剧都有它必须完成的相对应的高潮元素，如战争剧和强情节剧，高潮点一定是动作和冲突的决战。爱情剧和生活伦理剧的高潮点应该是情感的顶点。悬疑剧刑侦剧的高潮一定要有反转，完成真相大白。所以我说的高潮的5种基本元素，在不同的类型剧中都会有各自的侧重点。高潮具有侧重点都是类型剧的特征性表现。当然在高潮中能够将5种基本元素融为一体的，那肯定是最完美的高潮。可是在创作实践中，也确实很难做到，这是追求的目标，也是完美的理想。

从故事的框架来说，高潮应该是矛盾冲突的最高点，是赛跑的最后冲刺。这是所有类型剧必须具备的。

讲完了高潮的基本元素，接下来讲高潮的基本模板，目的还是点爆高潮。

比如说，甲方是正方，乙方是反方。进入高潮，必须先抑后扬。乙方占绝对优势，把甲方逼到死角，此刻，千万不能学孙悟空，把观世音菩萨请出来解围。一定要甲方在惨败的戏剧情势下做最后一搏。这一搏，双方做最后的对决，甲方完胜。拿一场足球赛来说，还有5分钟就要结束比赛，前3~4分钟都是乙方不断地在甲方的球门前运球、射门，都被勇敢的守门员勇夺中锋脚下球。最后1分钟，守门员一脚将球送到乙方的场地。甲方的球员蜂拥而上，又不断地被乙方的球员阻击。最后20秒，甲方的中锋一个长吊，射门进球，甲方完胜。这就是最后精彩的一场足球赛。我们故事的高潮，事先都要做好设计，可以是偶然的因素，也可以是必然的结果。如电影《消失的爱人》结局有偶然的因素。电影《这个杀手不太冷》既有偶然的因素也有必然的结果。电影《角斗士》最后在角斗场上的角斗，男主全胜。这是必然的结果，也是民心所向。

我在上海戏剧学院戏剧文学系读书的时候，曾经看过美国劳逊的《戏剧与电影的剧作理论与技巧》。书中说："高潮是考验结构中每一个元素的有效用的试金石。"所以，很多年以来，我就一直记着他的一句话："从高潮看统一。"这就回到本章节的小标题：大高潮的回望之路。如何从高潮中看统一，劳逊的《戏剧与电影的剧作理论与技巧》里面怎么说的也早已还给他了。我根据自己的实践和理解，做以下阐述。

1. 看人物的行为逻辑和心理脉络

高潮中人物的所作所为是否合情合理，需回头从第一页开始看整个剧本。人物心理的发展和变化的脉络，产生的外部行动，以及人物性格和情感的发展变化，人物在戏剧事件中的冲突及其对抗等，是如何一步一步走向高潮的。

下面以电影《这个杀手不太冷》为例，看人物是如何一步步走向高潮的。

（1）一开场就表现杀手里昂手段高超

他回家后看到女孩儿马蒂尔达在过道抽烟，立刻意识到这是一个问题少女。他劝女孩儿不要抽烟，女孩儿把烟掐了。回到家里，她的后妈和她的姐姐对她的态度很粗暴。她在家里得不到温暖。第二次和里昂见面的时候，她的鼻子上都是血。里昂把自己的手绢掏出来给她。过两天，里昂在家给兰花浇水，看电视。马蒂尔达去看望他，最后热情地帮助他买牛奶。

（2）马蒂尔达发现家里的惨状

马蒂尔达的父亲是警察局缉毒队的线人，因贪污了一点毒品，缉毒队队长带人到他家来搜查毒品，同时枪杀了他一家人。马蒂尔达买牛奶回来，发现家里的惨状，她克制慌乱，请求里昂开门。里昂早就从猫眼里看到了隔壁发生的惨案。犹豫之后，他终于打开门，救下了马蒂尔达。

（3）里昂带着马蒂尔达搬家了

马蒂尔达看到里昂给兰花浇水，也主动做起家务，给兰花浇水。在马蒂尔达的家里，警察找到了毒品，发现了全家照，知道有一个女孩儿漏网，没有被杀掉。马蒂尔达发现里昂的各种枪械，知道他是杀手。里昂也承认，但他说自己不杀女人和孩子，这是规矩。马蒂尔达要里昂教她杀人。里昂搬起兰花，要赶马蒂尔达走。马蒂尔达回答：你要赶我走，就像当初没有救我一样，因为今晚我就会死。说着她拿起枪走到窗口，对窗外扫射。里昂只好又开始搬家，马蒂尔达捧着花。他俩以父女的关系住进宾馆。马蒂尔达一直要拜里昂为师，里昂无奈只好教她学习打枪。马蒂尔达为了报答里昂，做各种游戏来哄他开心。常年孤独的杀手里昂，感到了一丝生活的乐趣和温暖。里昂外出杀人，马蒂尔达在家做家务。一天，马蒂尔达对里昂说：她爱上了里昂，这是她的初恋，她会非常认真的。里昂吓了一大跳，全然拒绝。

（4）马蒂尔达发现真凶

马蒂尔达回到过去的家，她要寻找自己喜欢的毛绒玩具，看到地上用白线画出的"尸体图形"，那是她4岁弟弟的尸体。警察带着缉毒队队长来调查现场枪杀情况。马蒂尔达认出缉毒队队长是杀她弟弟的真凶。他们离开后，马蒂尔达坐上出租车跟踪而去，最后发现缉毒队队长的办公室的楼层和号码。里昂要带着她离开宾馆。马蒂尔达偷偷告诉宾馆的老板，里昂是她的情人。搬到了新的住处，马蒂尔达从家里也找到了一些钱，她把钱全部交给里昂。告诉他警察的名字，让杀手干掉他。里昂不干，马蒂尔达要替弟弟复仇，里昂反对复仇，说这会改变命运。马蒂尔达拿起枪与里昂玩俄罗斯轮盘枪，枪里有一颗子弹。她说：要么死，要么爱。说着拿枪对准自己的脑袋。里昂阻止，子弹射偏。马蒂尔达说：我赢了。

（5）马蒂尔达开始行动

里昂把她带去见自己的老板和朋友托尼，里昂说自己受伤了，要一个助手。托尼无奈地同意了。两人开始配合行动，教她现场杀人。有一次打死毒贩之后，马蒂尔达把毒品全都烧了。她说这样就干净了！在一连串的杀人过程中，他们配合完美。有一天，马蒂尔达化装成送外卖的，来到了缉毒队队长的楼层。在卫生间里，缉毒队队长发现了她的意图，拔出枪对着她，问她为什么要谋害自己。马蒂尔达回答：你杀了我的弟弟。

里昂回到家里，看到马蒂尔达留下的字条，他潜伏到警察局办公室，枪杀了两名警察，救出了马蒂尔达。马蒂尔达当场拥抱了里昂。回到了家里，马蒂尔达要求里昂做爱，里昂讲起自己的恋爱故事，最后躺在床上一动也不动。马蒂尔达把他的手拉过来，把自己的头枕在他的手臂上，睡着了。

（6）马蒂尔达与警察的周旋

缉毒队队长侥幸活了下来，他追踪到外出买牛奶的马蒂尔达，抓捕了马蒂尔达，逼迫马蒂尔达带他到他们的住处。马蒂尔达敲门故意敲错他们约定的暗号。一场恶战开始，里昂把马蒂尔达救回房间。他俩一起对抗警察。警察越来越多，里昂用太平斧凿开一个墙洞，让马蒂尔达从墙洞中逃走。他继续和警察对抗，也受了枪伤。接着警察开始放烟幕弹，他从一个警察的尸体取了服装和面罩，混在警察堆里走出了大门，没想到，缉毒队队长用枪顶着他。里昂临死前把一个铁圈交给缉毒队队长，他接过来，里昂把自己的外衣打开，身上都是炸弹。一阵爆炸，街上的马蒂尔达捧着兰花，满眼泪花。马蒂尔达到学校要求复读，她把兰花种在校园的绿地上。

我们对《这个杀手不太冷》的人物进行"体检"。高潮就是第六段。我们从第一段开始看，两个人的关系的建立、发展、变化，从心理轨迹到外部行动都非常精准。所以从高潮看人物的统一，就是看人物心理轨迹的逻辑性、情感的逻辑性、性格的逻辑性、行为的逻辑性。这些所有的逻辑性，最终完成了人物独特的真实性。人物的独特和真实，是点爆故事的基础。

2. 从高潮看故事结构的统一

我最推崇的还是古希腊悲剧《俄狄浦斯王》和曹禺的《雷雨》，限于篇幅，建议读者去网上看看这两部电影。多看几遍就会感悟出很多东西。现在我从高潮回望故事的结构，谈一些自己的看法。

（1）传统的结构形式

传统的结构形式也是我们经常运用的结构，就是介绍矛盾、发展矛盾、激化矛盾、解决矛盾。由正派和反派架构起贯穿和反贯穿冲突的戏剧框架。电视剧篇幅有一定的长度，可以有一条主线，几条副线交叉着往前推进。副线为主线服务，关键的情节点、故事的炸点都要落在主线上。精彩的戏剧场面要落在男主和女主身上。主次要分清，尽量不要让次要人物抢了主要人物的戏。如果是群像戏的结构，男主和女主一定要成为灵魂人物，在他们这一对人身边，构架起其他的人物关系。

（2）电影叙事结构的多样化

小说的多样化结构影响到电影。无论什么样的结构，万变不离其宗，形式为内容服务，说到底都是为了更好地表达人物和故事。现在的网络短剧的结构也在走电影的路线，叙事结构的多样化也成为一种常态。我觉得，我们在选择一种叙事结构时，一定要考虑到我们选择的叙事结构是否能点爆人物和故事。比如电影《海市蜃楼》和《消失的爱人》，它们的叙事结构就比较好地点爆了人物和故事。

（3）从高潮看统一，就是要看结构的基础

这好像盖一座大楼，地基很关键。时间、地点、人物，发生了什么事，一定要交代清楚，真实可信。在故事的开端部分把地基夯实。这是结构的第一个环节。第二个环节，就是故事发展的戏剧方向。方向应该和最后的高潮目标是一致的。我看过一些剧本，每一集写得都很精彩。但是看完以后，你就发现这座大楼盖歪了，也就是说它的戏剧方向写偏了。故事的方向和高潮的目标应该是一致的，要不就会出现跑题的现象。第三个环节就是给故事结构"打补丁"，人物和故事中出现的漏洞、牵强的部分都要进行修补、完善。第四个环节，对完成的剧本进行"剪辑"，对一些不必要的过场戏进行删除，让每一个情节链都发挥应有的作用，做到牵一发而动全身。通过这样的瘦身运动，使每一场戏，每一个人物都无法再删除，故事结构就会更精练，更具有张力。第五个环节，剧本出来以后，会有来自各方面的意见。修改剧本千万不要头痛治头，脚痛治脚。一定要站在全局的角度，通盘均衡，站在高潮的制高点回望整个人物和故事发展的全过程，对人物和故事进行梳理，再梳理。千万不要改来改去，陷入"九稿十稿不如第一稿"的困境。

本章节最后的关键词就是对自身进行"体检"，看我们身体的各项指标有哪些问题，从人物到结构，从具体的场面到细节，故事的每一个情节链都要达到"健康"的指标。在健康指标的基础上，我们点爆故事就不会为了点爆而点爆，避免让弹片伤到自己。我们必须稳准狠地把点爆的故事丢给观众，让他们哭，让他们笑，让他们念念不忘、寝食不安……我们的任务就完成了！

二十八、点爆故事的五个常用元素

1. 情爱元素

爱情的故事古今中外，五彩缤纷，占据文学、电视剧、电影的主流。情爱和色情在文学、电影、电视剧中是两个完全不同的概念，有很大的差异，后者是不能登大雅之堂的。从文学的角度来说，明朝李渔作为剧作家和戏剧理论家，写了色情文学《肉蒲团》，一时洛阳纸贵。后来有人写了《贪欢报》，也成为禁书。之后出现了《金瓶梅》。《金瓶梅》是一部介于情色和色情之间的作品，有一定的文学价值，它对市井生活的描写非常真实，对人性的刻画比较精准，对西门庆的描写也有相当的批判性。有人说，没有《金瓶梅》就没有后来的《红楼梦》。《红楼梦》可以从很多的角度去解读，但《红楼梦》受到中国第一部具有情色元素的长篇小说《金瓶梅》的影响是不容置疑的。国外的很多情色文学，从《十日谈》到《查泰莱夫人的情人》《洛丽塔》等，都超越不了中国的《红楼梦》。当然，所有的情色文学不是单纯为了写情色而写情色，而是通过情色更深刻地挖掘人性，展现时代和社会的风情和风俗。情色电影就比较多了，男女之间的爱情，只要正面出现性爱的场面就大致可以划定为有情色元素的电影。比如电影《本能》《情人》《美国舞娘》《脱衣舞娘》《深喉》等。

2. 暴力元素

中国的四大名著之一《水浒传》是暴力文学的代表作品。和《斯巴达克斯》《十字军东征》相比，我们的《水浒传》更倾向于个人化的暴力，暴力弥漫在整个作品中。所谓"少不看水浒"，就是怕年轻人血气方刚，三句不合，该出手时就出手。应该说，在人类五亿年的进化史中，从海洋的单细胞进化到智人，人类为了生存狩猎，进行弱肉强食的抗争，在人类的基因中就有暴力的倾向。电影《本能》，通过对一起凶杀案的侦破过程的描述，将性与暴力归结为人类的基本本能。应该说这是一种人类的生命繁衍和自我保护的本能。

战争文学是军事化的暴力。表现军事战争的电视剧和电影成为一种类型剧，有其存在的原因。我策划制作的战争类型剧《地道英雄》《历史的天空》《我的兄弟叫顺溜》，也都节制地表现了暴力。美国和韩国以及中国香港这方面的电影比较多。除了战争类型剧以外，一些表现生活的故事片也充满了暴力和血腥。如美国电影《天生杀人狂》，韩国电影《寄生虫》等。

3. 权谋元素

中国的四大名著之一《三国演义》，除了战争场面之外，更多表现的是权谋。所谓"老不看三国"，意指该书中有太多的算计，老人历尽沧桑，阅人无数，已经积累了丰富的人生经验，再去看三国，吸取其中的权谋之术，这样的老人就会使一般人害怕。

中国的一些宫廷剧，从《大汉天子》到《康熙王朝》都充满了权谋。表现后宫的电视剧《甄嬛传》《延禧攻略》也都有权谋的元素。美国的《权力的游戏》也充满着权谋。中国的《孙子兵法》和《三十六计》已成为美国西点军校的教材了。"兵者，诡道也。"无论是政治、军事，还是商场或职场的博弈，都有权谋的元素。我个人精通三十六计七十二谋，仅限于用在创作之中。做人还是坦坦荡荡，本色为人，立足于文章道德，不屑于做那些宵小之人的"鸡贼"和不学"有术"之事。短视频网红祝晓晗整蛊老爸三十六计，父女间搞笑也用了权谋的元素，精灵古怪的祝晓晗一天不整蛊老爸就浑身难受。

4. 揭秘元素

中国比较有代表性的揭秘小说，应该是《二十年目睹之怪现状》一类的谴责小说。西方的批判现实主义小说也都有一些揭秘的元素。如巴尔扎克的《高老头》，揭露社会不为人知的丑陋。福楼拜的《包法利夫人》揭开了第二帝国虚伪的道德面具，由于揭露，他还受到了迫害。人类具有与生俱来的好奇心。由好奇心驱使，人类才会不断探索未知的世界。哥伦布才会发现新大陆，卫星才能上月球。揭秘是为了满足观众的好奇心，让观众了解原本不知道的具有隐秘性的人和事。有很多电视剧和电影都具有揭秘的元素。下面以电影《达·芬奇密码》为例，剖析故事的揭秘元素。

（1）一天晚上，在法国巴黎卢浮宫博物馆，杀手塞拉斯逼迫馆长索尼埃说出一个秘密，馆长说出"教堂圣器有一条玫瑰线，东西就在玫瑰标志下方"之后，馆长还是被枪杀了。在法国巴黎进行讲学的哈佛大学符号学专家罗伯特·兰登接到紧急电话，他在现场见到了警察队长法希，队长让他解读尸体上出现的各种符号：五芒星、魔鬼崇拜等。此刻，法国中央司法警察密码破译员索菲也来到了现场，她让兰登给美国大使馆打个电话。电话里要求兰登不要向法希透露任何信息，否则会非常危险。索菲让他从口袋里摸出一个跟踪器。兰登一头雾水。索菲告诉他，法希队长认定他是嫌疑人，法希队长会来逼供。他们两个开始逃跑。法希队长跟着追杀，最后发现调虎离山，跟踪器被丢在一部卡车上。其实他俩还留在卢浮宫里，索菲拿出死者（馆长索尼埃是她的爷爷）留下的字条。兰登认为数字故意排列错，应该是密码。索菲认为是变位字谜，辨认出文字的意思是"达·芬奇、蒙娜丽莎"。他俩面对着蒙娜丽莎画像，突然发现有血迹，血迹的字母可以解释为"男人骗局如此阴暗"。兰登分析道："月亮、讲道、符咒、恶魔、凶兆、密码……"索菲说谜底是"石窟中的圣母"。兰登告诉她："这是达·芬奇的名画。"警察赶来了，他俩又逃跑了。

（2）在逃跑的车上。兰登问索菲：你爷爷以前搞过秘密集会吗？他有没有提过"锡安会"？这是历史上最隐秘的社团。牛顿爵士和达·芬奇都曾经担任过会长。白色鸢尾花是他们的徽章。他们保守着一个秘密："男人阴暗的骗局。""锡安会"保卫上帝权力的来源。他们又遇上了警察，在追杀中，他们躲进了一片小树林。索菲接下来要找到杀死爷爷的凶手。兰登告诉她一段历史。1000多年前，法国国王发起十字军东征。实际上有一个秘密兄弟会，就是"锡安会"策动的，这场战争就是为了寻找宝物——至今下落不明的传说中的圣杯。索菲说她爷爷知道圣杯的下落。她取出一个物件给兰登。兰登说：这是一把你爷爷留给你的钥匙。看这个物件，上面有现代化的记号："阿克索24"，两人确认这不是身份识别，而是一个地址。他们来到了银行，银行经理接待了他们。索菲输入密码，出现了一只铁箱。箱子里有玫瑰，这难道是圣杯的象征？经理匆忙跟他们说警察来了，安排他们安全逃离。

（3）两人在车上。索菲说：圣杯也就是酒杯。什么上帝权力的来源，全是胡扯。她又打开一个藏密筒，这是达·芬奇设计的。兰登一时也无法解码打开。索菲说起自己4岁的时候惨遭车祸，父母和哥哥在车祸中身亡。此刻，经理举着枪对着他们说：20年来我一直等人来拿东西。经理受伤后，他们又开车逃跑。法希队长对受伤的经理说，已经放了跟踪器在车上。兰登还是要知道真相，他问索菲：老馆长把你养大成人，你们却从来不联系，这是为什么？

（4）他们开车来到了一座城堡。警察也从监视器里看到车子来到了城堡。杀手塞拉斯在教堂里没有找到他要找的东西，得到信息也赶往城堡。

兰登来城堡要见他的朋友李伊老头儿，他是专门研究"锡安会"的专家。李伊老头儿告诉他们一个秘密，"锡安会"现在的任务就是保护近代史上最大的秘密，其实就是证明罗马教廷在世上的权力来源。《圣经》不是从天上掉下来的，是由一个人编写的。李伊老头儿让他们看《最后的晚餐》，圣杯没有出现在画面上。画面上看上去都是男人。我们的大脑是选择性地看东西。在耶稣的身边，就有一个女人，这是他的妻子。耶稣受难之后，妻子生了一个女儿。圣杯是血统之意。李伊老头儿从电视里看到他俩都上了通缉令，要赶他们走。兰登拿出藏密筒，李伊老头儿问：这是"拱心石"吗？警察都已经赶到院子了。李伊老头儿说："'拱心石'里面有张地图可以带我们找到圣杯，盟主把白色鸢尾花传给你，所以你才能找到。"此刻塞拉斯突然进来，抢走了木盒。李伊老头儿把他按倒在地，杀手塞拉斯的枪声惊动了外面的警察。

（5）李伊老头儿发现杀手塞拉斯戴着苦修带，他在体验耶稣的痛苦，他显然是业主会的人。他们把受伤的杀手装在后备厢里，开车逃往机场。业主会是保守的天主教徒派，隶属梵蒂冈教廷。持续2000多年的战争，一边是"锡安会"，另一边是一个古老的秘密组织，高层人物就是影子会。消灭耶稣有后代的证据，他们一直在寻找耶稣基督的后代。如果世人发现《圣经》里说的都是谎言，梵蒂冈将面临空前的危机。教堂里，主教对修士说，只要毁掉石棺材，就做不了DNA，后代也就无所谓了。耶稣为了全人类牺牲自己，他的后代做出牺牲也是理所当然的。

（6）他们上了专用飞机。飞机上，李伊老头儿告诉索菲，女人死后进入石棺。有人要毁掉石棺。幸好有圣骑士誓死保卫她，她的尸体和血脉才被藏了起来。直到世人相信她的存在，这就是圣杯。兰登拆开小木盒，自语："藏在玫瑰标志下方。"然后取出一个椭圆形的金属物品。上面写着达·芬奇的文字："伦敦骑士。身后为教宗所埋葬，一生功绩徒惹圣座愤怒难当，欲觅之球原应栖于英雄墓上，玫红肌肤与受孕子宫细思量。"他们分析，伦敦有一个地方是安葬圣骑士的墓地。于是改变了方向。警察和主教都知道他们要去伦敦，主教派人去伦敦拿圣杯。

（7）到了目的地。索菲问李伊老头儿："'锡安会'为何一直保守圣杯的秘密？"李伊老头儿回答："'锡安会'一直等待那后裔出现。因为传说中他并不知道自己的身份。"此刻杀手塞拉斯出现，用匕首绑架了索菲，追问"拱心石"在哪里。接着冲出一个持枪人黑密，他抢了小木盒，把李伊老头儿打倒在地。黑密命令杀手把李伊老头儿放进车的后备厢，同时用枪对着眼前的一对男女。突然有飞鸽闯进大厅，搅乱了视线。他俩飞奔上了大街。兰登要到图书馆去查看资料。黑密原来是李伊老头儿安排的，他把东西交给李伊老头儿后，被李伊老头儿杀了。

（8）兰登两人来到了牛顿的墓地，没有料到李伊老头儿也来到了现场，用枪对着他俩。李伊老头儿知道自己一个人无法解密藏密筒。他们三人在谈论，宗教几千年来，人类的热情与思想，全都是以耶稣基督的名义，如果证明耶稣是凡人，就能够终结人类的苦难。要找到耶稣的后代，让世人知道他不是神而是凡人……外面，杀手塞拉斯和警察对决，误伤教主，最后自杀身亡。

受伤的教主见到法希队长，挑明法希队长是业主会的人。李伊老头儿绑架索菲，胁迫兰登解密藏密筒。最后，兰登把藏密筒丢向上空，李伊老头儿没有接到手，藏密筒掉在地上流出水来。李伊老头儿知道藏密筒里的地图被毁了。警察进来了，对李伊老头儿搜身，取走手机。李伊老头儿被抓捕时挣扎，冲着兰登喊道：你找到了密码，你已经破解了密码。事后，兰登说，墓碑上有各种圆球，启发牛顿毕生研究的灵感，直到他死之前都受到教会的迫害。墓前的几个字母，就是苹果的意思。

（9）兰登根据私下从藏密筒中偷取的字条，对索菲说："我知道去哪里了，圣杯回家了。"他们来到罗斯林礼拜堂。索菲记得自己来过这里。兰登看到白色鸢尾花，推开石头门走了进去。兰登问索菲："你和你爷爷为什么要闹翻？"索菲说她有一次到书房看资料，想问父母的死因，爷爷不让她问，不让她进书房。之后她被送去寄宿学校，后来她看到爷爷他们进行奇怪的仪式，吓坏了，此后就很少与爷爷联系了。兰登从桌面上拿出一张旧报纸，上面有他们一家人的照片，报纸上说他们一家都遇到车祸死了。兰登对索菲说，你的姓不是索尼埃，爷爷也不是你的亲爷爷，你姓圣克莱赫，这是法国最古老的家族，是墨洛温王室的直系后裔，你是王室的血脉。兰登还对索菲说，李伊老头儿说要保护圣杯的秘密，你就是那个秘密，你没有死于车祸，也许根本就不是车祸。"锡安会"发现了这件事，他们没有办法隐瞒你没有死去的消息，然后把你藏在盟主的家里。兰登告诉索菲，根据他现在看到的文献，证明她就是索菲公主，她继承了那条血脉，是耶稣基督最后一名后代。接着，屋里来了很多老年人。其中有一个老太太对索菲说："孩子你回家啦！我是你的祖母。"兰登和索菲在外面散步，兰登对索菲说："你就是圣杯。"索菲说："索尼埃死后，关于石棺的下落就带进了坟墓，没有人能证明我和他有血缘关系。"兰登说："耶稣是一位伟人，启发着人心，这是唯一能证实的事实，关于后代的推断，重要的是你相信什么。"说完他们就分开了。兰登又跑到了原来的墓地，望着天空，回想起原来的诗句，又痛苦地陷入沉思。

以上9个层次，一个接一个地"揭秘"，后来，兰登又跑到了原来的墓地，他又发现了什么？最后留给我们的还是一个谜。

揭秘，在故事的布局中，也会起到很重要的"烧脑"效果，会让很多青年观众乐不可支。

5. 恐怖元素

在人类进化的过程中，经常处于恐惧的状态，一种是来自对凶猛野兽的恐惧；另一种是对于电闪雷鸣、洪水泛滥、地动山摇等自然灾害的恐惧。

因此，人类的遗传基因中还残留着对不明事物或不安全状态的恐惧心理。比如，我小时候很爱听鬼故事，越是恐惧越是爱听，听完之后更加恐惧，睡觉时把被子紧紧盖在头上，害怕鬼怪揪住我的头发。"文革"中许多文学艺术作品都被打成毒草而销声匿迹，却有两部具有强烈的恐怖色彩的口头文学《恐怖的脚步声》和《一双绣花鞋》流传甚广。改革开放后，《一双绣花鞋》还被拍成电视剧，不过在当时的语境中，编剧把恐怖的元素全部删除，增加了谍战的元素。恐怖片在西方和中国香港都是一种类型片，如电影《大白鲨》《活死人之夜》《惊魂记》《魔鬼怪婴》等，都是恐怖类型片的代表作品。

我列举了以上点爆故事的五个常用元素。因为"揭密"类型在实际创作中运用得比较多，所以我就多说了一些。特别要强调的是：在我们的创作语境中，有许多表达的手段比较受限，我们运用时一定要慎重再慎重。电影《老炮儿》中，有一场做爱的戏，但没有暴露一点肉体。电影《红高粱》中有用刀割取人头皮的残暴画面，是作为一个细节处理的。如网剧《隐秘的角落》《非常目击》等刑侦破案剧，会有一些恐怖惊悚的画面，但并没有刻意去渲染恐怖。运用五大元素，关键要懂得分寸和节制，处理得当。

五大元素，归根结底都要为人物服务、为故事服务。要根据人物和故事情节的需要而设定。如果仅仅为了吸引眼球，获取收视率和票房，其结果往往适得其反，雪藏或吐槽的命运在等待着你。

下　篇

时代的宠儿——短视频

我在 5 年前参加了中国传媒大学、中广联、编剧委员会几家主办的短视频大奖赛。我代表编剧委员会担任终评评委，在颁奖会上，我发言的重点是：每个时代都有独特的文化载体。唐诗可以流传千古，但到了宋朝，文化载体就发展成宋词。柳永的词可以在大街小巷吟唱。今天是一个信息爆炸的时代，因科学的发展，微博、微信、短视频，作为传播载体无所不在，每一个人都可以拍摄和播出自己的短视频作品。短视频的长度一般以 3 分钟到 5 分钟为宜，不超过 10 分钟。虽然时间不长，却大千世界无奇不有，千古内容无所不包，中外视频无所不有。短视频已成为时代的崭新的文化载体，所以我们有必要与时俱进，提供点爆短视频的重磅炸弹。

2022 年 9 月，我应邀去厦门讲课。厦门大学、集美大学、华侨大学、理工大学有关电影和传媒的学生，通过筛选，最后有 10 个短视频让我们辅导教师进行抽选，我抽选了两个进行辅导，两个都入围了。5 个入围的作品给予 8000 元人民币作为拍摄资金。后来，厦门方面把拍摄的完成片发给我看，并且要打分。看完以后，我心里堵得慌。这些大学生和研究生在我们专业人士的辅导下，完成的短视频还是不尽如人意。说到底，还是不懂戏，不会讲故事。短视频虽然短，"麻雀虽小，五脏俱全"，短视频可以是一个戏剧桥段，或者是一个戏剧场面，但必须有戏感。我看了不少抖音和快手的短视频，五花八门、喧哗热闹。现实的状况是：

1. 谁都有手机，谁都可以拍短视频，但海量的短视频呈现的却是"杂、乱、差"的现象。

2. "门槛"太低，抖音和快手有点饥不择食，对短视频没有创作方面的要求。

因此，懂戏理的、有戏感的短视频非常罕见。我相信，短视频的"杂、乱、差"，是一个野蛮生长的过程。就厦门来说，4所大学都有影视和传媒的专业，一批又一批的大学生毕业后，会改变短视频的格局，提升短视频的质量。到了一定的阶段，抖音和快手等平台就会对短视频进行选择性播出，优胜劣汰，这一定是个大趋势。所以，下面的章节谈短视频，确实难以选择可圈可点的短视频做案例。无奈之下，我也会选一些短视频为例，同时以优秀的影视作品为例，以求把短视频的创作带上道，让短视频同样可以讲好故事，点爆故事。

二十九、笑（上）

喜感是短视频最常见的形态。

从古至今，绝大多数人喜欢看喜剧、听有喜感的故事。人们需要欢乐，需要开心，需要在沉闷的日子里看到一抹灿烂的阳光。大家绝对不会想到，1997 年诺贝尔文学奖获得者颁给了喜剧演员达里奥·福。我的同学刘明厚教授专门为他写了一本书，是由上海人民出版社出版的。中国人也喜欢喜剧。古代的不说了，就说 20 世纪 80 年代中国盛传的很多段子，每一个都有喜剧的包袱。尤其是东北人，窝冬的时候坐在炕上，嗑着瓜子说着一个又一个段子。我有一年去沈阳，沈阳电视台的总编室主任讲了一晚上的段子。他是真正的冷幽默。我们笑得前仰后合，他却一本正经地说着喝着酒。

随着智能手机的发展，人们已经进入了短视频的时代。短视频绝大多数是喜剧的段子。

怎样使人发笑呢？这是个非常困难的问题。我将分 3 个章节来说这个问题。

一般来说，笑是由不协调引起的。从亚里士多德开始，许多理论家特别强调指出：不具有局部性的、不导致痛苦的不协调才能使人发笑。关键词就是不协调。相声演员，一个矮胖和一个高瘦，站在一起就是不协调。不协调的内容有很多。形式与内容之间的不协调，情感与情感之间的不协调，目的与达到目的的方法之间的不协调，内心与外表之间的不协调，等等。还有新与旧，善与恶，美与丑，聪明与愚蠢，有用与有害，崇高和卑贱，这些矛盾都会产生不协调。不协调才能使人发笑。

喜剧性的规律和特点，可以表现在以下几个方面：

1. 喜剧的意外性和突然性

以短视频为例：一个男人以为小孩子落水，自己虽然不会游泳，也跳下去救人，结果在水中挣扎，几乎淹死。公园管理人员赶来，要他站起来，男人战战兢兢地站起来，结果湖水只到他的腰部，水很浅。

这短视频的喜剧包袱在突然的快速的一瞬间向观众抖出来。如果我们不看到，也没有感到这个男人在水里的挣扎，那么这一切就显得多余和可笑。如果这一包袱让观众明白或让观众事先已经预感到水很浅，那就不会引人发笑。所以相声中有抖包袱的概念。就是在那最后一瞬间，让观众知道是怎么一回事，才会哄堂大笑。相声中的包袱就是短视频的炸点，我们一定要研究学习。

2. 意料之外的某些事情

结局出现了，但是并不是按照预料的情况出现的，不是预料的时间，不是预料的方式，不是预料的人物，在这种时候最容易产生效果。

以短视频为例：

几个男人磨刀霍霍准备杀猪，猪被绑在木凳上嗷嗷叫，突然一只母猪冲进画面，把木凳拱翻，几个男人急得手忙脚乱，一个老妇人走进画面，对几个男人怒斥：你们杀的是公猪，留着做种猪！要杀的是这头母猪！几个男人愕然，连忙捉绑母猪，结果这头强悍的母猪又跑了。他们给木凳上的公猪松绑了，那公猪也疯狂地跑了。几个男人喊着追着，跑出画面。老妇人对着画面，拍拍自己的胸口：没有母猪，光有公猪也不行啊！

这种意外给观众带来了欢笑。喜剧大师卓别林曾经说过："我总是试图以新的方式制造出人意料的情节，我确信，观众猜想我在影片中要步行，那我就突然跳上一辆汽车。先按照观众所预料的那样来演，后来却又演得出乎观众的意料之外。"

3. 没有夸张就没有喜剧

喜剧必须夸张，但又必须是艺术的夸张，也就是说夸张是适度的和恰如其分的。以真实生活为基础，以人物性格为依据的艺术的夸张，包含着把某些品质特征、细节和形象加以夸大和缩小两个方面，才能引起特殊的喜剧效果。

以短视频为例：

主人公是个胖子，买了一个体重秤，他每隔 10 分钟就去称一下体重。结果到了晚上，他对妻子感叹：我称了这么多次体重，怎么没减下来呢？

这是对急于求成的一种夸张的表达，人物的可笑之处一目了然。

4. 重复的手法也可以产生喜剧效果

以两个短视频为例：

（1）丈夫终于答应老婆五一小长假外出旅游。他俩坐上汽车，汽车却发动不起来。丈夫来到车头上用力一摇，汽车隐隐发动了，等丈夫坐上车又熄火了，他又下车，再用力摇一下车头，发动机又响了，可他回到车上又熄火了。丈夫来回奔跑，这一重复动作让观众笑得前仰后合。

（2）一个大胖子追打一个小矮子，不小心摔了一跤，鼻子碰地，流了鼻血。他站了起来，从口袋里掏出一张 4K 纸，揉吧揉吧塞进鼻子里，继续追赶着小矮子，追着追着又摔了一跤，还是鼻子碰到地，这下摔得更重了。他从口袋里找出创可贴，贴在鼻尖上。继续追赶着小矮子。追着追着，摔了个大马趴，鼻青脸肿，最后用一块大纱布把鼻子整个儿包起来。大胖子一而再，再而三地受伤，受伤也越来越严重：起先是流鼻血，用 4K 纸塞进鼻孔；接着在鼻尖上贴上创可贴；最后用一块大纱布把鼻子整个包起来。外部形象也就越来越滑稽可笑。这就是重复的手法产生的喜剧效果。

5. 喜剧结构的构建

一些喜剧手段可以制造笑点，而更高级的喜剧效果则来自对人物和情景的喜剧性架构。下面通过一些案例和桥段，解说一些喜剧方面的理论，以助大家在创造短视频的时候更好地发挥自己的才华。

（1）从《罗马假日》看完成全剧喜剧情景的构建——

电影《罗马假日》的故事如下：

公主来访罗马，所有的一切安排，包括对她恭恭敬敬地侍候的一套仪式，都让她感到厌烦和厌恶，太多的事情让她感到身不由己。为了让她更好地休息，以应付后面的日程安排，医生给她打了一针镇静剂，让她好好休息。结果她悄悄起来，走到院子里爬上了一辆货车，不知情的司机把这辆货车开出了像皇宫一般的宾馆。半路上公主下了车。可是镇静剂的作用开始发挥，她就躺在路边的椅子上睡着了。记者布莱德利看到一个女孩儿睡在路边的椅子上，认为她喝醉了，担心她会被警察拘押，把她弄醒后要送她回家。公主迷迷糊糊的，啥也说不清楚。布莱德利没有办法，只好把她带到自己家里。布莱德利自己睡在床上，让公主睡在沙发上。

第二天早上，公主仍在呼呼大睡。布莱德利上班迟到了，他从主编那里看到一张报纸，报纸上有公主的照片，说公主因为身体不适，推迟了采访的日期。布莱德利和主编说自己可以进行独家采访。主编答应他如果有照片可以拿到 5000 元稿费。布莱德利匆匆忙忙赶回家，发现公主还在酣睡中。他想办法把公主弄醒，公主隐瞒了自己的真实身份，说自己是学生。

布莱德利也隐瞒了自己的身份，他偷偷打电话给他的朋友摄影师乔，让他跟过来拍照片。之后他们一起去吃早餐，喝咖啡。公主平生第一次抽的烟是布莱德利给她的。摄影师乔来到咖啡馆，感觉她是公主，但都被布莱德利搅乱了。公主向布莱德利借了钱，然后独自走开。布莱德利也只好暗中跟踪……喜剧架构从打了一针镇静剂开始，此时已经完成。后面怎么写都会充满喜感。

一个在皇宫里长大的公主，对拘谨、教条、烦琐的礼仪心生厌恶，于是她要逃离去寻找自我和自由的权利。然而公主逃到社会上，却和现实社会形成极大的不协调。公主在市井社会游荡的一天，制造出一个接一个的不协调事件，而公主则在不协调中快速成长，收获了很多快乐。这个不协调的一天即构成了整个喜剧的架构。

（2）局部喜剧情景的构建——

以3个短视频为例：

A.有一家公司专门销售卫生巾。销售人员是4个帅哥。总经理对他们进行培训，在培训过程中，为了让他们体验女同胞来月经的痛苦，运用了一个最新的设备，让他们体验痛经。销售经理是个女的，第一个帅哥坐上机器后，她不断通过按钮增强痛感，帅哥痛得哇哇大叫。其他三个吓得面色铁青，但他们都要轮着上。坐上机器，一个个都痛得龇牙咧嘴。最后一个上去的还没等到销售经理按电钮就发出大声惨叫。

4个帅哥在这规定情境里一一出丑，销售经理和观众一起发出痛快的笑声。这就是喜剧情景的构建。

B.夫妻为了一点家务事吵架，老公一气之下离家出走。他留下一张字条，上面写着："世界这么大，我想去看看！"老婆看了一眼，给他发了个短信："男人那么多，我都想试试。"一会儿，老公就回来了。妻子就问他："外面的世界很精彩。你回来干吗？"老公一声不吭，默默拖起地板。儿子放学回家，看到爸爸的举动很诧异，问：爸爸，这都是妈妈干的活呀！妻子上前把拖把夺回来，对老公说：你这大老爷们，在家歇着吧，这应该是我干的活！丈夫感叹：夫妻还是原配的好。不料，妻子把拖把狠狠摔在地上，说：怎么，你和新配的见过面了，这才知道原配的好？老公一声不吭，拿起拖把，默默拖起地板。儿子看看爸爸又看看妈妈，突然冒出一句话：你们天天吵架，这个家我待不下去了，我要出去。父母一把拉住他，异口同声地问他：你要去哪里？孩子回答：我要去找原配。父母诧异：你找原配？孩子点点头。话音刚落，孩子就冲出门外。夫妻俩面面相觑：会不会去找他的女同学？夫妻俩正准备外出找儿子，没想到儿子抱着一只流浪猫回家，他告诉夫妻俩：我的原配就是它！

这是一个家庭发生的情景喜剧：

C. 朋友介绍兄弟俩去找一个姓王的老板讨债。两人千方百计寻找这个姓王的老板，王老板在开会，他们不管不顾地闯了进去。谁知这个王老板并不是欠他们钱的王老板，而是他们兄弟俩的债主。这个王老板认为他们来办公室是还债的。兄弟俩原本是贷款还债，一直躲着债主，没想到跑到债主的办公室送上门来了。于是产生了喜剧情景。

这个喜剧情景的架构就是预料发生的某些事情，发生阴差阳错的变异，结果事情并没有按照预料发展，预料的时间、人物，以及预料的方式，都发生了错位。

（3）短视频的炸点——

短视频因长度受限，一般没有常规的起承转合。这就要求短小精悍，抓住射门的瞬间做文章，让观众看到的是球员临门一脚的状态。这个临门一脚的射门就是点爆短视频的炸点。下面我介绍一些短视频的喜剧桥段，供作家和编剧在写作时激发灵感。

A. 当场出丑。这种手法很容易一击而中，一棍子敲死人。

以短视频为例：

一个富二代开着轿车，到农村接女朋友。半路上碰到一个推车的女人，他觉得这个女人挡了他的车道，便下车把这个女人推到路边，把推车也推到水沟里，还破口大骂。没想到女朋友赶到现场。那个推车女人正好是他女朋友的母亲。女朋友气愤之下扎了富二代的车胎，拉着母亲转身回家。这段爱情也就此结束。

B. 打肿脸充胖子（以耻为荣）。

打肿脸充胖子、以耻为荣，这两者一般是有关联的，可以互动。观众对此不以为耻辱反以为荣的剧中人是嘲笑的，如果剧中人又是明知不对却心虚嘴硬，死要面子活受罪，打肿脸充胖子，那就愈演愈烈，越演越暴露自己的丑陋。这样结合起来搞，效果会更好。

以短视频为例：

有一位领导在会议上做报告，读发言稿的时候，他突然念出一句"此处有掌声"，可是台下面没有一个人鼓掌。他再三强调，这个稿子不是秘书写的，是自己写的，此处要有掌声。台下稀稀拉拉拍了几声。后来他又继续念稿，说到某处工程有三个施工方案。稿子中秘书提示说，领导可根据现场情况选择一种施工方案，这位领导读稿时把这句话也念了出来。结果引起哄堂大笑。他还打肿脸充胖子说，我念这三种方案，是让你们台下的干部做选择，我最后做决定。

C. 心怀鬼胎，自己吓唬自己。

这个桥段主要呈现由主观代替客观造成的错位。或者由主观臆想诱使出客观效果，使自己受到捉弄。

以短视频为例：

有两个小偷到一个贪官家里去偷钱。钱刚偷到手，贪官就回来了。年轻的小偷很紧张。年纪大的小偷说没事，我们就坐在沙发上喝茶抽烟。贪官问他们："你们是谁？"年纪大的小偷回答："我俩是纪检部门的干部，今天来私访，就是为了治病救人，3天后，你到纪检部门来找我，我叫魏百姓。"贪官频频点头。等他们走了以后，贪官3天寝食不安，完全陷入自己吓唬自己的境地。

D. 李代桃僵。李代桃僵实际上就是调包计，谍战剧里面常用的冒名顶替等，都是用的这个桥段。喜剧的桥段自然有它的喜感。

以短视频为例：

短视频主持人讲了一个古代的喜剧段子，名字叫"我不见了"。从前，有一个呆头呆脑的差役，押送一个犯罪的和尚到涪城地区。临走前，恐怕忘记什么，就把东西仔细清点一下，编成了两句口诀："包裹雨伞枷，文书和尚我。"笔录后，他走几步念一遍，走几步念一遍，牢牢记在心里。和尚看差役是个呆子，在心里打主意，想法逃走。傍晚住到一家酒店里，和尚用酒把差役灌醉，给他剃光了头发，把自己的木枷套在差役的脖子上，然后悄悄逃跑了。差役酒醒之后，恐怕发生意外，赶紧念那两句口诀："包裹雨伞枷，文书和尚我。"同时清点东西，摸摸包裹雨伞，都放得好好的，说了一声在，又摸摸脖子上的木枷说在，摸摸文书说也在，然后四下一看，发现和尚不在了。他惊慌失措地喊道：糟了，和尚跑了，和尚跑了。慌乱中他偶然伸手摸到自己的光脑袋，立刻转惊为喜，哦，幸好和尚在这里。转念一想又说，呀，我怎么不见了呢？

喜剧电影《你好，李焕英》有穿越到 20 世纪 80 年代的情节，一些精彩的场面，就是李代桃僵的喜剧桥段。如果没有这个穿越的桥段，这个故事的喜感就会大大减弱。

中国当年有一部喜剧电影《哥俩好》，讲孪生兄弟的故事。小说《野火春风斗古城》讲的是金环和银环这对孪生姐妹的故事。利用孪生关系做李代桃僵，这是最古老的桥段，从莎士比亚就开始运用了，他有好几部喜剧都是利用孪生兄弟姐妹的关系，把李代桃僵的桥段发挥到极致。当代电视剧也出现过孪生兄弟的故事，但可能故事要走强情节路线，致使李代桃僵的桥段显得有些牵强和生硬。

我们用喜剧大师卓别林说过的一段话，来结束这一章节。他说："成功是许多猎奇古怪的意外事和许多意料不到的机会的结果。以至几乎不可能辨认出这种喜剧结果的正确的成分……在电影界工作时，我才发现，喜剧的真正发展过程是一个非常诱人的研究课题。在喜剧里待得越久，我就越发努力工作，因为它需要一个人付出全部的时间、思想和精力，然后它就会立刻得以一种由于辛勤劳动而感到的欢乐来报答他。"

三十、笑（中）

本章节阐述如何完成人物喜剧性格的塑造，接着再介绍一些戏剧的桥段。

1. 人物的喜感来自多方面的不协调

在诸多不协调中，首先是自身的不协调。这种不协调会带来喜感。如主人公有极大的热情和自信心，并一再表现出有把握的样子，然而做出了种种努力后，到头来结果与初衷截然相反。这种桥段就是"竹篮打水一场空""狗咬尿脬空欢喜"。

以短视频为例：

（1）网红祝晓晗的短视频：她和父亲打赌，她喝两杯水，父亲喝一个小瓶盖的水。比赛的规则是谁先喝完谁赢，但有一个条件父亲不能碰杯子。父亲信心满满。比赛开始，她要求先喝完一杯水。父亲觉得自己胜券在握，让她先喝一杯水又有何妨，何况她喝完一杯还有一杯水，自己就喝一小瓶盖的水，一张嘴就喝了，于是父亲同意了女儿的要求。女儿喝完了水，把水杯扣在小瓶盖上面。父亲如果碰杯子就违反了比赛的规则，最后一再表现出有必胜把握的父亲输了。

（2）疫情期间很多人没法理发。有一群朋友在一个人家里发现了一把理发工具，他们就逼着他给大家理发。他说这套理发工具是他弟弟留在他家的。其他人都不相信，非要赶鸭子上架不可。最后他给大家理的头发不是阴阳头就是锅盖头，上海人称为马桶头。被剪成奇形怪状发型的人互相取笑。他自己看了也哈哈大笑。

这一种人物的不协调，是被其他人赶鸭子上架造成的。

2.《唐人街探案》（第一部）中的喜剧人物

就喜剧人物性格的塑造而言，电影《唐人街探案》（第一部）中，王宝强扮演的唐仁还是比较成功的。他的性格维度由以下几个方面组成：

（1）他是警察所泰哥的马仔，平时帮泰哥做一些杂活儿，即北京话说的"碎催"。对外，尤其对家乡人，唐仁自吹为"唐人街第一神探"。他和秦风搭档之后，两个人的侦破方法形成喜剧性的对比。秦风用科学的方法思考分析推理，唐仁则用风水的方法搞迷信。在唐仁身上有不少死要面子活受罪、打肿脸充胖子的喜剧元素。

（2）阿香是唐人街斡旋于各方人物的交际花，聪明美艳，人见人爱，也很有正义感。唐仁是一个猥琐男人，要啥没啥，可他偏偏自作多情，痴迷阿香。这种一看就不靠谱的单恋，构成了唐仁情感方面的喜剧元素。

（3）警司黄兰登对唐仁进行疯狂追杀，追来追去追不到。有一场戏，他们两个人都追得筋疲力尽，最后唐仁跑到大楼的楼顶上，扬言要跳楼自杀。最后唐仁不小心掉了下去，却掉在一辆升降车上，又被他逃脱了。这种有危机感的追来追去，也是颇具喜剧元素的，电影《虎口脱险》就有很多这样精彩的桥段。

（4）唐仁面对东北三人帮，有好几次绝处逢生。三人帮绑架了阿香，阿香受伤后被送医院治疗。唐仁误认为这是爱情成功的标志。

（5）唐仁面对唐人街神秘的教父，为了找到黄金，在时间上讨价还价。没想到搭档秦风说 3 天可以完成。回去的路上，秦风故意跟他说，自己的机票是 3 天后回国。他又急又恼，找不到黄金，他就会被唐人街教父送到湄公河喂鳄鱼。

上面所说的这几个方面，包括人物和人物之间的不协调、人物和环境的不协调、人物和自身的不协调。这三个方面的不协调，充分完整地塑造出唐仁的喜剧性格。我对宝强还是很了解的，唐仁这个人物的成功和王宝强的用功、用劲、用心是分不开的。

3. 喜剧桥段起例

下面介绍一些喜剧桥段，供作家、编剧，以及短视频的创作者和制作者参考。

（1）冤家路窄，狭路相逢

这种桥段在追杀的情节中经常发生。逃跑的人最怕见到的是追杀他的人。无论是《虎口脱险》，还是《唐人街探案》，在追杀的过程中，不断出现冤家路窄、狭路相逢的机会，而且每一次追杀的形态和内容都不一样。人追人，车追车，在公路上追，掉到河里还要追，这种追杀的情节具有强烈的危机和悬念，因为我们设定的是喜剧情景，最后产生的必然是喜剧效果。

（2）水火居然能相容

这里的水火是指性格截然不同，也可以指社会阶级的差异完全不同，还可以指敌我双方的对手。

夫妻性格截然相反的有很多很多，"不是冤家不聚头"，就是指这种夫妻关系。如电影《逃跑新娘》，主要的喜剧框架就是夫妻二人性格的截然不同。

敌我双方应该是水火不相容的，但在特定的喜剧情景下，因为任务或利益的需要，暂时可以走在一起。这种水火相容是短暂的，但可以成为喜剧性情景。

（3）"弄拙成巧"

这种桥段是错中错或连环错，错到最后错对了，这就有了喜剧的味道。

电影《西虹市首富》，王多鱼按照接收遗产的规定，一定要在一个月花掉 10 亿元。什么陆地游泳器，什么北冰洋引水工程，股市上的烂股他都买了不少。反正怎么花钱怎么来，他要想办法在一个月中合理合法合规地花掉 10 亿元。女财务人员夏竹认为他所有的投资都是错误的，还说自己是投资公司的黑寡妇，两人发生了争执。没想到"弄拙成巧"，这些看上去不靠谱的投资最后都意外地挣了 10 亿元，他又气又急。女财务人员夏竹不明白他为什么这样痛苦。

（4）落花有意，流水无情

以网红田田小阿姨的短视频为例：

田田的朋友约田田吃饭，还说她的男朋友也来，让田田帮她看看这男朋友靠不靠谱。田田说，看是看不出来的，现在高段位渣男藏得可深了，想要看清他是不是渣男，可请自己的一个专门验渣的姐们儿来作陪，该姐们儿有"朝阳第一小妖精"之称，长得可招人了，有 83.25% 的渣男都折在她这一关。田田说，你男朋友如果是渣男，一定会被迷惑，非跟人家加微信不可。晚上聚餐，田田直夸朋友的男朋友长得帅，不一会儿那个"朝阳第一小妖精"来了。田田给他们做介绍，介绍这个男的时，她说他是自己朋友的男朋友，不料这男的立即纠正说他们还没确定关系。聊天时，这男的听说"朝阳第一小妖精"喜欢玩密室什么的，马上要求和她加微信。显然，验渣成功。这时，田田悄声说：可以收工了！

田田的朋友很满意自己的男朋友，而渣男却见异思迁，这就是落花有意，流水无情。

演员舒淇主演的电影《剩者为王》，故事讲 35 岁的优质白领女性盛如曦事业有成，但她感情生活上的空白却成为家人朋友的操心事。母亲给她介绍了一位很好的医生。母亲和她吵架后，生病送进医院，医生对她母亲百般关照，对盛如曦也关怀有加。这位很不错的医生和她坦言，一般来说相亲都会比较尴尬，他希望两个人能够多相处多了解。可是盛如曦根本不搭理他。真是"落花有意，流水无情"。天长日久，盛如曦对自己的助理马赛产生了好感。盛如曦比马赛大10岁。她犹豫了很久，终于向马赛表达了自己的感情："无论是现在还是将来，你能娶我吗？"不料马赛却回答他："我还年轻，我在事业上还有追求。"盛如曦立即像被掏空了一样，不久马赛辞职了。

盛如曦经历了两次"落花有意，流水无情"，还在"流水"和"落花"的角色之间换了位，因此更具喜剧性。

（5）一步登天，"狗熊"变英雄

电影《唐人街探案》中的坤泰和黄兰登竞争副所长。黄兰登事事抢先压着坤泰，在整个故事中，坤泰也没有什么作为。最后，唐仁和秦风破了案，而唐仁是坤泰的马仔，凶手又摔死在他的车头上，这些功劳就算到坤泰的头上。"狗熊"变英雄，最后他上台得到了勋章，并被提升为副所长。

再以网红智博的短视频为例：

智博其貌不扬，一出场说要为蚌壳代言，扬言要把土味拍成高级的腔调。到了现场，他对摄影师提的要求是，照片要能登上画报杂志。接着他做了一番化妆，头部高高亮亮的，穿着一身红衣服，高高的额头闪闪发亮，双手把持着蚌壳的两边，做了各种造型。最后这些造型确实漂亮抢眼，很有特色和个性，照片也果然登上了画报杂志。这种反差就是那"狗熊"变英雄的效果。

（6）心不在焉，重复错误

以两个短视频为例：

A.老师给学生上课，常常用粉笔在黑板上写板书。用心讲课的时候，会顺手拿起粉笔点火，当烟来抽。看到下面听课的学生在笑，他再看一眼，发现自己把粉笔当烟了。一个学期下来会重复犯好几次这样的错误。

B.一对青年男女谈恋爱。女青年的手机一直有电话来，她不时接电话，搞得男青年都插不上话。一气之下，男青年说了一句：你和手机谈恋爱吧。

说完扬长而去。不一会儿，女青年给他手机留言，说自己是化妆品推销员，下次见面绝不再接电话。第二天他们又见面了，女青年带来一盒化妆品。男青年误会她在推销化妆品，嘲讽道：你是在和我谈恋爱还是在推销化妆品？女青年说这是送给他的。男青年回答我可不是娘炮，用不着。接着两人开始谈起恋爱。一会儿，女青年的手机又响起来了，她忍不住又去接电话，男青年站起来要走。女青年把手机关掉，交给男青年保管。这下，两人相视而笑。不料，女青年口袋里的另一个手机又响了，她掏出手机接电话，举起一只手连连向男青年致歉，神情尴尬滑稽。男青年忍不住笑了起来……

（7）反败为胜，绝处逢生

以鹏鹏和丁满的短视频为例：

丁满约鹏鹏出去潇洒，鹏鹏说两个穷光蛋有什么好出去的。丁满掏出200块钱，说妈妈给她200块钱，让她去买些鲜花回家。她说后面的大院子里面有的是花和草、地里也有的是花和草，那是她爷爷和二姨家的地方，随便摘。他们两个人到了现场，丁满就发现了一些狗尾巴草，还说自己会插花。接着她把这些狗尾巴草送给妈妈。妈妈就傻眼了，说，丁满，你不是糊弄我吗？丁满回答妈妈，这都是鹏鹏教的，让妈妈花200元买个教训。妈妈无奈地笑了。丁满可以说是反败为胜，绝处逢生。

又如英国喜剧电影《憨豆特工2》中，有一个旋风三人组，专门刺杀国家领导人。旋风三人组其他两个人先后被杀了，憨豆的助理塔克怀疑第三个是军情七处的1号特工西蒙。憨豆不相信。最后高潮时，西蒙让憨豆喝了一杯毒药，憨豆喝了毒药就会听从西蒙的指挥。在首脑开会的时候，憨豆在现场，拔出一支红色的手枪，要枪杀国家领导人。憨豆用顽强的意志控制自己，塔克用音乐来干扰西蒙的指挥。这个毒药的作用只有50秒。到了时间，憨豆倒下死在地上。他的女友是人体行为的分析专家，上前来亲吻他。憨豆醒了，西蒙却坐着缆车往山下逃去。憨豆带着随身的降落伞，从高山上降落下去，最后爬上了缆车。两人在缆车上以命相搏。接着憨豆一不小心掉下了缆车。好在地上都是厚厚的雪，憨豆没有受伤。但是西蒙却不断对着他开枪。憨豆带着一把伞，打开的伞是阻挡不了子弹的。憨豆的助理塔克高声喊着："收起伞就是火箭筒！"憨豆收起伞，向缆车发射过去。缆车一声爆炸，憨豆反败为胜，绝处逢生。

（8）因祸得福，逢凶化吉

电影《西虹市首富》中有一个桥段：女财务人员夏竹被绑架勒索1000万元赎金，如果首富王多鱼用自己的钱去赎的话，就违反了接收遗产的规定，他就不可能拿到300亿元的遗产。王多鱼喜欢夏竹，却不能救她，他痛苦万分，生不如死。岂料这是他的老板和夏竹为考验他而做的一个局。当老板和夏竹觉得王多鱼不可能来赎人时，没想到最后的时刻，他带着钱来到了现场，他要救回夏竹。王多鱼经受了考验，在金钱与人性之间选择了人性。老板还给王多鱼放了他二叔临终前的视频录像，他二叔在遗言中说王多鱼一定会经受住考验的。王多鱼终于得到了夏竹的爱情，他们结婚后用这笔遗产做了慈善事业。

（9）以小援大，以弱胜强

以网红鹏鹏和丁满的短视频《软饭硬吃》为例：

鹏鹏和丁满说："你忙不忙？我有件事情要和你商量。"鹏鹏吞吞吐吐地说自己最近没有上班……丁满打断他，问他是不是想跟自己要钱。不料鹏鹏嘴硬地说："什么张口要钱，我要钱？我不是那种跟女人要钱的人。感觉我好像吃软饭的人。我是问你借钱。"丁满给他转了200块钱后，鹏鹏再三强调自己是跟她借钱，并问她规定多少时间还钱，丁满说一周。鹏鹏说你逼死我了。丁满说，两年行不行？鹏鹏却又反讥丁满："你是不是觉得我两年都找不到工作，发不了工资？"鹏鹏最后丢下一句："烦死了，我不还了！"说完扬长而去。

在电影《虎口脱险》中，修女嬷嬷是个弱者，但她竟然勇敢地营救英国飞行员。最后高潮时他把英国飞行员和指挥家、油漆工都装到马车上。天上有飞机，地面上有装甲车的追击。她策马扬鞭，飞奔向前。最后带他们到了一个仓库，这是盛放滑翔机的仓库，然后她利用滑翔机飞上了天空，飞越了国境。这个桥段真正做到了以小援大，以弱胜强。

（10）把真的当成假的

以电影《疯狂的石头》为例：厂长的儿子谢小盟是个花花公子，为了博得女人的好感，他利用拍照的机会用假的翡翠调包了真的翡翠，然后把这个真翡翠送给了他喜欢的女人。这个女人是黑道"三人帮"道哥的未婚妻。未婚妻对道哥说了实话，说谢小盟送了她一个翡翠挂件。道哥他们都认为这个翡翠是假的，是用来哄女人的。他们把真的当成假的，结果把这个真的又放回到展览柜里，换回了假的翡翠。

（11）把假的弄成真的

A. 以网红祝晓晗的短视频为例：

女儿捉弄父亲，给他一张做过手脚的面膜。父亲喜滋滋地贴在脸上，还躺在沙发上。他感觉差不多了，在镜子面前取下面膜，脸上黑黑的一片，他误认为面膜效果好，渗透力强。

B. 以艺能人金广发的短视频《6000年前的八角杯重现人间》为例：

金广发拿了一只6000年前的八角杯卖给古玩店。古玩店老板说这是假的，他们发生了争吵。古玩店老板拿出一个同样的八角杯，说这是真的，上面有记号。结果两个杯子上都有记号，搞混了。金广发和老板两个人没办法。古玩店老板只好收购，开价5万元。金广发开价要1亿元，他需要1亿元，说市场就是被你这样的人搞坏了。结果两个人分手时又争执起来。金广发趁机把老板手上的八角杯拿过来，放到桌子上变成三个了。古玩店老板彻底傻眼了。

C. 电影《疯狂的石头》里的真真假假：

刑警出身的保卫科长包哥，发现翡翠被调了包，展览柜里的是假的。

通过几番努力，展览柜里的假的翡翠被他弄成真的了。翡翠的几番真假互换，构成了整个喜剧的框架结构。

（12）你得罪了一个你（不想得罪）绝对不能得罪的人

以短视频为例：

A. 公园里。长椅上坐着一位女青年。一会儿一个男青年过来要坐在她的身边。女青年就不高兴了，指了指不远处，说："那里有凳子，你可以坐到那里去嘛！"男青年说："我就要坐这里。"两人发生了争执。此刻一个大妈过来了，对那男青年说："这就是我给你介绍的对象啊，你怎么会跟她吵架呢？"这时候男青年才意识到，自己得罪了一个绝对不想得罪的人。

B. 一位男青年带着见面礼去女朋友家。在女朋友家门口，一位大爷骑着自行车，不小心把他的车碰了，见面礼掉在地上。男青年勃然大怒，对大爷吼道：这是我给未来岳父的见面礼，被你搞砸了！那大爷一个劲儿地赔不是，男青年不依不饶。此刻他的女朋友出现了，指着大爷对他说："这是我爸。"男青年非常尴尬。他得罪了一个他绝对不能得罪的人。

（13）打打闹闹，打闹不出人命，出喜感

以艺能人金广发的短视频《非洲武林最毒的一招》为例：

武术大师指导别人如何制服对手，第一个被当作对手的小青年是个托儿，很配合大师的表演。接着大师让看热闹的媒体人也来试试，可此人人高马大，大师费力地比画了半天，又吹牛说，高个儿媒体人靠着墙的一条胳膊已经被自己弄伤不能动了，他问高个子疼不疼？高个子回他说："还行。"大师见他不配合自己表演，立即说他死要面子活受罪，其实他的软组织已经伤得很厉害了，还叫高个子别嘴硬了。其实看的人都明白死要面子的正是大师自己，他的瞎吹嘘，就是一出令人捧腹的闹剧。

在喜剧电影里面也经常出现打打闹闹的场面。如《罗马假日》这样比较温馨幽默的喜剧也出现了打打闹闹的场面：在船上的舞场里，有一场打闹，公主打得还挺出色、挺起劲。后来男女主角都掉进了水中，游到了岸边。上岸以后，两人的感情得到了升华。

（14）乔装打扮，总是藏不住狐狸的尾巴

在我们的喜剧故事里，男扮女装，女扮男装，虽然装得都非常像，会引发误会巧合等喜剧桥段。但我们常常要给他露一点小马脚、小破绽，这样既能增加悬念，又能增加情趣，同时还能强化人物的喜剧性格。

以短视频为例：

一个在外打工的女孩子一直被父母逼婚。春节要回家了，她让她的闺密女扮男装，一起回到农村老家。为了不露出破绽，女孩子对她父母说，这"男朋友"感冒，嗓子疼说不出话来。父母也信以为真。这位冒牌男朋友和她父母对话时，不是摇头就是点头，不敢说话，怕露出女孩儿的声音。晚上她们两个住一间房间。父母也没说啥，心里暗自高兴。不料，闺密的身边穿过一只老鼠，她吓得大喊大叫。父母赶紧起床，推开门。闺密说：有老鼠。父母听着"男朋友"的声音不对劲，产生怀疑。女儿解释说："唉，我这男朋友感冒了，连嗓子都变音了，怎么听起来像女孩子的声音？"

（15）绕地球一圈，又回到原地

以网红鹏鹏和丁满的短视频为例：

鹏鹏自制了几个刮卡的中奖纸片要逗逗丁满。回家以后他对丁满说自己买了几张刮刮卡，看看能不能中奖。丁满嘲讽他这一辈子什么时候撞过大运了。鹏鹏说自己刮了一张中了 10 元钱的奖。鹏鹏继而对丁满说：你要不要试试看，中了以后全部归你。丁满于是刮了一张，没有中。在期待中再刮，结果有 10 万元的奖。丁满和他说，亲夫妻明算账，你说过的中奖都算我的。鹏鹏说你多少得给我一点，丁满说给他 500 元。接着丁满给他妈妈打电话，说要给她买貂皮大衣。丁满拿着这张卡傻笑，最后准备把自己的一些乱七八糟的包都扔了，还打电话给老板要辞职。鹏鹏看着她直发笑，她才觉得自己上当了，空欢喜了一场。绕地球一圈，又回到原地。

经典电影《罗马假日》也有这样的桥段。公主在罗马社会上游荡了一天，最后因为国家和人民的需要，她选择了责任，放弃了爱情。第二天按照既定程序，完成了安排的记者招待会。公主绕了一圈又回到原地，这个原地的概念是螺旋式的上升的定位，已经超越原来的原地的意义了。

（16）急惊风偏遇慢郎中

这句话的原意是：急惊风是一种病，在着急的情况下受到惊吓，却遇上了一个慢性子的医生。作为塑造喜剧人物的桥段，就是你越急他越慢，你越慢他越急。

以短视频为例：

有一个慢性子的人，冬天和朋友一起围着炉子烤火取暖。眼看朋友的衣角烧着了，他却慢吞吞地说："有件事情我早就看见了，想说吧，怕你心急；不说吧，又怕你损失太大，但是到底是说对呢，还是不说对呢？"朋友问他是什么事，这人寻思了半天，才一字一板地说："你的衣角烧着了。"朋友立即跳起来，提起衣裳把火扑灭，并愤怒地埋怨他："你为什么不早说呢？"这个人仍然慢条斯理地回答："我说你就是个急性子嘛，果然一点不错。"

（17）偷龙转凤

偷龙转凤有暗中更换事物的本质和内容，以达到蒙混过关的目的。在喜剧里面"偷龙转凤"更有误会和巧合的成分在内。比如，同样的箱子，主人公拿错了，产生了调包的错误。在电影《唐人街探案》中，最后秦风推出一尊大佛像，警察不知道怎么回事，以为秦风又在搞什么鬼名堂。其实颂柏等人偷来的黄金就藏在大佛像里面，所以他死了以后谁都找不到，最后还是被秦风发现了。这就是偷龙转凤的桥段。

又如网红祝晓晗的短视频：

父亲把数好的钱放在塑料凳子上。母亲过来拿了同样的塑料凳子，趁父亲认真数钱的时候，把手里的塑料凳子盖在放钱的塑料凳子上，随后把塑料凳子推到坐在沙发上的晓晗身边。晓晗拿起塑料凳子，把钱收起来，然后又把塑料凳子推到父亲身边。父亲继续把数完的钱放在凳子上，居然没有发现她们母女俩玩了一出偷龙转凤的把戏。

（18）移花接木

网红毛光光的短视频《催婚相亲》：

母亲给女儿搞了一个相亲会，女儿一个都看不上。最后来的男生是女儿的同学。妈妈看着他从小长大的，知根知底，喜欢他。没有料到这个男生接过话茬儿，对女同学的母亲表达自己多年来的暗恋之情，还对她说：现在我长大了，你的丈夫也去世了，今天可以跟你相亲了。女同学的母亲一听昏了过去。其实，这是女儿做的一个"移花接木"的局。这下母亲再也不会催婚相亲了。

再如莎士比亚的《一报还一报》：安哲鲁对美貌的伊莎贝拉萌生邪念，对她说，只要她把贞操献给他，便可饶她弟弟一命。伊莎贝拉死也不从，并痛斥其恶毒卑鄙的用心。当痛苦万分的伊莎贝拉来到狱中把这件不幸的事情告诉弟弟时，伊莎贝拉的弟弟竟要姐姐去接受安哲鲁的要求。此时乔装打扮的公爵事前已等候在牢房隔壁，偷听了他们姐弟的谈话，走出来赞赏伊莎贝拉的坚贞，并为她设法告倒安哲鲁，救出她的弟弟。他先让伊莎贝拉假装答应安哲鲁的要求，并约定了时间和地点。最后由被安哲鲁抛弃的未婚妻玛丽安娜代替她，黑暗中安哲鲁根本没有察觉。这个办法既保护了伊莎贝拉，又保住了她弟弟的生命，诱使安哲鲁走进了圈套，彻底暴露了他的丑行劣迹。公爵用的也是"移花接木"的办法。

（19）装疯卖傻

网红毛光光的短视频：

雅琴和她的部下阿芳在喝酒，阿芳说一杯八百八，喝到就是赚到。后来苟经理来请雅琴喝酒，雅琴说自己不会喝酒，要以茶代酒。阿芳要代雅琴喝酒，苟经理不高兴，责怪雅琴不给面子。阿芳装疯卖傻，叫他"狗经理"。雅琴说阿芳喝醉了，阿芳却说自己没有醉，还硬要给苟经理敬酒。

苟经理说一个女孩儿不应该喝这么多酒。阿芳说:"我是不是在做梦啊?狗还会喝酒。"阿芳坚持要敬酒,推来推去,把酒洒在苟经理的衣服上。雅琴让苟经理去换衣服。苟经理一走,阿芳转身对雅琴说:"我是装的,让他走人。"雅琴回答她也是装的,拿起大酒瓶开始猛喝。

最经典的"装疯卖傻"还是电影《飞越疯人院》中对主人公的设计:主人公为了反抗不合理的社会,装疯卖傻,进了疯人院,又因为反抗疯人院的各种不合理的制度,最后被医生搞成了真正的智力低下。

现在有的电影电视剧里面出现患阿尔茨海默病的人物,人物时而清醒时而糊涂,虽然不是装疯卖傻,但喜剧效果是一样的。

(20)金蝉脱壳

以短视频为例:

一对父母反对女儿和男朋友见面。白天黑夜,夫妻俩轮流值班看住女儿。晚上,父亲还不时到女孩子的房间看上一眼。女孩子在被窝里塞了一些东西,把白天穿的衣服放在椅子上面,另外换了一套衣服从窗户爬了出去。父亲看到女儿白天穿的衣服,床上还真像女儿在睡着的样子就放心地悄悄关上了门,完全没有想到女儿玩了一个金蝉脱壳之计。

我看过一部悬疑侦探的小说,里面设计的金蝉脱壳还是比较有特点的。有一个窨井盖在郊区的河边,于是,他们在窨井盖上搭了一个医疗帐篷。警察来检查时,两个冒充医生的男女说是出现了疫情,还出示了证件。这里是郊外,又靠河边,没什么人。警察的警惕性和注意力就彻底放松了。没有想到,逃跑的人都从这个窨井盖下钻了出来,换上了衣服。夜色中,他们跑到河边,过河而去,完成了金蝉脱壳的桥段。

三十一、笑（下）

用文字来表述短视频的一些桥段特征，还是有些勉为其难。对已拍摄完成的短视频进行具体的分析解剖，再上升一些理论效果会更好。

所以在上一节讲喜剧桥段时，我举了很多短视频的例子。

短视频，说到底还是视频，也就是我们说的影像画面。要让我们的影像画面更好地表达故事，特别是要在不长的篇幅里呈现喜剧性的功能，还是有许多功课要做的。下面讲几条关于短视频的画面在表现喜剧上的神奇功能。

1. 画面要让人看到动感

我前面说过，凡是有演员表演的艺术都是动作的艺术、行为的艺术。还是举例来说。英国影片《百万英镑》中，当穷汉亨利·亚当拿到百万英镑的钞票走出富翁家时，一阵风突然把钞票吹飞了，钞票忽而在空中飞舞，忽而停留在铁栏杆旁。亚当就像追兔子一般拼命追这张钞票。这种神来之笔充分刻画了人物的心理，深化了影片的主题。关键是把人物的动作和行为充分表演了出来。整个画面让人看到动感。

2. 短视频也需要人物刻画

对人物的性格特征或心理状态的刻画，要有节制地运用"闪回"。喜剧的闪回和常规的电影、电视剧的闪回有所不同，它完全可以用夸张的、变形的、奇思妙想的画面，以强化某一喜剧效果。比如，有一对夫妻感情很不好，在海滩上，妻子把整个身体都埋在沙子里面，突然她的身子在沙堆里面蠕动起来，丈夫因对老婆心怀憎恨，这时来了个闪回，画面却是一头母猪在沙堆里面打滚挣扎。闪回结束后，妻子站在他的面前，满脸微笑对着他。男子又上前对妻子示好。这种对比的差异会产生很好的喜剧效果。

3. 短视频也需要进行适度的蒙太奇剪辑

短视频完全可以利用蒙太奇的剪辑手段使画面之间产生对比、联想、比喻，点爆喜剧效果。电影《淘金记》中，大个子由于饥饿头昏眼花，把同伴查理当成了母鸡。导演在大个子追逐查理时，不断地插入大个子的主观想象镜头，非要把查理杀了吃掉不可。通过蒙太奇剪辑的镜头，使观众产生联想，大个子已经饿到饥不择食和神经错乱的地步，造成了让人捧腹大笑的效果。卓别林有一个镜头，他表现一个工人，上班整天拿着扳手拧螺丝钉，形成了下意识的动作，下班后看到女同胞，他迷迷糊糊地把女同胞的乳头误认为螺丝钉，要拿扳手去拧，把女同胞都吓跑了，他这才发现自己搞错了。这个情节表现了资本家对工人残酷的压榨和剥削，让他们失去了基本的思维判断。短视频如能巧妙地运用蒙太奇剪辑，即可收获事半功倍的效果。

4. 声画对立可以产生特殊的喜剧效果

声画对立可以写一篇很长的文章。我这里简用喜剧电影《城市之光》来说明：查理参加富翁在家里举办的舞会，由于遇到意外情况，查理一时慌乱把哨子吞进了肚内，于是不停地打嗝，打嗝发出的哨音不断干扰舞会的音乐，产生声画对立的效果，令人捧腹大笑。

5. 节奏是非常重要的

对于短视频来说，节奏显得尤其重要。有的需要交代的过场戏必须用快闪的节奏一带而过。因此短视频的剪辑就必须注重整个短视频的节奏。没有恰到好处的节奏就会使喜感丢分。

6. 摄影特技的运用

短视频的制作离不开摄影特技。特技可以使我们的画面或慢或快，或正或反，或变形或夸张。无人机的加入使航拍轻而易举，可以做出各种角度的变化以及推拉摇移的运动。总之，虽然是短视频，但也可以运用特技创造出从天上到海中，从神仙鬼怪到风花雪月，一切可以想象的画面和场面都可以做到，而这些手段对于提升喜剧效果是非常有用的。举例来说：有一个高度近视的老师，一不小心被自行车撞倒了，眼镜掉到了地上，镜片裂成网状，他再戴起眼镜的时候，导演就把他在开裂的镜片中看到的主观镜像呈现出来。于是两只眼睛看到了两个不同的世界，让观众也有身临其境的感受，显得既真实又可笑。

三十二、哭

我说的哭，顾名思义，就是具有悲剧色彩的段子。从亚里士多德开始，几千年来关于悲剧的理论有很多阐述。我觉得最核心的话只有两句，一句是鲁迅先生所说的："悲剧就是将人生有价值的东西毁灭给人看。"还有一句是我自己体验出来的：把苦难降临在人身上，就会产生悲剧。下面我先从鲁迅先生的这句话引申开来，举一些案例。

1. 在人类的情感中，爱能够产生悲情

（1）父母的爱是伟大的

网上还有一个真实的段子。一个母亲生了一对双胞胎，其中一个婴儿死了。母亲抱着死去的婴儿，痛哭流涕，没有料到婴儿竟然活了过来。医生和护士都感叹伟大的母爱所产生的神奇力量，他们也都感动得哭了。

（2）生死之恋都具有悲情的成分

A. 男女之间爱情的最高境界就是生死恋。中国有《牡丹亭》《白蛇传》《梁山伯与祝英台》这些耳熟能详的故事，就不做阐述了。

B. 日本电影《楢山节考》描写的是日本信州深山里的风俗：因为此地地处山区，耕地不足，又极度寒冷，每年可用于耕作和捕猎的时间很短，食物异常匮乏。为了家人的生存，老人要在 70 岁之前的那个冬天，由儿子背上山"会神"，其实就是让老人活活饿死冻死，把仅有的食粮省下来让家里人过冬。在这里长兄有特殊的地位，家业由长兄继承，而二弟和三弟的命运就是离开故乡，到外面寻求生活道路。这个故事探讨了日本农业

社会的伦理关系，写出了古老村落的弃老风俗。弃老过程和所有的行为都把亲人之间的爱表现得非常悲情，催人泪下。

C. 我觉得值得说的还是小仲马的小说《茶花女》。玛格丽特原来是一个贫穷的农村姑娘，不幸陷入火坑。她向往真正的爱情，后来阿尔芒的赤诚之心打动了她，她深深地爱上了阿尔芒。有四场戏非常感人：第一场戏，他俩在乡间过着平凡的生活，玛格丽特变卖自己所有的物品以供两个人生活；第二场戏，阿尔芒的父亲私下找到了茶花女，要她为了阿尔芒的前途割断情缘，玛格丽特强忍悲痛，答应了阿尔芒父亲的要求；第三场戏，阿尔芒不知道玛格丽特离开他的真正原因，在娱乐场所，他公开羞辱玛格丽特，玛格丽特为了不背弃对他父亲的承诺，忍气吞声，打掉了牙齿和着血往肚里吞；第四场戏，玛格丽特病死在房间里，死前仍然怀念着阿尔芒。开完了追悼会，阿尔芒收到了玛格丽特生前写的几封信，看完信后他悲恸欲绝。

（3）人与动物的爱是动人的

A. 有一个短视频：农村家庭里有一头牛，这头牛为他们家辛勤劳动了一辈子，家里人也非常感谢这头牛。老爷子每天带着这头牛去散步，并带了很多好吃的东西给它吃，可是这头牛就是舍不得吃这些好东西，依旧吃它已习惯的牛食。老爷子和这头牛唠唠叨叨说了很多的话。他们一辈子相依为命。后来牛死了，村里的人听说了都要来分享牛肉。老爷子拿着铁棍，阻拦乡亲们。他悄悄地在他们家的后院里挖了一个坑，把这头老牛埋葬了，并在碑文上写了几个字：我家的亲人阿牛。他们一家人在牛的坟前泪流不止。

B. 有一部电影叫《战马》。影片以一匹前额有白色十字花纹名叫乔伊的农场马的视角展开。1914年，在德文郡小镇，男孩儿艾尔伯特目睹了乔伊的诞生。在集市上，它被频繁叫价，最终被艾尔伯特的父亲泰德用30基尼的天价买下。跛脚的泰德因此得罪了地主。艾尔伯特与乔伊尽情嬉戏，与朋友分享快乐。然而好景不长，地主登门拜访，说如果乔伊不能犁地就立刻将其带走。泰德只好赌上全部家当。于是，艾尔伯特在逼迫之下为乔伊套上鞍镫，强迫它犁地，甚至使用了皮鞭，最终有灵性的乔伊明白了艾尔伯特的苦衷，将一片遍地石块的荒地翻耕了出来，第一次表现出它出人意料的潜力。为了还债，泰德辛勤耕作。可辛苦换来的收成，却被一场大雨毁了。德军来袭，泰德被迫将马变卖，与骑兵军换了 30 基尼。艾尔伯特虽然难以割舍乔伊，也只能含泪送别它。乔伊踏上了前途未卜的战场。参军了的乔伊因为体格强壮，温柔听话，很快就成为上尉的坐骑。然而战争惨烈，乔伊不断更换主人，从英国上尉、法国老农与孙女，到德国骑兵，它遇到过了形形色色的人，见识了他们人生的悲欢离合，更看尽了人间冷暖与战争带来的痛苦创伤。而对乔伊难以忘怀的艾尔伯特也参军来寻找它。乔伊的勇气感动了它身边的士兵和人们，尽管身处凄凉的战壕，但是它的内心却惦记着它的小主人艾尔伯特。最终他们重逢了。

这部电影的视角很独特。以马的经历和眼光来看待人世间，同时它也找到了它真正的爱。艾尔伯特也是世界上最爱它的人。一部人马情的电影，让观众在电影院里黯然泪下。

（4）因对信仰的爱也会产生悲情

A. 我对很多革命先烈是非常崇敬的，对于人民的爱，对于国家的爱，使他们产生了不可动摇的信仰。为了信仰，他们抛头颅洒热血，前赴后继。对于这些革命先烈，我觉得可以做一些短视频的纪录片。一是为了纪念他们，二是为了让他们的精神发扬光大。他们崇高的精神品质永远值得我们后人敬仰和崇拜。

B. 古希腊的悲剧永远是我们戏剧经典中的皇冠。埃斯库罗斯的《普罗米修斯》即是其中之一。该剧的情节取材于普罗米修斯盗取天火的神话。火是人类文明的根基，而宙斯却垄断了它，想叫人类长期处于黑暗与蒙昧之中。普罗米修斯同情人类的苦难，他相信并预言人类具有创造的才能，因此不顾天条偷火下凡，激怒了宙斯，宙斯用锁链把他钉在高山之巅，让他生不如死。普罗米修斯与宙斯的冲突是人权与神权的斗争，他为了拯救人类自愿承受痛苦。因此马克思说他是"哲学上最崇高的圣者，兼殉道者"。

中国也有很多类似的神话，如《女娲补天》《精卫填海》等，这些神话里的英雄都为了理想或者信仰，完成了超人的行为。

C. 电影《泰坦尼克号》中，沉船的时候，有些人为了保持自己的人格和对上帝的承诺放弃了逃生，让妇女和儿童优先上了逃生的小船，而他们最后葬身大海，死而无憾。电影里的这些场景都是当年发生过的真实的事件。

2. 把苦难降临在一个人身上，就会产生悲剧

前不久看到过一个关于舅舅的短视频。讲他的舅舅是个残疾人，然后努力奋斗，在艰难困苦的生活中顽强地活下来的故事。这个短视频，后来有些争议，说是摆拍的伪纪录片。但至少赚了不少观众的眼泪。中国台湾有一段时间非常流行苦情剧，后来我们大陆也做过几部苦情剧。苦情剧的主要类型特征是：把所有的苦难都堆积在一个人物身上，让他苦不堪言，由此起到煽情的作用，观众的眼泪也就哗哗地流出来了。

下面介绍几种让观众流泪的案例：

（1）冤屈之情

A. 中国最著名的冤屈故事是《窦娥冤》。故事原版：窦娥为童养媳，丈夫去世后，张驴儿企图霸占她。张驴儿想毒死蔡婆要挟窦娥，不料却误毒死了自己的父亲。然后张驴儿诬告窦娥。窦娥为救婆婆含冤认罪，赌咒说自己死后血溅三尺白绫，六月降雪，大旱三年。后来窦娥的父亲为官，为窦娥洗刷冤屈。

后来有根据《窦娥冤》的原版故事改编的长篇电视连续剧，增加了很

多内容，实际上削弱了窦娥的苦情。

B. 取材晚清四大冤案之一的《杨乃武与小白菜》也是一个冤屈的悲剧故事。我记得这个题材故事拍过两版电视剧，上海电视台拍摄的这一版反响很好。

C. 冤屈之情，也可以转悲剧为正剧。电影《秋菊打官司》就是写秋菊因冤屈要讨一个说法。冤屈之情，也可以成为一个人物行动的基本起因，如《基督山伯爵》的主人公受了冤屈被关进大牢，在大牢里他还不忘寻找真相，出狱以后开始了复仇行动。

（2）情变引发的悲剧

A. 我听到过一个情变的故事。一个男孩子追求女孩子，后来女孩子拒绝了他，他就残酷地把女孩子杀了，然后自己跳楼自杀。这个情变的悲剧故事，让我感觉到这个男孩子精神有问题，而不是其他问题。

B. 夫妻之间的情变已经显得稀松平常了。每个不幸的家庭都有各自的不幸。近年，离婚率逐年上升，这是社会文明的进步还是退步且不去说，家庭暴力和家庭虐待的事件虽然还有发生，但已比较少见。不过现在婚变已没有悲情可言了。当然任何事情都有例外，如果我们遇到例外的事件，就可以将它纳入短视频的创作中。

（3）不可抗拒的变故

A. 家人发生了车祸，或者患了不治之症，都是悲情故事的源头。20世纪80年代，日本有一部电视剧叫《血疑》，就是写一个得了不治之症的女儿，故事感动了很多中国观众。

B. 在疫情的影响下，很多医生和护士夜以继日地战斗在抗疫的第一线，他们有的甚至献出了宝贵的生命。表现与疫情抗争的电影和电视剧中外都有。在抗击新冠疫情的战斗中，也出现了很多短视频，让全国人民都了解了这场疫情，增强人民战胜疫情的信心和力量。

当下，很多中小企业难以为继，企业和个人的破产，让很多人感受到人生的苦涩和悲情。当我们面临难以摆脱的困境时，必须发扬中国人顽强奋斗、励志向前的精神。短视频表现苦难，赚取观众的眼泪并不困难。煽情"搞哭"不是目的，而应采取对比的方式，先抑后扬，不要让主人公在困难中被压倒，而是让主人公在困难中看到希望，并在努力中战胜困难。说一句接地气的话："再难再苦我们都要活下去，而且要快乐地活着。"

3. 含泪的微笑

从类型的划分来说，含泪的微笑是悲喜剧的特征，而悲喜剧的类型是所有类型中最难把握的。在理论上说："没有任何样式能够像悲喜剧这样鲜明地表现出一种样式的力量转入另一种样式的过程。没有任何形式能够像悲喜剧这样使低俗的样式和崇高的样式达到如此的平衡。"

（1）卓别林的电影——

我建议大家有时间多看看喜剧大师卓别林的电影。他的电影故事揭露资本主义的黑暗和残酷，那是产生大悲剧的年代。他的表演是喜剧化、平民化的，有不少作品是悲喜剧的戏剧架构，用弘一法师的话说：悲欣交集。

（2）《舞男与舞女》——

英国著名作家毛姆的小说《舞男与舞女》，描写的是一对贫困的艺人的故事。

锡德和斯特拉在资本主义社会的经济萧条时期不断失业，走投无路。最后被迫去夜总会表演玩命的"美人投火"节目。作家对舞女斯特拉害怕摔死的那种紧张的内心活动，以及外部表情的描写，真实而感人。她选择了"一直表演到摔死"的死亡之路。舞男的命运和她一样，不选择饥饿就会死亡。这一对苦命鸳鸯的生活是悲惨的，然而他们的爱情却显得非常幸福。生活和爱情形成的悲喜剧是这篇故事的核心。

我当年含着眼泪看完了这部小说，同时为他们真诚的爱情感到欣慰。

三十三、错

生活中经常发生搞错的事情：把事情搞错了，把人搞错了。如果从塑造人物的角度来说，"小错误不断，大错误不犯"，这种人物的性格特征也是可以表现的。在常规的影视作品中，"搞错"可能会成为一个情节的转折点，或一个事件的爆发点。如杀错了一个人、送错了一份机密情报等，都有可能成为故事的炸点。

短视频的创作中，所谓的"搞错"是一种喜剧情景和人物关系。短视频的创作者和制作者当然可以从中找到需要的炸点。

1. 喜剧情景产生的错

（1）短视频"鸡同鸭讲"——

两个老板约见谈生意。一个老板是香港人，长得文质彬彬，戴副眼镜，不会说普通话。他的助理兼保镖长得膀大腰圆，气宇轩昂。对方的老板是一个女的，正扁桃体发炎，一开口说话喉咙就痛，于是叫她的男秘书来谈生意。两个老板面对面地坐着，而代女老板谈生意的男秘书把那个保镖认作对方老板，一本正经地和他谈起生意来，结果谈得牛头不对马嘴。香港老板急了，站起来用香港话说了一通，结果又是鸡同鸭讲。这也是一个喜剧情景。

（2）美国电影《新郎上错床》——

故事内容是：保罗就要结婚了，未婚妻是温柔美丽的凯伦。婚前的最后一个周末，满怀喜悦的保罗参加好友为自己举办的"告别单身"狂野派对，第二天一觉醒来，他突然发现身边竟然躺着一个青年女子，仔细一瞧，竟然是未婚妻凯伦的表妹贝基。保罗吓坏了，他努力回忆前一天晚上发生的事情，可脑子里一片空白。为了不让未婚妻知道真相，保罗对她撒了个谎，但谎言很快就露馅儿，为了圆前一个谎，他只好说第二个谎，很快谎言就像滚雪球越滚越大。

这也是由一个错导致错上加错的喜剧情景。

2. 人物关系的错

人物关系的错中错，一错再错，错上加错，这种手法在喜剧闹剧中常见。

（1）莎士比亚《错误的喜剧》——

大安提福勒斯和小安提福勒斯是一对孪生兄弟。他们的仆人大、小德洛米奥兄弟也是一对孪生兄弟。小时候他们随经商的父母在回家的海路中遇上风暴，各自漂流。20年后，大安提福勒斯带着他的仆人大德洛米奥走访各地，寻找亲人，来到了一个叫以佛所的地方。原来他的弟弟小安提福勒斯因有战功被公爵留在此地定居了，而且颇有声望。他和他的仆人小德洛米奥都在当地娶了妻子。由于大、小安提福勒斯和大、小德洛米奥这两对难分彼此的主仆出现在同一个城市，荒唐可笑的事情就发生了，不是主人打错了仆人，就是仆人认错了主人，这两对主仆不仅自己被别人看错，而且也看错别人，连他们自己都分辨不清，更何况其他人呢？尤其荒唐的是，小德洛米奥的妻子居然连自己的丈夫也认错了，她硬把大德洛米奥拉回家中向其表明心迹、倾诉衷肠。整部戏的人物关系弄得你错、我错、人人错，一错再错，错中错。

（2）错错错，一错再错，最后错对了——

有这样一个古代的故事：一个年轻人买了一个白发苍苍的老太婆，而一个老头子买了一个黄花少女。少女是年轻人的未婚妻，老太婆是老头儿的老伴儿。错中错，到最后错对了，意外地得到一个双团圆的结局。一错再错，最后负负得正。这就产生了喜剧效果。

（3）失忆症患者的错——

获得诺贝尔文学奖的"小丑"达里奥·福有一部三幕喜剧《他有两把手枪，外带黑白相间的眼睛一双》，这是一部黑色幽默喜剧作品。描写了一个失忆症患者，在精神病医院，身穿教士袍子，被安排与一个叫路易莎的女人见面。路易莎认为这个人就是曾与自己同居的情人、去前线打仗的乔瓦尼。于是路易莎把这个失忆症患者带回了家。当这个男人听路易莎说起"乔瓦尼"性情粗暴，还打女人的时候，内心充满了忏悔，以为自己真的就是这样一个浑蛋。第二天真正的乔瓦尼回来了。恰巧疯人院教授也上门来看望那个失忆症患者。结果引出了一连串真、假"乔瓦尼"身份的误会。当这个失忆症患者在浴室的镜子里看到正在洗澡的乔瓦尼时，吓得逃回了疯人院。乔瓦尼在弄清真相后，立即命令路易莎把这个失忆症患者从医院里领回来，将他囚禁在自己家里。因为这个跟自己长得一模一样的男人，正好可以被乔瓦尼当障眼法利用。原来，从战场回来的乔瓦尼已成为一名盗窃犯。乔瓦尼的阴谋得逞了，他成功地从追捕他的警察包围圈里逃脱出来，还用计在两只伪造的假手掩护下，掏出两把手枪，打死、打伤了多名警察，并设法让警察相信"乔瓦尼"已经死去并且下了葬。那个倒霉的失忆症患者已然成了他的替死鬼。之后狡猾的乔瓦尼组织了一个"窃贼罢工委员会"，要求得到偷盗的权利，并贿赂警察局长按他们每一次盗窃的收益提成。当警察局局长翻脸指控乔瓦尼犯有冒充牧师罪时，他却被当作一个有"前监狱之家主任"称谓的名叫唐菲利普的神学院的教士带走了。

这部剧更接近黑色幽默喜剧。它整个的喜剧架构也是错中错、一错再错，最后还被唐菲利普的人带走逃脱了法律的制裁。

（4）搞错产生的悬念——

以网红李蠕蠕的短视频"电视剧里那些永远解不开的误会"为例：

画面中有一只手摸女主的脸，男主推门见状惊讶！

男主：你在干什么？

女主：事情不是你想的那样，你听我解释！

男主：原来他们说的都是真的！

女主：不是的，你听我解释好不好？

男主：这有什么好解释的。

女主：事情不是你想的那样。

男主：那是哪样？说啊，有什么好解释的，你给我说啊！

女主：你听我解释，我什么都没有做！

男主：你走吧，我再也不想见到你！

女主：你为什么不相信我？

男主：你不走？你不走我走！

镜头一转，女主见男主倒地而死。

女主：你怎么就这样死了？你为什么不听我解释？我一直要和你说，那是我哥，你为什么不愿意听我解释……

（5）达里奥·福的喜剧《喇叭、小号和口哨》中的错——

极具表演天赋的达里奥·福善于从人与人之间、人与社会之间，以及人与自我之间挖掘出喜剧因子，创造出喜剧性人物。有时候他会在戏里故意设计人物的两种身份，让他们发生错位，使得本来非常严肃的戏剧情景，突然产生不协调，从而达到令人忍俊不禁的喜剧效果。

《喇叭、小号和口哨》表现的是一个令人难以置信的滑稽、荒诞的喜剧故事。意大利最著名的大企业菲亚特集团的大老板阿涅利先生在一次车祸中受伤严重，面目全非；幸亏他的汽车工厂里的普通工人安东尼奥也在现场。安东尼奥把他送到医院后离去，也没有留下姓名。由于不知道伤者的身份，医生只能在抢救后根据深度昏迷的阿涅利衣服口袋里的一张身份证上的照片，为他整容。实际上这件外套不是阿涅利本人的，而是救他的安东尼奥的衣服，是好心的安东尼奥把自己的衣服盖在了血肉模糊的伤者的身上。阿涅利被整容后，舞台上就出现了两个安东尼奥，戏也就来了。到底谁是真正的安东尼奥？那个清醒过来的大人物阿涅利又该如何证明自己的真实身份？戏里的阿涅利大脑没有完全恢复，他也稀里糊涂搞不清楚自己到底是谁。阿涅利的妻子到医院里来看望他，看到的不是她心目中的阿涅利，也搞不清楚他到底是谁。由于害怕被怀疑是恐怖分子，小人物安东尼奥不得不躲藏起来，不敢暴露自己。于是强烈的戏剧性就这么发生了。而且现实生活中意大利菲亚特汽车公司的总裁就是同名同姓的阿涅利，这位名声显赫的阿涅利先生，在达里奥·福的喜剧舞台上，会有怎样的遭遇，受到怎样的嘲弄？戏里戏外造成了一个巨大的悬念。

（6）电影《真假公主》的对错之谜——

俄国安娜公主的故事是 20 世纪最大的谜团之一，后来被拍成电影《真假公主》。公主的扮演者是著名女星英格丽·褒曼。故事梗概如下。

1917 年，俄国的罗曼诺夫王朝被爆发的十月革命推翻。一些贵族和曾经为皇室效劳的人成功逃脱，但沙皇及他的家人全部被逮捕，并于 1918 年被处决。自那之后，民间一直有传言沙皇最小的女儿安娜公主殿下侥幸活了下来，而且她将是皇室在英国银行千万存款的唯一继承人。

1928 年，对此将信将疑的波宁将军，受托为这笔遗产到处查访公主的下落。然而几经波折仍然找不到线索，委托资金也即将耗尽。他突然在精神病院发现一位容貌与公主惊人相似的女病人，此女子不但年龄与公主接近，而且没有任何证件。于是，波宁帮助她从精神病院里逃脱。女子希望找到自己失去的部分记忆，确认自己的真实身份。波宁将军对她说，或许她真的是公主，于是和助手对她开始了名为寻找记忆的训练。从学习皇室宫廷礼仪开始，他们教给她许多历史知识，告诉她有关安娜的童年经历和生活趣事，以及亲人的姓名。波宁一开始毫无人情味地强迫女孩儿记住各种烦琐的细节，但不久之后双方逐渐能够相处了，波宁甚至还与她一起弹吉他、跳舞。经过将军亲自监督和训练，一路忍受过来的安娜完成了从灰姑娘到贵妇人的转变。

波宁将军为皇室成员特意安排了见面会，当训练出来的安娜出现在大家面前时，连以往伺候公主的女仆都难辨真伪。但大多数皇室成员无法接受面前的女孩儿就是幸存的安娜公主。波宁将军把安娜带给唯一能认定她身份的北欧丹麦皇太后跟前。然而面对太多为了遗产冒充安娜公主的人，皇太后早已不抱任何希望。波宁和安娜暂时住在皇太后城堡附近的酒店里，却没有获得接见。在观看芭蕾舞演出时，波宁将军安排安娜坐在皇太后对面。尽管皇太后注意到了这个气质绝佳的女孩儿，却仍然不为所动。无奈之下，波宁将军让安娜以美貌打动从小与公主订婚的保罗王子。被安娜深深吸引的保罗王子答应将她引荐给皇太后。固执的皇太后拒绝了保罗的请求后，却来到安娜下榻的酒店，打算亲自揭穿骗局。

在房间里，安娜将自己的身世娓娓道来。经过这段时间，她仿佛唤起了自己对身份的记忆。尽管她对皇太后提出的问题对答如流，但任凭她怎样努力，皇太后仍然不相信她是真正的公主。然而安娜紧张之下，轻轻咳嗽了几下却让皇太后大惊。原来安娜公主从小在害怕的时候就会咳嗽，这个习惯只有皇太后知道。于是皇太后将安娜公主带回城堡，准备安排盛大的记者会和皇家舞会迎接公主归来。皇太后要向所有皇室成员及公众宣布真正的公主已经找到，并宣布公主将与保罗王子订婚。但波宁将军和安娜之间经过一段时间的接触已经产生了感情，他们两人发现彼此相爱甚深。皇太后最终决定成全这对有情人，她也鼓励刚刚找回来的孙女勇敢地去追求普通人的幸福。晚会开始时，安娜与波宁认为遗产不再重要，他俩双双离开，不知去向。他俩又给人世间留下了一个谜。

整个故事一个谜套着一个谜，到最后只有波宁和安娜的爱是真的。

（7）电影《冰雪暴》中错误的代价——

喜剧的观众总是俯视着剧中人物犯各种各样的错误，而这些错误产生的荒谬感使他们捧腹大笑。可是在生活中，有的错误是需要付出代价的。虽然也很可笑，但代价也是很沉重的。美国电影《冰雪暴》就是一部黑色幽默喜剧。故事内容如下。

影片讲述一个名叫吉利的汽车销售商，因急需一笔资金做生意，想出了一个绝招。他雇用了两个社会渣滓去绑架自己的老婆，然后让他有钱的岳父出赎金，他再跟绑匪分账。回家后他看到妻子和岳父、孩子在一起，大家吃着饭，一家子其乐融融。他又提出向岳父借钱的事情，不料岳父答应了。他赶紧走出去找那两个社会渣滓，要他们取消行动。转了一圈之后，吉利回来，发现家里一片狼藉，妻子被绑架了。绑匪绑走了吉利的妻子后，在公路上又打伤了警察和路人。第二天清晨，当地的警察局局长来到现场，不费吹灰之力就将案情的来龙去脉调查清楚了。最令人目瞪口呆的是这位警察局局长是一位身怀六甲、行动不便、貌不惊人、朴实无华的中年妇女，跟普通好莱坞电影中的男女警探截然相反。她机智、风趣、幽默，是一个乐呵呵的"大妈"。反角吉利的塑造也极具特色，他自以为聪明，但事件的发展完全超出了他的控制，他一错再错的笨招，只有平庸到极点的人才想得出来。他也因此为自己又傻又笨的错误付出了代价。

影片的黑色幽默、深藏不露，渗透在骨子里。

（8）电影《猪宝贝》中的"我没有错"——

一般辩解自己没有错的有两种情况：一种是本人觉得自己没有错，自以为是，但观众看得很明白，他是死不认错，打肿脸充胖子；另一种情况是他确实没有错，是周边的环境或人错了。如美国电影《猪宝贝》（《我不笨，所以我有话说》）。故事内容如下：

一只叫贝贝的小猪来到一个农庄，它不甘当命运的奴隶，而要像羊、狗那样生活，它千方百计想要实现自己的梦想。影片通过贝贝的命运，表现出一个弱肉强食、适者生存的社会，以及它那不服输的个性。贝贝不愿意服从命运安排，体现了顺从环境和实现个人梦想之间的矛盾。贝贝与王小波杂文中那特立独行的猪儿子完全一致。贝贝的经历可以说象征着儿童对成人世界的逐步觉醒。这些道理在电影中却不着痕迹，没有说教，即使读者没有看出其中的含义，仍然可以欣赏这个动人的故事。电影仿佛是儿童图画，生动地保持着纯真和人物的质感。

《猪宝贝》后来又拍了续集，名字叫《小猪进城》（《我很乖，因为我要出国》）。

续集把场景从农庄搬到了城市，影片的调子更成人化，有更多的黑色幽默元素，娱乐性也得到加强。一个融合了悉尼歌剧院和纽约帝国大厦的巨大背景，颇有看头，出场的各种动物也更具有成人世界的对应点，如猩猩是黑手党等。影片的主题还是贝贝说的话："我没有错。这社会，会不会错了？"

三十四、死

美国编剧书《经典情节 20 种》中，有一个段落讲的是"牺牲"。书中牺牲的概念比较宽泛，可以牺牲财产，也可以牺牲名誉。但我认为最高阶段也是最彻底的牺牲就是死亡，除了死亡无大事。

死亡是一个沉重的话题。我们每一个活着的人都在排着队走向死亡之门。对于作家和编剧来说，死亡是永远可以表达的戏剧事件，它衍生的情节或者场面都具有点爆故事的作用。

对于故事来说，死亡是一个具有非常强烈爆炸力的炸点，关键是我们如何去表现死亡。我们必须竭尽全力去表现，尽善尽美地呈现各种各样形态的死亡。即使是短视频也不可能回避死亡，因为这也是表现短视频的一个炸点。

中国历史上有一些名人的死亡非常具有感染力。下面以一些影视剧中的人物的死亡为例，归纳一下创作中死亡的类型。

1. 革命者大义凛然的死

（1）电影《秋之白华》中瞿秋白之死——

《秋之白华》主要讲瞿秋白和杨之华的爱情故事，其中有瞿秋白被捕的情节。红军开始长征后，留下来与敌周旋的瞿秋白不幸被捕，他拒不投降，被蒋介石下令枪毙。执行枪决前的晚上，他感叹祖国美好的山、美好的水，还有中国的豆腐，堪称世界第一。在被执行枪决的早晨，他慢慢走向刑场，用俄语轻轻吟唱着《国际歌》。最后他选择了一个地方，背后是翠绿的青山，他说了一句"此地甚好"，便坐在草地上，神情平静，摘下自己的眼镜。这完全是一副殉道者的形象，具有一种形而上的哲学意味。

（2）电视剧《可爱的中国》中方志敏之死——

1926年4月，方志敏与毛泽东、彭湃首次在广州相遇，他们坚信中国必有一个光明的未来。为了这个光明的未来，方志敏配合国民革命军攻克南昌，结束了北洋军阀在江西的统治。蒋介石却开始蚕食革命成果。党的"八七会议"后，方志敏开始建立赣东北革命根据地和工农红军。军阀大混战时机，方志敏率领红军一举占领景德镇市，建立了人口近百万的赣东北苏区，成为保卫中央苏区的战略右翼。1934年末，方志敏为掩护中央红军向西长征，率领孤军深入皖南，寡不敌众，不幸被俘。面对国民党的威逼利诱，他凛然不屈，在狱中写下了《可爱的中国》《清贫》等一系列作品，最终被国民党秘密处决，他用自己的生命谱写了一曲共产党人的正气歌。

方志敏的死和瞿秋白的死虽然有所不同，但革命者"我以我血荐轩辕"，为了信仰、为了祖国、为了人民，不惜献身的大无畏精神是共通的。

（3）《刑场上的婚礼》中革命者浪漫主义的死——

革命者陈铁军和周文雍因为革命工作的需要，假扮夫妻，积极筹备着广州起义。起义失败后，两人双双被捕，直到临刑前他们才吐露爱情的心声，并决定在刑场上举行婚礼。这个故事先后被改编成舞台剧、电影和电视剧。虽然这是根据他俩的真实事迹改编的，但我总感觉这是一部浪漫主义影视剧。

2. 战争中的死亡

（1）抗日英雄杨靖宇的死——

《杨靖宇将军》是中国国际电视总公司优秀的女制片人刘娟制作拍摄

的一部电视剧。杨靖宇人高马大，是东北抗日联军的领导，当年让日本关东军闻风丧胆。在日寇的重重围困中、在漫天大雪的深山老林里又饿又冻，杨靖宇领导的东北抗日联军仍然坚持抗战。最后他被身边最信任的人出卖。日寇军官剖开了杨靖宇的胃，发现里面仅有几根枯黄的树叶，这让追杀他的日寇军官对他肃然起敬，还以职业军人的名义向他致以崇高的敬礼。

（2）志愿军英雄的死——

在电视剧《抗美援朝》里，我们的志愿军战士饿急了就吃冰碴儿，在冰天雪地里守卫着战斗岗位，最后冻成了冰人。他们的牺牲，给人带来太大的震撼。《英雄儿女》中的王成呼叫着"向我开炮！"，邱少云让蔓延的大火烧死自己，他们都是因形势所迫无畏地献出了自己的生命，冻成冰人的志愿军战士用顽强的、超人的意志坚持着自己的信念，美国军官对此由衷地发出感叹和赞赏。

（3）充满人性之美的死——

以前看过一篇小说，小说中一个细节非常感人：一个年轻的战士在阵前受伤，临终之前，女护士问他还有什么话要说，战士说希望得到她的一个亲吻，女护士紧紧地拥抱着他，给了他生前的最后一个吻。战士幸福地闭上眼睛离开了人间。

3. 灾难带来的死亡

（1）抗洪救灾中的舍生忘死——

我看过一部抗洪纪录片：很多武警战士组成人墙挡住洪水，场面感人。现场有的战士被洪水冲走了，他们年轻的生命消失在滔滔洪水之中。我们虽然不知道他们的名字，但我们知道他们是中国军人。中国军人的荣誉是属于他们的。

（2）抗震救灾中，把生的希望留给了孩子——

有一个短视频：在地震救灾中，有两个小孩儿被压在废墟之中，一个年轻的战士发现了他们，并开始进行营救工作。经过千难万险，他终于把这两个孩子救了出来，可是地震的余波把他压倒在废墟里。两个小孩儿在废墟边上拼命地呼喊着他。他们连他的名字都不知道，只是不停地叫着："叔叔！叔叔！……"在凄惨的呼唤声中，一个年轻的生命就这样永远消失了。

（3）疫情救灾中女护士遗憾的死——

这是我写的一个电影片段：武汉发生疫情时，有一位年轻的女护士在老家探亲，突然接到医院给她打的电话，要她赶快回到工作岗位。此时路上的交通都已经中断了。她步行了将近一天一夜，疲惫不堪地赶到工作岗位，简单吃了一点东西，马上投入紧急的抢救工作中。她的男朋友是医生，两个人都戴着防护面罩和手套，只能用手势表达相互的关心。没有料到，女护士感染了病毒，而且抢救无效已濒临死亡。临终前她的男朋友戴着防护面罩守护在她的床前，她伸出手想抚摩一下男朋友的脸庞，但这几乎是不可能的事，男朋友不可能把防护面罩摘下来。她带着最大的遗憾，离开了人世。

（4）更多的意外灾难中的死——

A. 我策划了一部描写援藏干部的电视剧。编剧孙永明曾经20多次到过西藏。他说了一个情节：有一次他和几个援藏干部外出，傍晚时迷路了，这时天气骤变，很快就会有暴风雪降临。当地昼夜温差很大，如果赶不回宿营地，再加上暴风雪，他们几个人就会冻死在山坳里。后来，乌云中亮出一丝光线。有经验的藏民马上告诉他们回家的方向，于是他们紧赶慢赶，终于在暴风雪降临的时候回到了宿营地。

西藏的天气以及地理环境非常恶劣，有的援藏干部会被势如洪水的泥石流卷走；有的援藏干部会面临高原反应，因为缺氧危及生命。

我在策划中设计了父子两代人在援藏的过程中先后牺牲了。他们的死，可以点爆整个故事。

B.美国电影《泰坦尼克号》就是一个遭遇意外沉船事件的故事。让我最感动的一幕是，整艘船慢慢沉下去时，有几位音乐家拉着小提琴，在悠扬的琴声中，他们坦然面对死亡，用演奏音乐的方式来迎接生命终结。

4.和平时期的死亡

（1）生老病死——

死亡是人生必然经历的阶段。面对死亡，每个人都有不同的表现。有一年我回上海，父母亲都住在医院里。我走到医院的门口，那一瞬间腿都软了。那时我已经50多岁了，但还是不由自主地生出一种忐忑：我会不会成为孤儿？这就是我当时的心理状态。

我母亲90多岁去世的，她生前我每次回上海去探望她都发觉她对死亡已经很坦然了，什么时候离开这世界都无所谓了。我想，我到了这个年龄可能也会像她一样，把生死都看得很淡，这是一个人对生命终结的态度。

即使在和平时期，死亡也是对人性的拷问。如果我们短视频的制作者和拍摄者都能关注死亡的问题，就可以发现和挖掘出很多创作的素材。

（2）车祸死亡——

和平时期，车祸数量逐年上升，车祸产生的结果，不是伤残就是死亡。伤残者如何面对新的生活，死亡者的家庭又发生了怎样的变故，这些都值得我们关注，都可能成为我们创作的素材。我策划制作的电视剧《漂亮女人》，一开场就是一场车祸，女一号唐文馨的丈夫被车撞死了，之后发生一连串的故事。

（3）挑战极限者不惧死亡——

我有一个朋友是攀岩运动员，他总是挑战极限，喜欢选择最高、最危险的山头进行攀岩运动。我想给他写一部作品，最后我这样描述：攀岩过程中，险象环生，男主和女友终于登上了山顶，山上有一座荒废的道观，男主诗情大发，高吟李白的诗："危楼高百尺，手可摘星辰。不敢高声语，恐惊天上人"。吟完，他伸手给女友一个"摸头杀"。女友热泪盈眶，紧紧地拥抱男主，喃喃地说："陪你举手摘星辰！一辈子！"

这个稿子还留在我的电脑里。可是这位朋友挑战极限，永远离开了人间。

（4）硬汉自杀——

有两位获得诺贝尔文学奖的作家用自杀了结了一生，一位是日本的川端康成，另一位是美国的海明威。我对川端康成的自杀不甚了解，但知道日本民族有"菊花与刀"的文化传统。我对美国的海明威还是很敬佩的，他写的《老人与海》表现的主题是"即使失败了，还是一个硬汉"。他的自杀和他的写作有关系。他认为自己再也写不出超过以前的作品，再活下去就没有意义了。创作就是他的生命，创作的终结就是他生命的终结。于是这个硬汉用手枪结束了自己的生命。

5. 点燃死亡的炸点

美国电影《教父》中，最后教父的女儿为他挡了一枪，失去了生命。这样的死亡并不会给观众带来强烈的震撼。在我们的电影、电视剧里，很多故事人物都会为拯救他人的性命而勇敢地牺牲自己。用身体替别人挡住了致命的子弹，这样的段子越来越多，也让人越来越觉得这样的故事没有意思。

要点爆死亡的段子，就要为情节突转做好前铺后垫。

（1）以电视剧《叛逆者》为例——

电视剧《叛逆者》中，王志文饰演的顾慎言是潜伏在军统的共产党人，他的牺牲，让他的部下林楠笙快速成长起来，也成为共产党的潜伏人员。这样顾慎言的死就有了新的意义。他的死为故事情节带来戏剧性的转折。

顾慎言的牺牲，不是瞬间做出来的行动，而是一场有准备的预谋。在全剧中，开始时顾慎言的戏展开得非常全面，感觉他是男一号。其实朱一龙饰演的林楠笙才是男一号，顾慎言只是一个配角。但顾慎言的牺牲为林楠笙的成长做了铺垫，让林楠笙受到感染和教育，快速成长为共产党的潜伏者，成为顾慎言的接班人。这部电视剧的故事核就是一个年轻人的转变和成长的历程。

顾慎言在前面做了很多潜伏者的工作，观众对他熟悉后，产生了好感。因此，他的死亡会让观众感到难受。他的牺牲点爆了年轻的林楠笙，同时也点爆了观众的情感。

（2）以美国电影《血钻》为例——

《血钻》中白人阿切尔的死亡也具有以下几个方面的意义。

A. 阿切尔和所罗门相处的过程中，感受到所罗门的朴实憨厚，他为了儿子和家庭不惜豁出命来。所以阿切尔受伤后就把钻石交给了所罗门，放弃了自己用生命换来的钻石。

B. 面对围攻上来的军人，阿切尔掩护所罗门逃跑，并告诉他逃跑的路线，还提醒他小心直升机的驾驶员。

C. 阿切尔临终前要帮助博文小姐完成一个重大任务，就是要揭露血钻的真相。他把博文小姐的名片交给了所罗门，让所罗门去找博文小姐。

D. 阿切尔也知道博文小姐是喜欢他的，他最后的行动也是对爱的一种表示或者回报。

阿切尔的死有多重意义，所以能够点爆整个故事。他的人物形象先抑后扬，临终前的所有行动让所罗门感动，让博文小姐感动，让我们的观众也感动了。试想一下，如果阿切尔没有死，他们仍然为了血钻钩心斗角、争夺杀戮，无论哪一方最后得到钻石，这个故事都不会有亮点。

三十五、囧

囧是一种喜剧情景。让喜剧情景和喜剧人物性格碰撞出火花，由此会产生出很多与囧相关的喜剧事件、情节和场面。回到喜剧理论上来说，喜剧产生于人和环境的不协调、人和人之间的不协调、人和自身的不协调之中。而困境让人处于一种尴尬、无奈、无所适从的状态中。电影《人在囧途》是一部从囧途的困境中找出生路来的喜剧，它的故事就架构在三个不协调当中。

1.《人在囧途》中人和环境的不协调

之一：王宝强饰演的牛耿是牛奶厂的工人，为了讨债去长沙。他第一次坐飞机，因为不能带液体上飞机，安检时他一口气把一大瓶牛奶全部喝了，后来飞机在起飞时发生颠簸，他胃里的牛奶忍不住就要喷射出来，于是他强行憋着。牛耿的囧态产生了喜感。这是因坐飞机而产生的人与环境的不协调。

之二：长沙有大雪，飞机返回原地。他们只好买火车票上车。这里面有一个春运的大环境。徐峥饰演的李成功因为部下给他买的是一张假票，上车后发现自己和牛耿是同一个位子。徐峥知道自己拿的是假票，非常尴尬，不料王宝强却愿意站着让他坐在座位上。徐峥对王宝强产生了好感。这是因两个人一个座位而产生的人和环境的不协调。

之三：火车行驶的前方发生了塌方，全部旅客下火车。于是他们改乘长途汽车去长沙。半路上，前方又发生了塌方，长途汽车也停下来了。李成功急着赶回家过年，让司机走一条违规的乡间小道，说出了问题由他来负责。于是，长途汽车行驶在乡间崎岖不平的小路上。半道上，有一个老太太吃红枣，不小心枣核卡在喉咙里，她正好又被车碰了一下，倒在车前，生命垂危。村主任赶过来理论，李成功给钱也不行。一伙乡亲操着家伙都赶到了现场。没有料到牛耿从车上下来，抱着老太太一上一下地颠了起来，枣核从老太太的嘴里吐了出来，老太太一下子活泛起来。这场困境被牛耿化解了。这是因塌方而带来的一系列人与环境的不协调。

之四：车子熄火了。车上的客人就在乡村里面吃饭等车。可是李成功等不了，他们坐上了运鹅的拖拉机。到了武汉，他们下车后满头满身都是鹅毛，让人看到他们的囧态。这是改坐拖拉机产生的人与环境的不协调。

之五：李成功的钱包丢了，身上只剩 80 块钱。他们只好在最便宜的小旅馆住一夜。一间小房一张床，他们两个人必须睡在一张床上。李成功是一个成功的老板，他根本就受不了这样的睡觉方式。这是因丢钱包引起的人与睡觉环境的不协调。

之六：有一个漂亮女士和老公闹事，故意住到宾馆里来，让她老公抓奸。她老公果然来了，找来找去没有找到人。结果李成功走错了房间，躲在房间的最高处，目睹了夫妻的争吵和抓奸夫的过程。李成功的鞋子突然掉了下来，被夫妻俩发现，他极力辩白，还是被那个老公打了一顿。这是人与小旅馆环境不协调再次引发的囧态。

2.《人在囧途》中人和人之间的不协调

之一：牛耿朴实憨厚，实话实说，很多事情都被他说准了。李成功虽然认可他的人品却讨厌他的乌鸦嘴，所以他们之间的矛盾是性格上的不协调。

之二：最典型的桥段发生在武汉。有一个女人在街上行乞，说自己的女儿在医院里面抢救，需要 2000 块钱。李成功认为这是一个骗局，一再阻止牛耿把钱给她，没想到一转身，牛耿把自己身上的钱都给了这个女人。李成功嘲讽他"人间自有真情在"。

之三：后来他们又发现了这个女人，李成功要去找她把钱要回来，一路追赶，最后发现原来她收养了一些孤儿，其中一个孤儿视网膜脱落，不治病的话眼睛就会瞎掉，而这些孩子都在跟着她学画画。误会当场就解除了。这个段落感情的元素比较充沛，单从人和人之间不协调的喜感来说，基本上没有。

3.《人在囧途》中人和自身的不协调

之一：李成功有一个情人，他们之间的感情是真的。牛耿和李成功在半路上喝小酒时，李成功袒露自己的矛盾，说妻子和情人他都很爱。也正因为他对妻子和女儿的爱，他才急着赶回家。因为人和自身的不协调，才产生了春运期间这一路上和环境的不协调。

之二：李成功回到长沙，接到了情人的电话，他们两个人见面了。情人故意和他说，自己到他家里去过了，见到了他的妻子和女儿。李成功匆匆忙忙回到家里，家里却空无一人。他的心情更加复杂。没想到不一会儿母亲、妻子和女儿都回来了。妻子在厨房里忙着给他烧饭吃，他走到妻子的背后，双手拥抱着她的腰。妻子婉转地告诉他，最近有个女孩儿总是跟踪她和女儿。妻子告诉他，那女孩儿留了一封信在门口的花坛里。妻子把那封信交给了李成功，让他自己去看。李成功看了这封信才知道情人理解他有一个温柔的妻子和可爱的女儿，决定永远离开他了。

该剧不足的地方是，李成功自身的不协调写得不够充分。苏联电影《秋天的马拉松》，写人和自身的不协调就非常充分，在情人和妻子之间左右为难、欲盖弥彰、破绽百出。

4.《泰囧》和《人在囧途》相比较

徐峥和王宝强合作和主演的"囧系列"电影共有四部。他俩合作拍摄的《人在囧途》获得成功后，紧接着又合作拍摄了《泰囧》。和《人在囧途》相比，《泰囧》有三个明显不足的地方。

之一：《人在囧途》春运的大背景真实接地气，造成环境的不协调也让人感同身受。《泰囧》所表现的人和环境的不协调缺乏真实感，更多的是花拳绣腿的东西。

之二：《人在囧途》中李成功和牛耿之间的不协调，写得比较亲切可爱。而《泰囧》中则是徐峥、黄渤和王宝强的三人搭档，其中王宝强和黄渤的角色之间的不协调更多的是一种外部情节的表达。剧本没有提供给黄渤这位优秀演员性格喜剧的表达空间，所以他饰演的高博身上的喜感就比较生硬牵强。

之三：徐峥饰演的徐朗和黄渤饰演的高博自我性格的不协调，都是在妻子问题上做文章。因为故事情节基本都在泰国，所以在妻子问题上做文章只能是一掠而过，没有完成自我性格不协调的戏剧任务。徐朗最后的转变，在心理轨迹方面缺少挣扎、矛盾和痛苦。缺少铺垫的转变，肯定会显得突兀。

三十六、活

人生百年，人活在这个世界上，各有各的活法。刘和平老师在他的《大明王朝 1566》中借大太监吕方说了一段话："有两句话你要记住！一句是文官们说的，做官要三思。什么叫三思？三思就是思危、思退、思变。知道了危险就能躲开危险，这就叫思危。躲到人家不再注意你的地方，就叫思退。退下来就有机会再慢慢看，慢慢想，自己以前哪儿错了，往后该怎么做，这就叫作思变。……我再教你武官们说的那句话——置之死地而后生。"

这就是大明王朝官场的生存方式，或者说是活法。

余华的小说《活着》是那个特定年代的生活方式。那种活法现在的年轻人已经很难理解和接受了。

有一句老话："文学就是人学。"所有的小说、影视作品，包括短视频，都是表现各种各样的人活着的形态。他们活着的方式产生了他们各自不同的故事。

所以每个人都有故事。我们要点爆活着的人们的故事。我们先介绍一下影视作品中人物的生活方式和人生态度。

1. 为了理念而活着

优秀作品的主人公都是为了一种理念而活着。他们没有自己的私心和杂念，所有的一切活着的行为都是为理念而存在。

最有代表性的电影就是《甘地传》和《至暗时刻》。

中国有郭沫若的话剧《屈原》、电影《秋瑾》、电视剧《赵氏孤儿》等。

《秋菊打官司》中秋菊就是为了讨一个说法，为了这个说法顽强地活着，不达目的誓不罢休。

2. 为了完成任务而活着

这种类型在战争剧或谍战剧中比较多见。主人公为了完成任务而活着，主要的情节就是置之死地而后生。

3. 为了爱情而活着

爱情剧里的主人公大多就是为了爱情而活着的人物。中国古代有《梁山伯与祝英台》《白蛇传》等。美国电影有《魂断蓝桥》《英国情人》等。日本电影《情书》和电视剧《日本东京故事》等也是这种类型剧。

以上三类作品的电影、电视剧有很多，不一一阐述了。下面重点介绍的是具有个性特征的"活着"。

4. 为了别人而活着

（1）美国电影《触不可及》——

这部电影豆瓣给了 9.4 的高分，影片故事是根据真人真事改编的。内容如下：

没有工作的黑人德里斯，去有关部门申请生活救助金。需要签字的官员是一个坐在轮椅上的瘫痪的男人，他的名字叫菲利普。后来菲利普和他说："你过来帮我，试用期一个月，但我觉得两个星期你就会走人。"德里斯愿意接下这个活儿，伺候他。起先德里斯有点不适应，很快他就把这些工作都掌握了。

有一天晚上菲利普发生呼吸困难，德里斯自作主张把他抱上轮椅，推他到巴黎河边去呼吸新鲜空气。德里斯自己抽着烟，他竟然让菲利普也吸两口，不料菲利普的感觉很好。两人相谈甚欢。菲利普跟他说起自己以前有个老婆，5次怀孕都流产了，现在的孩子是收养的。25年前她离开了他，现在每年都会给他送一个彩蛋。今年他把这个彩蛋送给了德里斯。德里斯回家后把这个彩蛋送给了妹妹。

菲利普非常孤独，寂寞的时候经常叫他的女秘书给他打字，然后寄给他的女笔友。而德里斯却是一个性格开朗、机智幽默、实话实说的人。他觉得菲利普花这么多精力给女笔友写信，如果对方是个丑八怪，花这么多精力就不值得，还不如给她打个电话聊聊。于是，德里斯不管不顾地拿起菲利普的手机，按照信封上的电话号码给对方打了过去。对方接了电话，没想到他们在电话里聊得非常开心，还准备相互赠送照片。德里斯替菲利普选照片，选了一张没有坐在轮椅上的照片。后来，菲利普让女秘书换了一张坐在轮椅上的照片寄出去。

德里斯发现菲利普的女儿和一些不三不四的男孩子鬼混，对家里人也不讲礼貌。于是开始教育她，得到了菲利普的支持。

德里斯陪着菲利普去看画展。一幅很不起眼的画竟然价格很高。于是，德里斯利用闲暇时光，听着音乐，在自己的房间里涂鸦。

德里斯和菲利普开玩笑时问他，对女人有没有兴趣。菲利普告诉他，自己是脖子以下到脚尖都没有感觉的人，但是耳朵有感觉。于是德里斯带菲利普去女性按摩店。德里斯自己高兴地接受按摩，却让女店员给菲利普按摩耳朵。女店员要按摩菲利普的胸脯，被德里斯阻止了。那一天他们玩得很开心。

回来后，德里斯发现菲利普的女儿因失恋而痛苦不堪，于是他找到那个男孩子教训了他一通，要那男孩子像以前那样给菲利普的女儿买她喜欢吃的东西。

菲利普和别人谈生意，他要推销德里斯的画。

菲利普过生日那天，请了乐队一遍又一遍地演奏古典音乐。大家都正襟危坐，欣赏着音乐。德里斯觉得没劲，于是自己播放了一首曲子，并随着音乐狂乱地跳舞。这情绪一下子影响了大家，在座的人都站起来跳舞，气氛一下子活跃起来。这是菲利普最开心的一次生日派对。

女笔友爱丽丝回信了，说下一周她会去巴黎。菲利普把她的照片放在床前，是一张很不错的女人的相片。菲利普准备去约会了，德里斯帮他换了很多次服装，最后选了一套满意的。菲利普这次不准备带德里斯去，他让自己家的高级女佣陪自己一起去。德里斯路过一座大楼，看到他的婶婶在辛苦地擦玻璃窗，感慨万千。

在约会地点，菲利普一直忐忑不安，最后还是下决心走了。他与爱丽丝擦肩而过，彼此都没有认出。德里斯陪着菲利普上了专机。菲利普掏出了卖画的钱给了德里斯，德里斯喜出望外。

菲利普的瘫痪是一次跳伞运动的事故造成的，他身残心不残，带德里斯来到升降伞的运动现场。他俩一起上了升降伞。在天空中，德里斯吓得大喊大叫。菲利普镇静自如，这可能是他这辈子最后一次空中运动。

回到家里，菲利普发现德里斯的家人来找他。德里斯说出自己的身世。菲利普感动之余，对德里斯说："你不要一辈子照顾一个残疾人。现在你有钱了，应该有自己的生活。"德里斯被迫离开了。家里来了新人来照顾菲利普，可菲利普非常不满意，他不理胡须，连饭都不想吃，情绪低落。

有一天，德里斯来了。他把菲利普抱上了轮椅，菲利普问他去哪里。德里斯笑而不答。最后他们来到海边的一家宾馆，德里斯要让菲利普眺望大海。德里斯给菲利普刮胡须，做出各种胡须的造型，逗得菲利普乐起来。吃晚饭的时候，德里斯把那只彩蛋放在桌上，说"我不陪你吃晚饭了"，之后他匆匆离开现场。德里斯在玻璃窗外笑嘻嘻地向菲利普招手。菲利普的身边走过来一个女人，这个女人就是挂在他床前照片上的女人，她坐下来，叫了一声菲利普。

影片后来的字幕说，菲利普和那女人生活得很好。这部影片中，菲利普的生活确实是一种非同寻常的状态。而德里斯在帮助菲利普活下去的过程中，也体现了自己的价值。

（2）香港电影《女人四十》——

《女人四十》也是这一类型的故事。故事梗概如下。

年约 40 岁的俞芳芳是个典型的香港传统女性，整天忙忙碌碌，家务事也全落在她的身上。芳芳生在小康之家，唯一遗憾的是，与脾气古怪的公公总是合不来。这天下班之后，芳芳的婆婆患脑梗死身亡。在葬礼中人们才发现芳芳的公公竟连自己的儿子女儿都不认识，只认得儿媳妇芳芳，原来老人患阿尔茨海默病。芳芳被弄得心力交瘁，但在照顾公公的过程中，芳芳也更了解了生命的意义。

人和人之间有着情感对应的关系。当你为别人活着的时候，别人也会感受到的。在这个过程中，你也会发现自己生命的价值。

5. 为热爱的事业而活着

我有一个朋友在厦门，他是写歌剧的编剧。有一天他和我感叹地说，如果他不写剧本的话，那就活得没有意义了。当初这句话给我的感触很深。我觉得他是为自己热爱的事业而活着。

前面说过美国硬汉作家海明威的自杀。海明威觉得生命的价值和意义就在于创作，写不出比以前更好的作品的时候，就是生命终结的时候。他也是为自己热爱的事业而活着的人。

2021 年，福建芳华越剧团排练演出了越剧《林巧稚》。林巧稚有"万婴之母"的称号，袁隆平、钟南山等很多名人，还有冰心的三个儿子都是她接生的。她从小出生在厦门的鼓浪屿，身世很传奇。5 岁的时候母亲因妇科肿瘤身亡。小时候她在门口打毛衣，有人发现她心灵手巧，说她可以做医生。因为母亲的去世使她萌发了做妇科医生的愿望。后来她去考协和医院，考试的时候，身边的一个女孩子突然晕倒了，她放下考卷，亲自抢救这个女孩。最后，她被协和医院录取了。1949 年，开国大典在北京天安门广场举行。来自全国各地的代表都参加了这次开国大典。中央也邀请了林巧稚参加，她因为在医院里要接生孩子，放弃了这样一次珍贵的机会。

林巧稚一生没有结婚，也没有孩子，但全国各地有很多她接生的孩子都会叫她妈妈。福建芳华越剧团排练演出了越剧《林巧稚》，为我们呈现了一个为自己的事业而活着的人。林巧稚的生命的价值和意义得到了全国人民的认可。

为自己热爱的事业而活着的人是幸福的。

6. 为家庭和家族而活着

为家庭和家族而活着的人太多了。很多人含辛茹苦、忘我打拼，为家庭或者家族而活着。家庭是我们社会的细胞，一滴水可以反映出太阳的光芒，为家庭和家族而活着的人是应该值得敬仰的。我们的作家和编剧、短视频的制作和拍摄者，可以从我们身边的人物挖掘出素材。

（1）《血钻》中的所罗门——

美国电影《血钻》中，所罗门在枪林弹雨里冒着生命的危险东奔西跑，一切的行动都是为了他的家人。钻石对他来说并不是最核心的东西，家人是他的命、他的天。他找到了钻石之后，主动把钻石交给了阿切尔，由此才感动了阿切尔。因此，阿切尔受伤之后又把钻石交给了他，并让他带着儿子逃脱。最后所罗门和钻石商人谈判的时候，一定要求对方把他的妻子和女儿接到伦敦来，让他家人团聚这场交易才算完成。所以说我们在电影里看到的所罗门，生命和金钱对他来说不是最重要的，最重要的是家里的亲人，他是为自己的家庭和亲人而活着的人。

（2）《教父》中的迈克——

《教父》中的小儿子迈克，成年之后发现整个社会都发生了转型。作为一个出生于黑帮家庭的人，在成为父亲的接班人后，他觉得在这个社会转型的时期，绝不能让自己的家族和后代陷入黑帮社会之中，他必须洗白自己的家族，让家人都成为正常的人，让家里的生意都成为正常的生意。为了洗白自己的家族，他呕心沥血，排除一切障碍，他是为整个家族而活着的人。

7. 为升官发财而活着

官场上有不少人确实是为自己升官发财而活着，为了升官发财不择手段，直到最后毁掉自己。但也有许多当官的秉持"当官不为民做主，不如回家卖红薯"的正道。我见过很多好官，他们正直善良、有事业心、不贪不腐。他们做官大多是被领导发现了才干，经过提拔，再提拔，一直走在为官的路上。他们或许也是一辈子为官而活着，但也坚守了做一个好官的底线。我自己的学生中就有做到厅局级干部的，我对他们非常了解。一辈子为官而活着，一辈子做好官。

发财也是如此。君子爱财，取之有道。我做了我热爱的影视事业，一个人一辈子能够做自己喜欢的工作，这也是幸福。同时还能够挣钱养家，父母兄弟也能沾光。熊掌和鱼，兼而得之。何乐而不为呢？

对那种为升官发财而活着，挖空心思走歪门邪道的人，我们可以通过观察了解他们，他们也许会成为我们作品中的人物，但我们内心却永远鄙视他们。升官和发财，哪一步才算到头？宦海沉浮，财聚财散，这都是人生常态。所以要看明白这一点，文章道德才是真正的立身之本。

8. 其他各种各样的活法

1999年我来北京，想要"转换生存形态"，用北京话来说就是换个活法。我们看到的所有影视作品中的人物都有各自的活法，他们的活法完成了生命的故事，他们独特的活法点爆了各自的故事。下面举一些例子。

（1）美国电影《苏菲的抉择》中的苏菲——

这部影片根据威廉·斯泰隆的同名畅销小说改编，描写了一个纳粹集中营幸存者的悲惨遭遇。青年作家斯丁格来到了布鲁克林，结识了美貌的邻居苏菲，从她郁郁寡欢的表情中，斯丁格感到苏菲的心理负担十分沉重。通过交往，他了解到苏菲曾在纳粹集中营经历了地狱般的苦难，心灵受到严重创伤。只有和性情孤僻的情人纳森在一起时，她的精神才有依托。斯丁格对苏菲的身世抱以同情，对纳森的粗暴感到憎恶，当他向苏菲表达自己的爱慕之情时，苏菲向他讲述了自己的悲剧人生。原来在集中营时，由于她的错误选择，使一对无辜的儿女死于非命，这件事使她无法摆脱愧疚的阴影。第二天苏菲不告而别，当斯丁格找到她时，她已和患精神分裂症的纳森双双服毒自尽。

一个女人曾致使自己无辜的儿女死于非命，她在愧疚中生不如死。正是这一点，点爆了《苏菲的抉择》的故事。

（2）《飞越疯人院》中的青年麦克·墨菲——

为了逃避苦役，麦克·墨菲假装精神失常，被送进俄勒冈州立精神病院。他本以为可以得到自由，谁知处处受到限制。他是棒球迷，想看世界锦标赛的开场赛，却被护士长拉奇德赶出办公室。麦克·墨菲不甘心失败，提出改变院规的建议，并要求全体病友表态。但在护士长的威胁下，病友们不敢赞同他的建议。由于院方视病人为动物，剥夺了他们最起码的生活权利和做人的尊严，麦克·墨菲带领病友采取越轨手段来发泄对院方的不满。他组织了一场舞会，大闹病房。护士长率领保卫人员赶来制止。病友比利不甘受辱，割断动脉自杀。麦克·墨菲因殴打护士长而被强行做了脑叶摘除手术，变为"白痴"。病友酋长不忍心他如此活在世上，便在夜深人静时用枕头闷死麦克·墨菲，然后跃窗逃进原始森林。

《飞越疯人院》是一个双层逻辑的故事。我们看到的是一个叙事层面的逻辑，即故事中精神病院中处于弱势的病人对以护士长为代表的管理层的反抗，而故事隐喻层的逻辑则是对当时美国体制的失望和不满。人应该怎样活着？这个作品的主题点爆了整个故事。影片当年在美国引起了很大轰动，在国际上也获得了大奖。

三十七、乱

这里的乱，绝不是黑泽明导演的电影《乱》，那个乱是世道的乱、人心的乱，也不是美国喜剧电影《有一条叫旺达的鱼》中四贼人策划抢劫盗窃钻石案的那种乱。《有一条叫旺达的鱼》里有个口吃的乔治，乔治的女友叫旺达，碰巧她最喜欢吃的鱼也称为旺达。乔治和其他三个盗贼盗窃钻石成功后，麻烦的事情一桩接着一桩，把一个大律师也扯了进来，情节被搅得如一团乱麻，产生了很强烈的喜剧效果。而从短视频的角度来说，因为篇幅有限并不适宜让反派故意把时局和情节搅乱。我用这个比较极端的"乱"字，意指运用误会和巧合，制造一种乱象，使人物走进带有喜感的情景，让观众看到剧中人物手忙脚乱时而产生喜剧性的愉悦。

1. 乱掺和造成的乱

崔凯老师是一个朴实憨厚、机智幽默的东北汉子，我们是朋友。在北京喝酒时，他送给我一套厚厚的《崔凯文集》，上、下卷。书里都是他写的小品，很多都上了中央电视台的晚会。

崔凯老师有很多优秀的小品，是非常值得我们做短视频的编导学习的。以《乱掺和》为例，首先是"乱掺和"的"乱"和本节要说的"乱"很吻合。该小品把误会和巧合运用得自然得体，妙趣横生。

该小品的误会、巧合、反转都运用得如行云流水，三个人物的塑造也各有特色。何为贵的出场所产生的误会把戏给搅乱了，乱掺和的戏核展现得非常充分，也正因为这个乱，完成了一个喜剧性的架构。

2. "误哭遭打" 的乱

误会，一般是在不明真相的情况下发生的。下面讲一个"误哭遭打"的故事：

古代有个人，整天游手好闲，到处骗吃骗喝。有一天，他偶然路过一家人家，见里面在办丧事。他灵机一动，高兴地说："这回可有好事了。"随后便走进去，二话没说，对着灵堂号啕大哭起来。众人都不认识他，问他是做什么的，他边哭边说道："唉，你们都不知道啊，这老先生和我是最要好的朋友，几个月没见面，怎么就与世长辞了呢？真是太不幸了。你们也没给个信，我打门前路过才知道，还没来得及买祭品，先来哭一场，表示表示我的友情吧！"这家人对他感觉很好，就留他大吃大喝了一顿。

这个人在回家的路上遇到一个穷相识，见他喝得醉醺醺的样子，问道："兄弟，今天你从哪里混了顿酒饭吃？"他从头到尾说了一遍，那人一听觉得是个好办法，也就照样学了。第二天，那人找到一个办丧事的人家，进了屋就放声大哭，家人问他是怎么回事，他边哭边说道："啊，去世的人是我最好的朋友……"话没说完，几个人就举起拳头劈头盖脸地向他打了起来，原来这家的死者是个年轻媳妇。

我来后续故事：这个来混吃混喝的人，把这场丧事都搅乱了，挨了打是小事，乱了人家的门风是大事。年轻媳妇的丈夫连杀了他的心都有。这就是误会招来的"乱"。

3. 错中错带来的乱

误会中的误会，巧合中的巧合，使"乱"更有谐趣。中国著名的电影

《五朵金花》，就是这样的案例。

4. 人为造成的乱

误会和巧合形成的乱，是一种状态；还有一种状态虽然有误会和巧合，但其中的"乱"则是某个人物人为造成的。人为制造"乱"，是因为人的独特的个性特征使然。

我年轻的时候看过上海青年滑稽团演出的《出租的新娘》，这出戏就有显著的人为制造乱的特征。因为年代久了，戏中有的名字可能记忆有些误差，但主要的故事情节还记得。

化工厂里有一位青年女工叫小娟。她和工厂里的自学成才的技术员秦忆春谈恋爱，她知道秦忆春有个母亲在香港。所以当她知道秦忆春的眼睛有可能会瞎掉时，就誓言旦旦表示，即使秦忆春眼睛瞎了，也要跟他共患难度过一生。可是秦忆春的父亲一直没有和香港的妻子联系。"文革"期间他家因为有海外关系遭受了很多苦难，秦忆春也因此没能去读大学，对此一直抱怨在心。秦忆春的父亲是老师，更喜欢他的女学生陈杰，陈杰是厂里的高级技术员，和他的儿子秦忆春也经常来往。

厂里的李宝荣外号叫阿戆，母亲从香港回上海。30年没有见面了，母亲希望能见到他的未婚妻。阿戆在宾馆门口偶遇小娟，让小娟做他的临时未婚妻，和他母亲见面。小娟一口答应。

小娟见到了阿戆的母亲，全身心地投入表演。阿戆的母亲对她非常满意，当场摘下自己的手表和戒指赠送给她。小娟也邀请阿戆的母亲去杭州旅游。阿戆对小娟说，你是我的临时工，不要弄假成真，我母亲给你的手表和戒指都要还给我的。小娟却对他真情表白，说一辈子都会爱他，弄得阿戆心花怒放。

小娟和秦忆春见面，谈到要和他断绝朋友关系的事情。秦忆春非常痛苦，但也无可奈何。小娟的母亲也是一个势利小人，非常支持女儿的行动。

在杭州，秦忆春去找阿戆的母亲请教化工方面的问题。接着陈杰也赶过来了，她也是来请教化工方面的技术问题的。他们走了以后，秦忆春的父亲也到了杭州，见到了阿戆的母亲。他们夫妻俩终于和解了。其实秦忆春就是阿戆的亲哥哥。阿戆的母亲对陈杰的印象非常好。

小娟的母亲在杭州也见到了阿戆的母亲，在她面前讲了很多秦忆春的坏话，并说自己的女儿和他一刀两断是有道理的。对此，阿戆的母亲对她们母女俩产生了不良的印象。

阿戆见到了母亲，在母亲的追问下，他才如实相告，说小娟是租来的新娘。

小娟就是一个假戏真做的人，她因为嫌贫爱富，贪图钱财，先把自己搞乱，再搞乱别人，最后鸡飞蛋打，驼子摔跤——两头空。

5. 性格疯癫产生的乱

因为人物的性格，造成误会和巧合，使事情乱套，是常见的喜剧手段。还有一种手法，索性赋予人物一种惹是生非的性格，因此凸显人物性格的喜剧特征。

如美国电影《育婴奇谭》，讲一个疯疯癫癫的富婆，带着一只豹和一只猎狗，把一个古生物学家的平静生活搅得一塌糊涂的故事。故事中发生的所有的乱七八糟的事情，都与疯疯癫癫的富婆和她的两个宠物相关。这部电影因乱而使故事变得复杂而有趣，并没有低级粗俗的笑料。

6. 所有的"乱"都必须在把控之中

无论用什么手段制造"乱"局，所有的"乱"都必须在把控之中，使其符合人物的行为逻辑和故事的喜剧情景。

　　美国电视情景剧《老友记》之所以常红不衰，是因为几个主要人物的性格都是喜剧性格。另外，加上一个麻烦制造者的女孩儿，不断挑事，常常把故事搞得乱乱糟糟的，这些乱，恰恰是点亮故事的炸点。希望做短视频的编导都能从中学习借鉴如何设定人物的喜剧性格，并从喜剧性格中产生出喜剧情景和喜剧事件的经验。

三十八、晕

把人搞晕是一种手段，剧中人物会晕，观众看了也会晕，最后一个反转，所有人恍然大悟。

搞晕的故事有三种写法。

第一种写法：事件的来龙去脉观众看得很明白，剧中各方人物也都很明白。这种敞开式的写法是比较常见的。

第二种写法：观众已经看得很明白了，甲方是正面人物，他们还不明白危机已经逼近；乙方是反派，要用手段把甲方搞死。我们的观众就会为甲方而担忧，产生悬念。这是故事的局部情节的写法。还有一种相反的写法，观众已经知道乙方是坏人，甲方还在拼命寻找、侦查、跟踪，还在讨论谁是坏人。我一直和我身边的编剧说，这种写法是最傻的。观众都知道了，你们还要唠唠叨叨地写，没有一点意义。

第三种写法：观众不明白。甲方和乙方有一方（或一个人）是明白的，但是他秘不示人。因此观众和剧中大部分人物不明白，都会被其中一方（或一个人）的行为搞得晕头转向，最后一个反转，解密，肯定让观众恍然大悟。

我们现在要讲的是第三种写法。第三种写法在生活剧中也常用，最后给你抖包袱、解扣。但更多的是侦破悬疑的故事。这种类型剧都是先让你看得云山雾罩、晕头转向，最后给你一个大解密、一个真相。下面以四种类型做案例，进行分析。

1. 一个短视频故事的晕

一个女孩子在饭店里吃饭，进来一个老太太坐在她的身边，也开始点菜吃饭。吃着吃着老太太和女孩子发生了争执，老太太有点胡搅蛮缠；女孩子觉得很冤枉，搞得很晕，但还是一忍再忍。观众看得很晕，觉得这个老太太精神有毛病。后来一个男孩子赶到饭店，才知道这个老太太在考察她儿子的女朋友。

2. 电视剧《青春向前冲》中的晕

我策划制作的电视剧《青春向前冲》，其中男一号早年发生车祸，脑震荡，患下了间歇性失忆症。开场时，他大学时曾经恋爱过的女一号，从国外留学回来。他的记忆中以前的恋爱经历已经抹去。女一号知道他的病情后，冒着他第二次失去记忆的风险，开始和他第二次恋爱。对手为了陷害他，在车库里对他的脑部进行了打击。间歇性的失忆只有他自己知道，当女一号问他有没有看过质检报告的时候，为了爱情，他隐瞒了病情，谎称自己已经看过了。结果对调包过的质检报告信以为真，最后产品上市后，遭到了市场的负面反应。由此，被对方陷害。

为了寻找真相，反败为胜，他又一次失忆了。而这一次失忆，最终让所有的人物都相信了。虽然对手也进行了各种考察，最后也不得不承认他的失忆。在这种情况下，我们观众也完全相信他是真的失忆。最后他拿到了证据，真相大白，观众和剧中所有的人才恍然大悟——他是在假装失忆。

后来，他又一次真的发生间歇性失忆。剧中人物和观众都很怀疑他是假装的，女一号也对他进行各种试探，但这一切都是真的。在最后大高潮中，反派挟持女一号，在威胁到女一号生命的时候，突然间他叫出了女一号的名字，冲上去营救女一号。此刻观众真正看明白了：他的记忆在最关键的时刻又恢复了。

这个戏的故事核就是真假失忆。假失忆观众认为他是真的，真失忆观众又产生怀疑，认为可能是假的。

3. 英国电影《39 级台阶》中的晕

这是一部悬念片中的经典，先后重拍过三次，每一次都很精彩。我们讲第一部希区柯克导演的电影，故事内容如下。

柏莱迪姆游艺场，加拿大青年汉奈正向记忆大师麦莫里提问，人群骚乱。英国谍报人员安娜·蓓娜把汉奈带到波特兰公寓，说她正在跟踪代号39 级台阶的间谍组织的两个特务，现在反被对方跟踪。深夜，安娜·蓓娜被害。汉奈按照死者手中的苏格兰地图上的标志到阿尔特·纳切拉奇村寻找一个知情人。在火车上，他从报纸上看到自己已被指控为波特兰公寓谋杀案的凶手。警察正在搜查，他只好跳车逃跑。在农场主妻子玛格丽特的帮助下，他找到了苏格兰教授乔丹，没想到误入虎穴，险被击毙。他逃出阿尔特·纳切拉奇村，受到警察和乔丹部下的双重追捕。在一个竞选演讲会议厅里，汉奈和金发女郎梅拉被乔丹部下劫走，又趁机逃跑。

在小客店，他们了解到追踪者的计划，便逃往伦敦。在柏莱迪姆游艺场，汉奈发现了间谍头子乔丹要通过麦莫里把国防秘密带到国外的阴谋，而警察也包围了游艺场，要抓捕"杀人犯"。汉奈急中生智，通过记忆大师麦莫里的口说出了 39 级台阶的间谍组织的勾当。乔丹开枪将麦莫里打伤，警察将乔丹围住。麦莫里说出了秘密，随后死去，真相大白。汉奈的一只手被铐上了手铐，另一只手拉着梅拉走出了游艺场。

希区柯克把一个个跌宕多变的细节，作为刻画人物性格和形象的重要手段。"这里设埋伏，那边放烟雾。"让观众一个晕乎接着一个晕乎。"烧脑"的思维跟不上电影铺排的"迷魂阵"。观众根本就不会想到记忆大师麦莫里的大脑里记忆着"39级台阶"的间谍秘密情报，全剧高潮时才真相大白。

4. 东野圭吾的小说《我杀了他》中的晕

下面以日本悬疑大师东野圭吾的小说《我杀了他》为例，看他如何把故事中的人物和读者搞得迷迷糊糊、猜东想西，最后的最后才把你绝对想不到的谜底告诉你。

故事内容是按神林贵弘、骏河直之、雪笹香织三个人物的自叙体书写的，为保持小说文体的风貌，我们也采取人物自叙的方式。

（1）神林贵弘

那是和妹妹美和子开始上小学的第二天，父母去千叶参加亲戚家的法事，父母驾驶的大众轿车在高速公路上遭遇大卡车追尾，两人当场死亡。美和子和我分别由两家亲戚收养。15年前我和美和子分开生活，兄妹俩分开这么久是第一个错误。而第二个错误是时隔15年后两人又开始一起生活。

美和子后天的婚礼定在一家酒店举行，因此我和美和子决定明晚开始住在那家酒店。这样在时间上会比较宽裕。

他的男友穗高诚今天晚上就让美和子搬到他那边去住，按说合情合理，但无法打消我对他的不满。美和子在家度过的最后一晚，这么宝贵的夜晚，凭什么要被那样的男人夺去？

美和子决定和我清算以前的一切。她说："不清算的话怎么能和别人结婚？"我知道美好的时光再也不会回来了。她孤绝地笑了笑，关上了她的房门。当初第一次的时候，我才知道她还是处女。我们两个都很明白，从此便踏上了黑暗中没有尽头的不归路。

穗高诚是一个编剧，也是一个作家。因为妹妹是著名诗人，他们相识相爱。今天我和妹妹一起到他家去，干练的女编辑雪篱香织也来了，穗高诚的助理骏河直之也在场。美和子去打电话了。随着雪篱香织的目光，我们三个男人的眼光，透过落地窗，看到铺有草坪的院子里站着一个长发女人露出了丢了魂似的表情。

（2）骏河直之

前来的女人是准子。她听说阿诚要结婚了。她一直坚持要和穗高诚见面，阻拦她是我的任务。我使劲压着她，从她的手中掉下来的是花，婚礼上新娘拿的那种。她站了起来，白色的鞋有些脏了。接着，她像一个机器人一样走了。我目送着她的背影。这个场面被阴森森的神林贵弘看到了。

女编辑雪篱香织和他们两个在楼上谈工作，我是助理也上楼了。穗高诚见到我，知道事情处理好了。他从纸巾盒里抽出一张纸巾，大声擤着鼻涕，说："不好，特效药好像没有了，刚刚服完药没多久。"

"还有药吗？"美和子问道。穗高诚答了一句"没事"，走到书桌另一端的抽屉取出一只小盒子。盒子没盖上，能看见药瓶，他拧开瓶盖取出一粒白色胶囊，漫不经心地放进嘴里，然后拿起书桌上喝剩下的咖啡喝了一口。他患有过敏性鼻炎。对于在意自己形象的穗高诚来说，过敏性鼻炎这个老毛病可是他烦恼的根源。之后他拧紧瓶盖，从盒子里拿出药递给美和子，又把盒子丢进垃圾箱，说："一起放到你的旅行箱里吧，明天不用再吃了。"

"明天婚礼前得吃吧？"

"楼下还有小药盒，一会儿装上两粒带上就行。"说着，穗高诚又擤了擤鼻涕。

在隔壁房间，穗高诚和我见面。当初，准子堕胎的事情就是他让我做说服工作，并带她去医院的。现在他翻脸不认人。我恨不得把手中的圆珠笔刺向他的脖子。

准备去吃晚饭。穗高诚打开墙边组合柜的抽屉，突然发出声音。他拿着他常用的小药盒，说过那是他与前妻一起买的。"怎么啦？"美和子问道，"是这样，我刚打开这个药盒，发现里面有两粒胶囊。"

"那又怎么啦？"

"我记得里面应该是空的，真奇怪，难道是我记错了。"穗高诚左思右想，"不过也无所谓，明天吃这个药就可以了。"

"不知是什么时候的药，你就别吃了。"听到明天的新娘这么说，穗高诚也就没合上药盒的盖子。"说得有道理，那就丢掉吧！"说着他将两粒胶囊丢进垃圾箱，然后将药盒交给美和子。"待会儿帮我把药放进去吧。"

"知道了，"美和子将药盒放进自己的手提包，"好吧，我们出发。"

回到家里接到了准子的电话，我的胸口感到针扎般的疼。事情发展到这种地步，其实与我也有关系。准子在一家宠物医院工作，和我相识以后，我们相处得一直非常好。偶然的一次机会让她认识了穗高诚。穗高诚连哄带骗把她搞定了。穗高诚选择美和子，是为了利用她在文艺界的名声，让公司重整旗鼓，还清公司的债务。

（3）雪篱香织

穗高诚和我的关系曾经维持过3年。他说当时的离婚就是为了我，这让我很感动。说实话，我一直在等待着他的求婚。真没有想到他要和美和子正式结婚了。美和子的天赋是我发现的。我坚持出版一个无名女子的诗集是付出了很大的努力的。

穗高诚认为我知道他和美和子的关系会大吵大闹。我没有那样做，因为无法放下自己的自尊心。如果他只是利用我，我绝对不会放过他。我为他和美和子牺牲得太多了。同时，我发现美和子和她的哥哥的关系并不寻常。我等待着有一天会有一场好戏出现。

晚上，我打车到穗高诚家附近，发现他们两个人鬼鬼祟祟地装着一只大纸箱。车子的方向是去骏河直之住的公寓。我跟踪过去，发现他们把大纸箱搬进电梯，随后上了 3 楼。我在暗处看着他们两个人离开了公寓，随后我也上了 3 楼。从电梯里出来，看到对面有一扇门，没有挂门牌。看到有门铃，我按了按，但没有回音。我从门缝里看进去，没看到什么。于是我推门而入，发现房间的客厅里倒着一个女人。我首先看到的是一张摊开的报纸宣传单，背面用圆珠笔写着字，内容如下："我只能以这种方式表达我的心思，我先去天堂等着，相信不久后你也会过来的，请把我的身影烙印在你的眼中。准子。"这无疑是一封遗书，而文中的你明显是指穗高诚。

遗书旁边摆着一个眼熟的瓶子，这是穗高诚经常服用的鼻炎药的瓶子。旁边还有一个装着白色粉末的瓶子，看标签是常见的维生素。但里面的药末明显不是维生素，这种药瓶本来装的应该是红色药片。

药瓶周围散落着两个打开的空胶囊，不用说和穗高诚用的鼻炎胶囊完全一样。我突然明白了，打开鼻炎药的瓶子，将里面的胶囊倒在瓶里，一共有 8 粒胶囊，但仔细一看，胶囊好像都曾打开过，表面还有一层薄薄的白色粉末。那么，胶囊里面的药早已被白色粉末代替。

我将一粒胶囊放进上衣口袋，把剩下的放回瓶子里，然后便躲到了简易衣架后面。我今天一直在躲。

没多久，传来了抽泣声和嘀咕着"准子准子"的低喃微弱的声音，让人无法想象那是骏河直之，就像小孩子躲在墙角里哭泣一样。随后听到了微弱的开瓶子的声音。

衣架上的帽子掉了下来。我被发现了。面对骏河直之，我问他，遗书怎么没有收信人的名字？他回道：其实有，在最上面写着穗高诚的名字。但是被他用美工刀裁掉了。

在电梯里，骏河直之摘下手套。看着他的侧脸，我想起他拿着胶囊药的样子。如果我没看错，当时药瓶里有六粒胶囊。我轻轻地摸了摸上衣口袋，摸到了口袋里的胶囊。

（4）神林贵弘

晚上我住在酒店里。门缝里塞进来一封信，上面端端正正地写着"神林贵弘亲启"。我打开信，信的内容如下："我知道你和美和子之间存在着超乎兄妹的关系，如果不想让人知道，听从以下指示，信封里有胶囊，将这个胶囊混放在穗高诚服用的鼻炎胶囊中，药瓶或小药盒即可。重申一遍，若不按指示去做，就会揭露你们之间的肮脏关系，通知警方下场同样。读完后要烧掉这封信。"

我将信与信封丢在桌上的烟灰缸里烧掉。然后打开衣柜，将装有白色胶囊的小塑料包藏进上衣口袋。

然后，我去了美容院。美和子在做美容。看着她的美貌容颜，我的心中有一股想毁灭一切的冲动。

（5）骏河直之

我看到雪篦香织对伴娘西口会里说："把临时放在你那儿的东西交给骏河先生吧。"西口会里回答"好的"，便打开了包，从包里拿出来的是小药盒。

"刚才美和子小姐拜托我们把这个转交给穗高诚先生，但我们一直没有时间和机会接近新郎。"

"是那个鼻炎药吧？"我打开了小药盒盖子，里面放着一粒白色胶囊。我盖上了盖子放进口袋后，正好有一个侍应生从身边路过。我叫住了侍应生跟他说："麻烦你把这个交给新郎。"然后将小药盒给了他。

一会儿，婚礼开始了。穗高诚倒在通道上，土灰色的脸扭曲着，很丑陋，嘴里还吐着白沫。医生终于赶到现场，确认穗高诚瞳孔放大，已经死亡。

由于篇幅的关系，长话短说。关于毒杀穗高诚的案件，加贺警察参与了调查。以上几个人的叙述其实就是他们对加贺警察调查的陈述。

现在除了新娘，其他的主要人物神林贵弘、骏河直之、雪篠香织都有杀人的动机并和毒药有关联。准子有可能把毒药事先放在穗高诚的药瓶里，然后自杀。侍应生和伴娘西口会里是被利用的对象。

面对这样的案情，故事中的人物都互相怀疑。面对这样的故事，读者会被案情搞得晕头转向，谁是真正的凶手呢？只有让警察来进行分析推理，最后取得实证。加贺警察经过认真的调查研究，分析梳理，觉得还有一粒毒药去向不明。美和子痛苦不堪，哭声逐渐变大，抱着头，悲伤地摇摆着。在场的人都互相猜测对方就是凶手的时候，加贺警察说了一句话："谁是凶手都可以！"

加贺用低沉的声音清楚地说："答案已经出来了，美和子小姐。"所有的人都看着她。

"请告诉我！"美和子恳切地说。

加贺说："听完所有嫌疑人的叙述，我终于弄清楚案件是怎么发生的了，打个比方，就是拼图已经完成了，剩下的就是将最后一块拼图拼上。"加贺把手伸进上衣内，拿出了三张照片。照片中的东西，可以说是这些案件的重要证据，因此加贺也不可能拿着原件到处乱跑，这些东西，分别是美和子的包、药瓶和小药盒。

加贺接着说："说实话这些东西中的某一件上，附有身份不明的人的指纹，指纹的主人，既不是在场的各位，也不是穗高诚先生，因此我认为，只有一个人可能是指纹的主人，而我的这个推测是正确的。其实也没有什么奇怪，上面附着的就是本应留下痕迹的人的指纹，刚才听完各位的叙述，有关指纹的疑问也就清楚了。"

加贺扬了扬手中的照片，说："其他人可能没听明白，但有一个人一定听懂了，而听懂我这番话的人，正是杀死穗高诚先生的凶手。"加贺肯定地说道，"凶手就是你。"但作者要让人一晕到底，他让加贺警察说出了这句话，却不说出凶手的名字，凶手是谁，还得读者自己去推理。

最后做一个温馨提示：我们作家和编剧自己在创作的时候不能犯晕。不犯晕的前提是我们做任何类型剧，哪怕是短视频，都要把握好故事的逻辑。一是生活逻辑，二是情感逻辑，三是命运逻辑。讲到底也就是我们人物在特定环境中心理轨迹的发展和外部行动的推进要符合逻辑。

三十九、变

掉一下古书袋。古人刘勰著书《文心雕龙》，第二十九是"通变"，说："变则可久，通则不乏。"他认为创作要求变通，要有所继承，有所革新，求变才能求新。我们的作家和编剧都明白这一点，描红、模仿、跟风其他人的作品都是没有前途的，只有创新的作品才有价值、才有生命力，作品才能得到世人的认可和赞赏。

重要的话再说一遍：求新的前提就是求变，求变才能求新。

我记得有一位作家曾经说过：我们的前辈，在我们面前树立了一座座不可企及的高峰，以至后人想稍有建树就得"另辟蹊径"。喜剧小品大师崔凯老师创作生涯也有几十年，而且都是在写喜剧小品，按一般规律很容易江郎才尽。但他却总能花样翻新，不断给人们以新的惊喜，原因何在？答案很简单，那就是创新。崔凯老师具有求变求新的强烈愿望和创作实践。从外部来说，每年春晚的小品绝对不能重复，每一次的内容和形式都要有创新。从内部他本人来说，他这种求变求新的意识来自他的艺术清醒与自觉。他在获奖感言中特别强调说："艺术只有创新才有生命力。"下面我们以崔凯老师的几个小品为例，阐述求变求新的创作理念。

1.《过河》

故事讲在一个渡口，一个叫兰英的姑娘迎接一位叫高峰的某农科站站长。高峰是一位幽默风趣的年轻人，而饰演高峰的演员潘长江，个子长得又矮又小，其貌不扬。兰英姑娘对他的身份产生怀疑，对他进行考核。高峰就开始逗她，两个人一唱一答。最后解除了误会。兰英把高峰接上了船。这个小品由潘长江和闫淑萍在中央电视台 1996 年春节晚会中首演，后流传全国，被誉为最成功的歌舞小品。

（1）求变求新，在喜剧小品中引进了对歌的形式

崔凯老师对通常的小品进行了改造，求变求新，在《过河》中引用了歌和舞的形态。男女角色对唱的歌曲旋律优美动听、情感充沛，歌声回荡祖国大地，深入家家户户。

（2）求变求新，在喜剧小品中引用了歌舞的形式

用渡口过河作为规定情景，演员可以用虚拟的动作来展示撑船过河，并通过演唱的形式来表达彼此的情感演变的过程。崔凯老师大胆地求变求新，在喜剧小品中引用了歌舞的形式。勇敢的尝试获得了成功，成为当年春晚最受人喜欢的节目。

2.《红高粱模特队》

这也是赵本山和范伟的一部代表作。范伟是赵本山队长从城里请来的专业模特队的教练，红高粱模特队由一批乡村中的妇女劳动模范组成，这之间形成的极大的不协调，完成了喜剧小品的框架。

这个小品的求变求新的特点如下。

（1）选题创意高人一筹

模特队按照通常的概念来说，应该是一批年轻漂亮的女孩儿。如果这样的话，小品就常规化了。于是，崔凯别出心裁，在选题的创意上就高出一筹。红高粱模特队是一批乡村中的妇女劳动模范，她们最习惯的动作就是劳动，有摘棉花大王，有收高粱的模范。现在要让她们走 T 台做模特，由此产生巨大的反差，这个反差形成的不协调就是喜感。

（2）专业教练和"土包子"的不协调产生喜感

范伟是一个非常专业的教练，他按照巴黎时装博览会和世界名模辛迪·克劳馥的标准对她们进行训练。而赵队长对她们的训练要求是："看，前边就是一片火红火红的高粱地呀！这是玉米，这是黄豆，丰收了。丰收的农民在收粮食。却听见所有的男同志挥舞着镰刀，切切切，割完了一片高粱地。看这边所有的女同志也都切切切，收割了一片玉米。所有的人收工了都拿着……"范伟和赵队长的不协调，产生了喜感。

把农村妇女劳动模范组成一个模特队，模特训练时队长竟然把训练和劳动生产结合起来。这个创意，也是崔凯的别出心裁，是求变求新的结果。

崔凯老师的成功也不是偶然的。他在创作上文思泉涌、妙笔生花。用他自己的话来说："东北黑土地不仅肥沃，也产生快乐幽默。对于我来说，黑土地不但给我很多营养，同时也给了我非常丰富的创作资源。"所以他的创作之根一直扎在故乡铁岭，以他特有的"农民情结"和"平民化"的创作风格，反映东北地区农民的喜怒哀乐。在这一点上，他和莫言一样专注于表现自己故乡的故事，也好像美国作家威廉·福克纳。福克纳一生几乎没有离开过生他养他的故乡本土，他一直在故乡的小镇里面生活，在这个"邮票"大小的故乡本土上，他倾注了全部的情感与才能，同时也创作出大量令世人瞩目的作品。

思想和情感的最大张力是追求。没有追求便一事无成。崔凯老师的艺术创作道路，就是一个求变求新的道路。从东北的"二人转"发展到喜剧小品，再让喜剧小品发扬光大，从东北走向中央电视台春节晚会。他的喜剧小品一部接一部，而每一部都别出心裁、各显风采。

下面讲一部求变创新的话剧《屋里的猫头鹰》，以及电影《唐人街探案》是如何求变的。

3. 话剧《屋里的猫头鹰》

该剧的剧本发表在当年的《收获》杂志上，编剧是我上海戏剧学院的师弟张献。他们这一届学生大部分都喜欢西方的现代派戏剧，我那时搞比较文学，和他们班上的同学关系非常好，有好几位现在都是著名剧作家。

20世纪80年代末，在南京举办过一次小剧场的会演。《屋里的猫头鹰》演出后进行了研讨会。南京大学中文系的一些研究生和青年教师也参加了研讨会，会上他们面面相觑，私下说没看懂这部戏。当时上海戏剧学院院长陈恭敏在场，点名要我发言。我开始解读《屋里的猫头鹰》，于是一番狂喷。

（1）我的断言

世界上有两种艺术家可以成为大师，一种是以哲学家的眼光看世界；另一种是以童心的眼光看世界。张献属于第二种。他的胸口总挂着一把钥匙，让人感觉他还是个孩子，总是在寻找着自己的家门。言下之意，张献有可能成为话剧界的大师。

（2）《屋里的猫头鹰》表现的是性孤独

该剧的故事很简单。讲一个女人，回想起当初在森林里遇到猎人的遭遇。今天，这位猎人来到了她家。两个人在家里的地毯上跳舞，累了以后拥抱着打滚。后来丈夫回来了，这个女人把猎人折叠起来放在柜子里。生活一切如常。

孤独是世界文学的一个母题。《屋里的猫头鹰》表现的是性孤独，一个女人在性孤独时进行的性幻想。猎人是男性的象征，枪和子弹可以是一种具象。女人的性幻想表现了她对生命的热爱，人类的遗传基因让她渴望拥有自己的后代。当然，作品也是对人性的一种深层的剖析。

（3）对《屋里的猫头鹰》的评价

苏联电影《第四十一》，讲的就是孤岛主义的爱情。一个红军女战士和一个白军军官，流落到一个荒无人烟的海岛上，他们彼此相爱。有一天，白军军官发现海上出现了他们的轮船，疯狂地奔向海滩，向轮船上的人求救。于是女红军端起枪打死了这个白军军官，他成了死于她手中的第四十一个白军。这部电影的人情人性，都写得非常精彩，但最终是一部具有阶级烙印的男女爱情故事。

《屋里的猫头鹰》和《第四十一》相比，是两个不同层次、不同层面的作品。我赞赏《屋里的猫头鹰》的求变求新，它是一部中国话剧史上独一无二的非常自我的先锋派作品。

4. 电影《唐人街探案》

我比较喜欢陈思诚和他的作品。我看了他的电视剧《远大前程》，虽然有不尽如人意的地方，但是被他的天马行空的想象力和不可抑制的创造力所震撼。创作上的求变求新，在他身上呈现得十分充分。下面分析电影《唐人街探案》是如何求变的。

（1）类型混搭

电影市场竞争激烈。陈思诚如果想做喜剧片，《泰囧》《港囧》都已经走出一条路了，他必须求变求新。悬疑、推理、侦探作为一种类型电影，观众又会觉得太费脑，观影现场会觉得太冷，最终的市场效果很难把握。于是，陈思诚就来一个类型混搭：喜剧侦探片。我多年前在编辑委员会组织的编辑课堂上讲课的时候，就说过类型的混搭。其中说到日本的《半泽直树》，一个银行职场的故事，加上主人公的复仇，这样的混搭强化了故事的可看性。陈思诚走的就是一个类型混搭的路线。喜剧搞笑加侦探推理的混搭，完成了《唐人街探案》，所以他超越了自己，也超越了很多喜剧片和侦探悬疑片。

（2）《唐人街探案》的故事框架

作为一种类型混搭，有两种戏剧框架的选择，一种是以喜剧为主体，设计一个喜剧套路的故事完成构架。

探案作为一条副线，为喜剧故事的框架服务。这样会产生两个问题。第一，戏剧的悬念和危机的张力不够。第二，探案的线索会写得支离破碎，缺少严谨的逻辑结构。因此，陈思诚求变求新的思路是：让侦破探案作为故事的整体框架。让两个主要人物卷入黄金杀人案中去，悬念和危机不断地追随着他们，之后为了保命才开始侦破探案，警察永不间断地追杀和其他人掺和进来谋财害命，让故事的架构强悍有力。虽然有套路之嫌，但导演的节奏感把握得很好，让观众盯住每一个画面，唯恐遗漏了什么。

喜剧作为副线，王宝强演的唐仁功不可没。在侦破探案的这条主线上，他没有什么贡献。但在喜剧的类型人物方面，他完成了多维度的不协调，支撑着喜剧的大半边天。所以我们看到电影里面有满满的笑点，即有人物、有情节、有打闹、有细节，还有台词。这些喜剧元素不能完成一个完整的故事框架，尤其是喜剧故事的戏剧框架。但是作为副线的喜剧（强化的闹剧元素），还是完美地完成了自身的任务。

（3）主体框架"探案故事"是如何搭建的（喜剧副线略）

A. 少年秦风考警校落榜。可能因为他父亲犯法坐牢，他回答警官的台词是"要做一次完美的犯罪"。结果他被姥姥遣送泰国，找号称"唐人街第一神探"的远房表舅唐仁。猥琐的表舅实际上只是一个给警察做杂活儿的"碎催"。没想到一夜花天酒地之后，唐仁成为离奇凶杀案的嫌疑人。价值不菲的黄金神秘消失了，而颂柏却在家中意外身亡。所有的证据都指向唐仁。

B. 这是一件密室杀人案。密室进出只有一个口。从 7 天的监控视频里看到进出的人物只有一个唐仁，密室的现场两处有唐仁的指纹。警察所的黄兰登像疯狗一样追捕唐仁。秦风无奈之中和唐仁一起潜逃。他们来到了美艳风骚的老板娘阿香那里，约警察所的坤泰前来见面。坤泰拿了一份资料给唐仁。坤泰怕牵连自己，要求唐仁离开泰国。

C. 唐仁觉得出国也非常危险。无奈之中，秦风提出两人取长补短，成为最佳搭档去破案。秦风的思路是，找到杀人凶手就能找到黄金。他们来到颂柏的家，这是一个制造佛像的工坊。阴差阳错地来了匪帮三人组，把他们捆绑起来，要他们交出黄金。后来他们又逃脱了。警察又是一场追杀。

D. 他俩又被人抓了。抓他们的人是唐人街教父，丢失的黄金是属于他的。秦风最后答应他三天交出黄金。要不，唐仁就会被教父送到湄公河去喂鳄鱼。

E. 阿香过生日的这一天，唐仁和秦风去为她祝贺，并给她送了金项链。坤泰也来了，给了他们一些新的材料。匪帮三人组也来了。没想到警察所的黄兰登也盯上了阿香。警察开始搜索。他们一伙人东躲西藏。匪帮三人组以大表哥、二表哥、三表哥的身份前来祝贺生日。黄兰登也无可奈何。

F. 所有的人都走了。秦风提出要看7天的监控录像。监控录像都在黄兰登的办公室里。为了完成这个任务，唐仁决定闯进警察所，引开警察的注意。行动开始了，唐仁在警察所里大闹，大打出手。秦风为了节约时间，用快进的手法浏览了监控录像。最后两人双双逃出警察所。

G. 匪帮三人组绑架了阿香，胁迫唐仁交出黄金。最后发生格斗，匪徒打伤了阿香，唐仁和秦风送阿香去医院抢救，阿香无大碍。黄兰登像疯狗一样追到医院，唐仁和秦风又逃脱了。

H. 唐仁和秦风来到了地下车库。当初唐仁接到电话，叫他去颂柏家取一只箱子，把箱子送到车库的面包车边上，他的任务就完成了。秦风趴在地上，用鼻子嗅车子留下的气味，他觉得这是一部破旧的面包车。他们决定去二手车市场了解一下车的状况。

I. 二手车市场。他们见到一个人正在给车喷漆，其他也没有什么线索。

他们刚离开二手车市场，又被黄兰登发现，新的追捕又开始了。两个人一对一地追着跑着，最后跑到了屋顶上，两个人都筋疲力尽。唐仁故意要跳楼自杀，最后不小心掉了下去，此时正好有一部滑轮车滑到楼下，他也就此逃跑了。

J. 秦风和唐仁又来到了颂柏家，秦风要展示情景重现。他演颂柏，唐仁来取货。秦风分析推理，录像7天是一个轮回，轮回就是把7天之前的录像自动消除，再重新记录。秦风躲到床底下去体验。同时又装扮成颂柏让唐仁取货签字。最后的结论是：凶手是提前一周就躲藏在颂柏家，然后杀了颂柏。

K. 他们从坤泰送来的资料中发现颂柏的儿子在某某中学上学。于是他们到中学去找颂柏的儿子。颂柏的儿子已经失踪一个多月了。他们从资料中发现颂柏总去一家咖啡馆。于是他们在咖啡馆里对着对面的楼拍照。他们还冒充警察去家访一个女同学思诺，无功而返。

L. 秦风私下看望思诺，知道思诺的父亲是养父。一会儿她的父亲回来了，一声不吭地看着秦风。秦风开始头脑风暴，最后锁定此人是在二手车市场给车喷漆的那个人。

M. 秦风和唐仁又来到颂柏家，然后匆匆忙忙地赶到思诺家。思诺吃了大量的安眠药自杀。桌子上面留着一本日记，没有完全被烧毁掉。秦风拿起日记本。他俩赶快送思诺去医院抢救。思诺醒过来了，她的父亲也赶到了。

N. 警察们在颂柏家包围秦风和唐仁，秦风推出一个最大的佛像，对警察说金子就在里面。黄兰登让警察用探测器测，发现里面真的都是黄金。接着，秦风和唐仁对警察说："我们带你们去抓真正的凶手。"

O. 警察一会儿来到了医院，走进思诺的病房。她的父亲也在。唐仁以唐人街第一神探的面貌出现，分析整个案情的过程：颂柏引诱自己儿子的同学思诺到自己家，最后把她奸污了；思诺的父亲为了报仇，提前一周躲藏在他的家里把他杀了，然后打电话给唐仁，让唐仁做替死鬼；箱子里面装的不是黄金，而是杀死颂柏的凶手躲藏在里面；唐仁把箱子推到面包车附近后，就匆匆离开了，最后凶手开着面包车回到了二手车市场。真相大白。思诺的父亲跳出窗外，从楼上摔下。正好掉在坤泰的车顶上，流血身亡。

P. 警察所里。坤泰被提升为副所长，并得到一枚勋章。唐仁送秦风去机场，路上秦风发现了一家店。他印象中资料有说颂柏经常去这家店。他不识泰文，问唐仁，唐仁告诉他这是一家同性恋场所。秦风对日记产生怀疑。

Q. 秦风又见到了思诺。思诺说这是她做的局，让两个坏养父都没有好下场。但是这个局里面会有一个替罪羊，最后思诺对着秦风发出诡异的笑。

这一条侦探悬疑的线索，抽丝剥茧没有让人惊艳的地方，其中提到思诺的父亲躲在颂柏家 7 天，他是如何完成吃喝拉撒的并没有做解释。但至少讲好了一个能够自圆其说的故事，基本上是一个悬疑侦探故事的套路。最后的黑手落在谁也没想到的思诺头上。这部戏的成功是类型混搭的成功，是求变求新的成功。

四十、火

点爆故事到了收尾的时候了。按照章节的铺排，本节讲"火"，还是要回归短视频上面来。下面重点讲一讲，点爆短视频的"四点"和"四化"，让我们的短视频也火爆起来，成为爆款视频。

1."四点"

（1）热点

社会每天都会产生一些热点。如发生在徐州的铁链女和唐山的打人事件，这些都是全国性的热点，但这样的热点与主流价值观相悖，如此敏感的问题并不适宜做成短视频传播。短视频创作者，应该善于发现我们身边的热点，要留心观察，善于思考，提炼日常生活中的现象，挖掘其中蕴含的题意，使话题具有热度。虽然有的事件看上去并不是热点，但经过创作者和制作者的提炼升华，就能表现出典型意义来。

比如关于交通的问题。我住在北京朝阳区大望桥附近。桥两边的红绿灯是有时间间隔的。一边有绿灯的时候，大家都走过去了，走到桥底下，另一边的路又出现了红灯，大家就停在桥下面。我经常看到一些老年行人不顾红灯的提醒继续走过去。这样的做法当然非常不安全。大望桥底下的车非常多，也是每天堵车的重点地区。对于这样一个现象，如果拍摄短视频作品，我想可以起到两个作用，一是提醒老人遇到红灯时一定要遵守规则，否则，很容易发生交通事故；二是交通部门关于红绿灯的设置越来越复杂。就好像很多老年人不会用智能手机一样，遇到复杂的路口指示会感到手足无措。人口越来越老龄化，社会管理越来越智能化，这就给社会带来新的矛盾。我们的短视频创作完全可以从身边发现拍摄的热点。

（2）痛点

以前，医患矛盾、强行拆迁、经济诈骗都是社会的痛点，这些都已经有人表达过了。我们短视频的创作者和制作者还是要密切关注和发现社会的痛点。

例如，儿童教育的问题，可以引发出很多相关的话题。一个家庭两代人都会关心一个孩子，不同的教育方法会引发矛盾。如何教育孩子就是一个社会的痛点，也是家家户户的关注点。课外补习，学区房炒作，父母还要每天接送年幼的儿童等，短视频都可以拍摄下来，提出相关的问题。

又如老人的赡养问题。居家养老、社区养老、专业养老院等，都和赡养老人有关。随着老龄化社会的来临，一切关于老人赡养的问题都在运行和完善中。我看到几个短视频都和居家养老有关。照顾老人的护工有的甚至虐待老人，这些问题都是社会的痛点。

再如，食品安全问题。我们不提有机食品，能够购买有机食品的人毕竟是少数。餐厅里的食品卫生就是一个大问题。有的食品店家提前做好，顾客来了从冰箱里拿出来加热一下就端出去。冰箱不是永久的保险柜，也是细菌出没的地方。我去饭店吃饭非常小心，但回来后也常常会拉肚子，肠道菌群失衡。这些都和食品卫生有关系。

（3）情点

生活中感人的故事很多，我们要善于观察和发现。所有的影视作品都不能缺少情感的元素。

A. 短视频中的情点。

我还看到过一个短视频，讲一个开货车的司机，他的老婆瘫痪了，不能动，老婆一个人在家里又没人能照顾，于是他把老婆放在货车上，每天装货卸货的同时，他把老婆的吃喝拉撒都照顾得好好的，妥善解决了照顾的问题。他在老婆的身下垫上了厚厚的棉被，是怕老婆在车上受到颠簸。车主和同行的司机都非常理解他，也处处照顾他的妻子。看了这个短视频，除了感受到他们夫妻相亲相爱，更感受到人间自有真情在。

B. 电影《水缸》中的情点。

这是一部伊朗影片。故事内容如下。

学校的水缸坏了，学生课间饮水要到很远的小溪去，不方便也很危险，如果向政府申请新水缸要花很长时间，因此校长决定请人修补水缸，好不容易说服了一个学生的坏脾气的父亲来修。修理水缸需要鸡蛋清做黏合剂，好不容易凑齐了十来个鸡蛋，这时却出现了校长要私吞蛋黄补身体的流言，把校长气得吐血……这部电影投资成本很低，却非常感人。学校所在的村子很穷，很多人家平时连粮食都吃不上。一天老师收到一封家信，随信寄来的还有一张烙饼。在那个乡村里，一小块烙饼蘸点果酱，就算是美味的晚餐了。但老师舍不得吃，而是把烙饼分给那些为修水缸而热心出力的学生，学生们吃饱了，老师却饿着肚子给学生讲课，他不时感到眩晕，但还是坚持把课讲完了。老师对学生的关爱之情跃然于银幕之上，催人泪下。

走极致路线是最煽情的。比如，这样一个情景：一对老夫妻，老太太瘫痪在床上好多年了，老头子力不从心地照料着她。有一天老太太说她想吃荷包蛋，老头子上街去给她买鸡蛋。老头子买回鸡蛋站在门口的时候突然猝死，手上的鸡蛋都掉在地上打碎了。这样的猝不及防，突然去世，感动很多人。

（4）密点

密点有两个含义。第一个含义，信息如暴风骤雨密集降临。比如，某一个方面的内容，一旦引爆，必然引起观众注目。第二个含义，事件具有隐秘性，要告诉观众之前不知道的事情。观众想知道的事情，我们用短视频告诉他们，满足他们的好奇心。

社会上有太多秘密，拍出真相就可以点爆我们的短视频。电视台有很多与揭秘相关的栏目，就是这个道理。

我们的短视频可以揭秘很多方面的内容。例如骗子是如何通过手机诈骗钱财的；还有所谓养生大师何以能用不靠谱的养生手段和方法，让老人被洗脑以后瞒着家人偷偷去买保健品，让老人觉得保健品就是长生之药。这种事情应该被拍摄成短视频，告诫那些被蛊惑的老人。

还有一些人，相信迷信，崇拜一些所谓大师，喜欢让那些大师占卜算命，指点迷津。所谓大师们最后的目的就是诈骗钱财。

这样的事情也可以拍摄成短视频，正本清源，让观众科学理性地对待人生。

2. "四化"

（1）主题化

我有个学生在央视电视纪录片频道做大编导，主要的作品有《筑梦路上》《山河岁月》等。他现在也开始思考长篇纪录片如何剪辑成短视频，或者直接进行短视频的纪录片创作。

我说的主题化和记录化是相通相连的。主题化可以分成很多类型。

A. 根据宣传的节点拍摄的视频。如《筑梦路上》就是为纪念建党 100 周年而拍摄的专题片，主题非常鲜明。编导是学编剧出身的，很会讲故事，并大量运用细节去塑造人物。所以这部纪录片非常具有可看性。宣传的节点大的可以从全国范围来看，小的可以从某地区来表现。这基本上是为了完成宣传部门的任务。

B. 根据商业的诉求，拍一些相关的短视频。尤其是旅游部门，会拍一些风光景点介绍的短视频。这类视频都存在广告的含义，但观众真正喜欢和关注的还是那些美丽的风光。

C. 我觉得可以拍一些古代的和现代的历史名人。当地的这些名人都可以成为城市的名片，同时也能普及古代和现代的历史故事。这样主题鲜明的短视频一定会受到当地政府和观众的喜欢。

D. 一些应时应景的短视频。比如，福州和厦门召开电影节，就可以拍一些相关的短视频。既可以做及时的宣传，又具有保留的价值。其他的活动也可以这样做，如大型的商贸活动和大型的体育赛事等。

（2）系列化

系列化给我们带来的是规模效应。

A. 跟"失联"相关的系列。有一年，我受到一架飞机"失联"的启发，给一家省级卫视策划一个系列短视频，做100集有关"失联"的内容故事。现在的通信非常发达，越是发达，一旦"失联"就越会让人联想到很多事情。可怕的、有趣的、误会的，什么样的事情都可能发生。

B. 跟动物相关的系列。虽然现在有关宠物狗、宠物猫的搞笑短视频也不少，但我要说的是人和动物之间的关系可以拍成系列化的短视频。我小时候很喜欢小鸡小鸭小乌龟，印象最深的是一只乌龟，我养了它很多年，常常随身携带。有一次坐黄浦江轮渡的时候，我用绳子扣住它，把它放在黄浦江的江水里，一直到岸边又把它提上来。这只小乌龟给我留下太美好的回忆。所以人和动物之间的短视频是可以拍出很感人的故事来的。

C. 交通问题是个大问题。除了交通堵塞的问题，还有交通安全的问题。有关交通安全的问题可以拍一个系列的短视频。人命关天的事情，观众都会关注。

D. 中国从古至今有各种各样的桥，铁索桥、木板桥、石桥、拱桥、廊桥等，有很多桥都是文物。以桥为素材，拍一部200集至300集的系列短视频，会非常有意义，也可以给以后的历史留下桥的影像资料。

类似这样的选题很多，比如宝塔。中国有很多宝塔，每座宝塔都有自身的故事，也有它的历史价值。宝塔和宝塔之间的造型也不尽相同，美轮美奂、多姿多彩，这也是系列短视频的一个非常有意义的选题。

比如榕树，福州又名榕城，整个城市有很多形态各异的榕树。我有一年去福州拍了几十张榕树的照片，专门放在一本叫"榕树"的影集里。这些具有文化和历史底蕴的题材，其实都可以纳入短视频的创作中。

（3）行业化

我们这里首先撇开那些带货直播的短视频。每个行业都有许多适宜拍摄短视频的题材，可以让人关注。

A.关于教育的。教育就是让人获得各种知识。比如，有一种短视频，专门教人锻炼身体，从古代的各种穴位的按摩，到现代的各种健身，应有尽有。同时还有一种普及医疗知识的，讲述人体衰老的规律，为观众讲解各种营养搭配。

B.这些年，拍电影或拍电视剧时都会有人拍一些现场的短视频。因为有明星演员的参与，观众一般很喜爱这些短视频，同时也从中了解一些电影或电视剧拍摄过程中的趣闻趣事。当然，这些短视频都是为电影或电视剧的宣传而服务的。

C.成都和重庆有一种特殊的行业，叫作"棒棒军"。他们就拿着棒子替人扛活儿。我当年参加全国短视频终评的时候看到过表现棒棒军的短视频，很受感动。棒棒军是最朴实的劳动者，生活很艰难，但他们活得很开心。我觉得有很多行业可以做出像棒棒军那样的短视频，如表现快递小哥的、表现"沙县小吃"厨师的，等等。我们的短视频瞄准普通人和他们的职业，呈现不同行业从业者的光彩，这可应了一句老话："三百六十行，行行出状元。"这样的短视频就具有非常丰富的内容和积极向上的社会意义。

（4）个性化

有的短视频是有制作团队的，一般会有一个主持人。比如现在有一个比较火的短视频系列，女主持人曾经做过媒体的专业主持。她介绍中国各种古诗词的内容、背景和内涵，也会引申到其他相关的方方面面，讲述得很有个性，娓娓道来，内容也丰富多彩，画面也处理得非常漂亮。这样的短视频非常有个性，系列化以后，影响力会越来越大。

短视频要有个性化的主持人，更要有个性化的内容。上面讲的这个短视频系列，主要的内容是古诗词。除了古诗词，中国文化博大精深。拿木偶剧来说，中国有提线木偶、布袋木偶、人形木偶等，都可以做成短视频。这种短视频，海外观众也会非常喜欢。

中国舞台上的古戏装是非常漂亮的，如果以戏曲舞台的服装作为内容来做短视频的话，一定也会受到海内外观众的喜欢。

中国的瓷器文化历史悠远，很多瓷器做得非常精美，形态也千姿百态。如果以瓷器的制造和成品来做短视频，一定也会受到海内外观众的喜欢。

我说的这些都是短视频内容上的个性化。记住，越具有中国个性化的作品就越有世界性。

最后说一句：短视频一定会走过野蛮生长的阶段，视频的质量也会与时俱进。我相信我们的短视频一定会带着我们的中国文化走向世界，让世界的观众喜欢中国的文化和中国的短视频。

后　记

　　前辈唐蒙老师是我们行业中教练式的人物。他博览群书，学识渊博，永远充满进取之心，与时俱进。行业内尊称他为金牌策划，他总是带着自己的策划和编剧一起打磨剧本，很多编剧都得到过他的教诲。他在编剧创作的过程中把握方向，献计献策，呕心沥血。同时他又恪守行业道德的原则，没有动笔绝对不会署名编剧。他当过编剧老师，培养出一批优秀的国家一级编剧，多有获得国家级大奖。他有一颗师心，放弃署名也有栽培后辈青年编剧的意思。其实，有的剧本都是编剧按照他述说的故事完成的。在影视行业的名利圈里，他甘于沉寂，默默奉献。这一点得到了我的敬重。

　　20 世纪 80 年代末，他开始从事导演工作。后来，因家人反对，他放弃了做导演的追求，无奈中当了省电视台总编室主任。我知道著名编剧朱苏进老师曾经说过，如果唐蒙做导演，很多导演就没有饭吃了。后来他成为非常优秀的后期导演。有的公司拍摄的电视剧没有被市场接受，最后会邀请唐蒙老师对作品进行修改。按照唐蒙老师的话说，导演现场拍摄的素材，也就是在市场上买了很多食材回来。后期就是厨房，后期进行场面的置换，台词的修改，甚至在结构上做调整，最终才把色香味俱全的菜肴端上桌面。

当年，北京电视台的领导知道唐蒙的才华，将他推荐给香港 TVB，他因此停薪留职成为香港 TVB 北京公司的制作总监，开始了制片人的生涯。作为制片人，他总是窝在现场，协调现场发生的所有事情。如现场修改剧本、完善场景、审核道具和服装，等等，不辞劳苦。之后，他也培养了一批优秀制片人。

我了解唐蒙老师，我们是两代人的友情。他有一颗赤诚之心，淡泊名利，酷爱事业，是我一生敬重的前辈！

编剧、导演、制片人、投资人　郭靖宇